LE BONHEUR ALLEMAND

PASCALE HUGUES

LE BONHEUR ALLEMAND

ÉDITIONS DU SEUIL,
27, rue Jacob, Paris VIe

ISBN : 2-02-034046-1

A Thomas

Introduction

L'Allemagne serait-elle le pays du bonheur ?

La question ressemble à une provocation.

Engoncée dans son bien-être matériel, trop bien léchée, disciplinée, farouchement écolo, donneuse de leçons, procédurière, buveuse de bière, folklorique, lourde, sans humour, torturée par son passé ou au contraire honteusement empressée à le refouler, ennuyeuse à mourir... voilà l'image morose que beaucoup de Français ont de l'Allemagne. Et le mot « bonheur » n'est pas non plus celui que les Allemands éliraient pour faire leur autoportrait, eux toujours si sévères avec eux-mêmes, abandonnant volontiers à d'autres, Italiens ou Français, le talent du bien-vivre.

Le bonheur fait rêver. Et l'Allemagne est un pays ingrat qui ne fait pas rêver ses voisins. Les Allemands sont par principe – par définition – mal aimés. Au mieux, ils ennuient les Français. Au pire, ils les inquiètent. « Faut-il avoir peur de l'Allemagne ? », titrent avec une régularité de métronome les journaux français. Trop puissants, trop riches, trop instables, trop nombreux, tentés par une dérive solitaire vers l'Est, étouffant sous leurs taux d'intérêt leurs alliés à l'Ouest, les Allemands sont régulièrement soupçonnés des plus noirs desseins. Et tous les prétextes sont bons pour justifier cette méfiance. Quand une bande de hooligans allemands blesse très grièvement un gendarme français, c'est l'Allemagne tout entière à qui l'on impute une attirance maladive pour la violence gratuite. Oubliant du même coup que le hooliganisme n'est pas un phénomène typiquement allemand, et que les hordes de Britanniques ou de Belges sont tout aussi redoutables à la sortie des stades. Quand un groupe de jeunes banlieusards s'attaque à un foyer d'étrangers à Rostock, on se demande, en France, si la peste brune n'est pas en train de contaminer à nouveau l'Allemagne. Comme si les skinheads de Rostock étaient foncièrement différents des profanateurs de Carpentras et des « casseurs de Pakistanais » de Bradford. Peu importe que l'écrasante majorité de la population ait été profondément choquée par cette affaire. Peu importe qu'au même moment, en France, le Front national soit devenu une force politique avec laquelle il faut compter. Peu importe qu'en Allemagne les petits partis d'extrême droite, divisés sous différentes bannières, n'aient jamais réussi, depuis la fin de la guerre, à s'implanter durablement. Peu importe que l'Allemagne ait prouvé, depuis cinquante ans, que la démocratie peut vivre et fleurir sur son sol. J'imagine le scandale si l'extrême droite allemande enregistrait 15 % des voix lors d'une élection nationale ! Le long et douloureux travail sur leur passé qu'ont effectué les Allemands d'aujourd'hui, imparfaitement certes, mais méthodiquement tout de même, avec un acharnement exaspérant parfois, confère aujourd'hui à ce pays une humilité et une décence très apaisantes et très modernes dans l'idée qu'il se fait de la nation.

L'Allemagne éveille aussi chez les Français une fascination ambiguë. Nous vantons, pêle-mêle, les vertus du « modèle allemand », du système d'apprentissage, la force du Mark, la performance économique, l'âme romantique. Nous ne jurons que par Berlin, la seule ville allemande où nous pourrions concevoir de vivre. « Berlin qui n'est d'ailleurs pas l'Allemagne ! », ajoutent les amoureux de la nouvelle capitale. Nous portons aux nues quelques écrivains et gens de théâtre dont nous ne savons pas au juste s'ils sont allemands ou autrichiens – « c'est la même chose ! ». Nous louons la solidité des voitures et des machines à laver. Et la musique, bien sûr. La fascination fait contrepoids à la haine, la jalousie flirte avec le dédain. Pour la « Grande Nation » (c'est ainsi que les Allemands ont baptisé la France avec une pointe d'ironie), quoi de plus confortable qu'un souffre-douleur de l'autre côté du Rhin ? D'autant que les Allemands ont pris l'habitude de faire profil bas et de ne pas se défendre quand on les accuse injustement.

En dépit des professions de foi enthousiastes de la grand-messe franco-allemande et malgré le rapprochement européen, les Boches restent toujours les Boches. L'Allemagne d'aujourd'hui suscite en France peu de curiosité légère, intime, quotidienne, délivrée de préjugés réprobateurs et de fantasmes. « Essaie de regarder l'Allemagne comme un pays exotique, et tout ira bien ! », me conseillait, un soir de blues à mon arrivée en Allemagne, un journaliste danois passablement éméché. J'avais cru ce soir-là qu'il se moquait. Le conseil m'aura été précieux. L'Allemagne ne m'a pas ennuyée un seul instant. Bien sûr, l'Histoire a un peu triché en se mettant de mon côté. Le mur de Berlin est tombé – événement imprévisible – deux mois à peine après mon arrivée en Allemagne. Un événement comme les Français les aiment : spectaculaire, gorgé d'Histoire et débordant d'une belle émotion. L'Allemagne de l'Est agonisante offrait un espace de découverte encore vierge et l'observation au jour le jour de la douloureuse fusion des deux Allemagnes fut unique. Si certains Allemands confortent le portrait peu flatteur qui sommeille au fond de l'imaginaire français, ils sont aussi vulnérables et drôles, bon vivants, fins démocrates, chaleureux, compliqués et donc passionnants à déchiffrer.

Heureux ? J'ai l'impression, à les regarder vivre, qu'ils le sont à leur façon.

Heureux dans leur engagement contre l'atome, contre l'oubli des victimes du nazisme. Heureux de mettre de la sagesse à organiser la vie de leur quartier et celle de leurs enfants. Heureux de l'aisance matérielle et de l'harmonie sociale qui règne encore chez eux, malgré les difficultés. Heureux dans leur *Heimat* perdue – ou retrouvée.

Je leur souhaite, pour le siècle qui s'ouvre, d'oser mettre un peu de bonheur à être allemands, sans fanfaronnades ni transe, mais aussi sans gêne ni crispation.

Berlin, le 26 juillet 1998.

Les oubliés

(A Kaspar, tout particulièrement.)

Quelque chose ne colle pas. Une dissonance que je n'arrive pas à identifier. Quand la voiture d'Olga s'engage en hoquetant dans le kolkhoze Karl-Marx, je sens tout de suite que quelque chose d'étranger s'est greffé là, sur ce décor d'Asie centrale. Le regard glisse sans parvenir à se poser sur l'horizon jaune pisseux de la steppe mouchetée par les touffes vert pâle d'une végétation rachitique. Par intermittence, un trait de bouleaux nains croise à angle droit une raie de poteaux télégraphiques. A la lisière de la Sibérie, s'ouvre le Kazakhstan, l'une des républiques les plus étendues de feu l'Union soviétique.

Moins 15 degrés. Le soleil est blanc. Ses rayons ne diffusent aucune chaleur. Malgré le froid, il n'a pas encore neigé. Les maisons du kolkhoze Karl-Marx ont été jetées là, soudainement, comme une éclaboussure malpropre qui accroche enfin le regard et le soulage de cette surface sans aspérités. Des fermes à un étage, chaque année fraîchement repeintes, sont posées à intervalles réguliers de part et d'autre de la rue large en ligne droite. Une frise de marguerites dessinée sur les boiseries bleu pervenche court le long des façades. Dans les cours, la cabane du four à pain. A l'arrière, le potager et le verger cerclés d'une palissade. Ce n'est pas l'ordonnance pimpante des villages de la Forêt-Noire, pourtant Karl-Marx est totalement différent du fouillis des villages russes et kazakhs. Plus symétrique, plus coquet... plus allemand. Sur la place centrale, entre l'école et les bâtiments administratifs du kolkhoze, le buste de Lénine fixe la statue de Marx, les pieds englués dans la boue. Dans les cours des fermes, le capot des Lada-Zhiguli porte fièrement en macaron l'autocollant « D ». Ceux qui ne peuvent se permettre d'aller chercher en Allemagne une BMW d'occasion collent en lot de consolation le sigle prestigieux à leur voiture. « D » pour « Deutschland ». C'est quand même plus convenable que le « KZ [1] » de « Kazakhstan ».

Depuis deux heures déjà, Nicolaï regarde droit devant lui, amarré à son volant, la chapka enfoncée au ras des yeux malgré les bouffées de chaleur fétide qu'expire le chauffage de la voiture. Il s'applique à contourner les nids-de-poule qui déchirent le bitume. Il n'a pas ouvert la bouche. Il n'a pas souri. Il ne m'a pas regardée. Olga ne me l'a pas tout de suite présenté quand je suis montée à l'arrière de la voiture. J'ai cru pendant un long moment qu'il était le chauffeur de l'administration où travaille Olga. Je me suis demandé aussi s'il n'était pas un peu niais ou ivrogne. Dans le volumineux duvet de son anorak, je devine l'arc prostré de ses épaules. A ses côtés, Olga a la splendeur d'un nu de Rubens, empaqueté dans les superpositions de lainages et de châles d'une babouschka moscovite. Ses seins lourds menacent de faire sauter d'un claquement soulagé les boutons dorés de son manteau. L'étoffe souligne les petits plis de graisse qui froncent ses hanches, preuve que l'on appartient aux classes nanties dans ces pays pauvres et froids où l'on mange longuement le soir, pour passer le temps.

Au milieu du voyage, Olga annonce négligemment que Nicolaï est son mari, un Russe venu d'Ukraine. Je distingue alors comme un cillement de confirmation dans les yeux de Nicolaï reflétés par le rétroviseur. Puis il retombe dans son état hypnotique, et continue à fixer le serpent gris de la route. De temps en temps, il vérifie sur le cadran que la petite aiguille du compteur à essence n'a pas encore dérivé dans la zone rouge. Il n'y a plus d'essence depuis plusieurs semaines dans les pompes du Nord-Kazakhstan, et le stock que Nicolaï a constitué est presque épuisé. Il a entreposé les bidons et les bouteilles de vodka pleines d'essence dans la remise qui sert de garage, d'atelier de menuiserie, de réfrigérateur pour les conserves d'Olga, de litière pour les chats. Olga ne lui adresse pas la parole. De temps en temps, elle semble le rudoyer, en russe. Nicolaï ne comprend pas l'allemand précieux que me parle sa femme. Au bout du village, avant que la rue ne se déleste de la dernière maison pour replonger dans la steppe, Olga jappe un ordre sec. Nicolaï freine. Il s'engage dans une cour de ferme. Olga va rendre visite à sa mère, Lydia Brumm, qui habite le kolkhoze allemand Karl-Marx.

La cuisine est plongée dans l'obscurité. Pour économiser l'électricité, la municipalité de Bolschaja Tschuvakovoka (c'est le nom russe de Karl-Marx) coupe le courant pendant une heure, quatre fois par jour. « Et aux moments où ça vaut la peine, s'amuse Lydia Brumm, c'est-à-dire quand la nuit est tombée et que tout le monde est obligé de mettre la lumière. » Elle allume une lampe à huile. Regarde longuement le visage éclairé de sa fille et dépiste l'ombre bleutée de la fatigue lovée sous l'arcade du sourcil. Olga travaille de 5 heures du matin quand elle se lève à minuit quand elle se couche. C'est elle qui gagne l'argent pour payer la maison et nourrir la famille : son homme, sa fille, son frère, son fils, sa belle-fille, leur petit, les deux chiens et les trois chats. C'est elle qui transporte et va chercher le frère épileptique à l'hôpital le soir. Les médecins renvoient leurs malades chez eux, car il n'y a pas assez d'argent pour chauffer la nuit. C'est elle qui fait le pain et tire l'eau potable du puits. Le soir, enveloppée dans un peignoir à grosses fleurs rouges, les cheveux nattés dans le dos, elle rédige une étude sur la minorité allemande du Kazakhstan. Nicolaï est au chômage. Il passe ses journées entre le jardin potager et la télévision. Quand il n'erre pas à la recherche d'un bidon d'essence ou d'une pièce rare pour la voiture, quand il ne promène pas son petit-fils dans les rues mitées de Kustanaï, la ville où ils habitent à une centaine de kilomètres de Bolschaja Tschuvakovoka, il fait le chauffeur pour sa femme.

Lydia Brumm s'assied, pose ses deux mains à plat sur la toile cirée de la table. Et sourit de travers. Une vache lui a décoché un jour un grand coup de sabot en plein visage. Sa lèvre, déchiquetée, n'a jamais été soignée. « On ne soigne pas les Allemands ici ! », ont jadis décidé les Russes. La blessure s'est grossièrement ressoudée. Depuis, Lydia porte, sans gêne, comme une fatalité, un bec-de-lièvre violacé qui lui mange une partie du menton. Toute petite, cintrée dans un tablier bleu, elle a l'air d'une très vieille femme au visage clair, et n'a pourtant que 67 ans. On vieillit vite quand la vie a été rude. Lydia Brumm est née en 1928, à Saratov, dans ce territoire allemand autonome fondé en 1918 par Lénine sur les bords de la Volga. Transformé en 1924 en République socialiste soviétique autonome des Allemands de la Volga, il devait accueillir les diligents colons allemands qui vivaient en Russie depuis le XVIIIe siècle.

En 1763, un décret de la tsarine Catherine II de Russie, princesse allemande, née Sophie Friederike d'Anhalt-Zerbst, appelle les paysans, les éleveurs et les artisans allemands à venir s'installer dans son empire. Les pionniers arrivent en masse de Souabe, de Hesse, du Palatinat, du Wurtemberg, d'Alsace et du pays de Bade. Ils construisent leurs villages en Ukraine, autour d'Odessa et de Kiev, à Saint-Pétersbourg et plus loin le long de la Volga. Ils se refont une vie sur les terres riches et vides de cette Russie européenne. Ils forment des communautés prospères et soudées. La République de la Volga a ses journaux, son lycée, son théâtre national, sa maison d'édition. L'allemand y est la langue officielle. Lydia Brumm décrit le village de Neuschilling où elle a grandi, où sont nés son père et son grand-père qui ne sont jamais allés en Allemagne de leur vie. Un village allemand avec une école, une église. Le père est planteur de tabac. La mère femme de ménage à l'école. Ils ont quatre vergers, des pommes, des fraises. Ils sont heureux.

Mais le 22 juin 1941, l'enfance de Lydia Brumm chavire. Les troupes de Hitler envahissent la Russie. Staline, fou furieux, dissout d'un édit colérique cette République de la Volga qui n'aura vécu que 23 ans, et déporte les Allemands vers les immenses steppes glacées de Sibérie, vers le Kazakhstan et le Kirghizistan. Les Allemands, ces traîtres, ces ennemis, sont la cible de la grande paranoïa stalinienne. On les accuse d'espionner pour le compte de la Wehrmacht. Ils sont intégrés à la Trudarmija, l'armée du travail, et parqués dans les camps. Lydia Brumm raconte l'exil brutal : « Le 1er septembre 1941, je suis retournée à l'école avec mes amies. Mais on ne nous a pas laissées entrer. La milice était là. Au bout de quelques jours, la milice a rassemblé tout le village. Elle nous a ordonné de nous préparer à partir. Chacun avait le droit d'emporter une petite valise et de quoi manger pendant une semaine. J'avais treize ans et on nous a embarquées, Mama et moi, dans un wagon à bestiaux. On a, pour la dernière fois, nourri le bétail. Et on est parties en laissant derrière nous les vaches, les cochons et notre maison. Et nous sommes arrivées en Sibérie. On n'a pas compris. On a pleuré. On ne savait pas pourquoi. On ne savait pas ce qui allait nous arriver. On savait seulement que la guerre avait commencé. Et, du jour au lendemain, les Allemands sont devenus des traîtres. Ici, il n'y avait que la steppe. Rien d'autre. Et j'avais tellement le mal du pays. Tellement. Je sais qu'ils ont rasé Neuschilling. Nous n'étions plus des êtres humains, seulement des "fascistes". C'est comme ça qu'on a appelé les Allemands en Russie jusqu'à la Perestroïka. On n'avait rien fait de mal pourtant. Tout ça seulement parce qu'on était allemands. Ils m'ont battue. Et je ne pouvais pas parler. Je ne savais pas le russe. » Lydia Brumm a appris le russe dans les camps de travail. Elle le parle aujourd'hui à ses petits-enfants qui ne savent pas l'allemand, avec un accent cassant, germanique, immédiatement identifiable. La première année, elle vit dans une hutte de terre où elle est chargée de soigner un vieux Russe. Ensuite elle travaille dans un camp. Quatorze heures par jour. « Le travail était si dur. Le froid, la pluie, la neige, le manque de nourriture, les baraques glaciales où nous dormions sur des banquettes de bois comme dans les camps de concentration. Beaucoup d'Allemands sont morts d'épuisement, de faim et de maladie. Hitler et Staline, c'est la même chose. » Du jour au lendemain, les communautés prospères de colons allemands disparaissent. Les Allemands n'ont plus de droits. Les noms allemands sont gommés de l'encyclopédie des hommes célèbres.

Olga prend la main de sa mère dans la sienne. *« Mutter. Mutter »*, murmure-t-elle. Lydia Brumm ne l'entend pas. Elle s'enlise dans ses souvenirs : « Et un jour, ils sont venus chercher ma mère. J'ai hurlé, griffé, cogné. Je me suis accrochée à la voiture qui l'a emmenée. Mais ils m'ont arrachée à elle et jetée à terre. J'avais treize ans, et pendant dix ans j'ai vécu seule, sans recevoir la moindre nouvelle de ma mère. Je voyais ma mère dans chaque femme qui passait. » Aujourd'hui, Lydia a cessé de pleurer. Elle raconte, souveraine. Lisse de temps en temps avec la paume de sa main son visage velouté et vérifie que la boule blanche de son petit chignon maigre est toujours fermement nouée dans le creux de sa nuque. *« Mer sen deitsch ! »* (nous sommes allemands), l'affirmation bondit, sans hésitation, dans le dialecte rond du Sud de l'Allemagne conservé intact depuis deux siècles. Un vocabulaire vieillot, des phrases tournées de façon désuète, parées de formules fleuries et trop révérencieuses. Un parler archaïque qui – pratiqué clandestinement et en vase clos – n'a pas suivi l'évolution de la langue. Lydia Brumm s'étonne que son allemand, qu'elle n'a pas parlé hors de la maison depuis tant d'années, soit encore compréhensible. Nerveuse, elle s'interrompt après chaque bout de phrase : « Mais vous me comprenez ? Vous me comprenez vraiment ? » Elle n'a pas remarqué mon accent français. Elle s'imagine que je pourrais sanctionner d'un haussement de sourcil offusqué ses fautes de grammaire. Et comme si je la sommais de fournir une preuve plus convaincante de sa germanité, elle empile sur mon assiette les brioches dodues enroulées sur elles-mêmes comme des coquillages, et le *Streuselkuchen*, la galette parsemée de petites boules de beurre roulées dans du sucre fin. Les bocaux de poires en conserve et les grands pots de *Schmalz*, le saindoux de porc que l'on étend le soir sur de longues tartines, sont rangés sur le rebord de la fenêtre. Dans la cuisine au plafond bas flotte une odeur piquante et douce de levure et de sirop. Lydia Brumm connaît les recettes traditionnelles depuis longtemps oubliées dans cette Allemagne conquise par les boulangeries industrielles et les fadeurs de la cuisine internationale.

Elle s'est mariée avec un vétérinaire kalmouk qui lui a fait huit enfants. Olga est la quatrième. Belle dans le cercle blond de la lampe à huile, avec son large visage presque étincelant de pâleur et ses cheveux noirs, très longs, roulés et tarabiscotés dans un lourd chignon qui s'effondre régulièrement sur le côté. Le menton déposé sur la paume ouverte de ses mains, elle écoute sa *« Mutter »* qui raconte encore : « Et puis un jour, en 1952, Mama est revenue. Elle avait travaillé tout ce temps dans une fabrique de fusils. Nous n'avons pas reçu de lettre, rien. J'étais à la maison quand un brigadier l'a amenée. J'avais Olga sur le bras. Mon mari m'a crié : "Sors de la maison, Lydia, ta Mama est revenue !" Mais je n'ai pas pu. Je n'ai pas voulu sortir de la maison. Il m'a appelée trois fois. Alors je suis sortie. Je ne l'ai pas embrassée. Je me suis enfuie et j'ai crié aux gens dans tout le village : "Ma Mama est revenue !" Elle, elle était vexée que je ne l'aie pas embrassée. Quand je suis revenue, elle avait Olga dans les bras et elle pleurait. Alors je l'ai embrassée et je lui ai dit : "Mama, ne pleure pas. Nous sommes ensemble." Mama avait travaillé pendant dix ans dans la Trudarmija, mais elle ne parlait pas un mot de russe. Olga a appris l'allemand avec sa grand-mère. Elle a gardé les enfants. Moi, j'ai été laitière pendant quarante ans. J'ai toujours travaillé, toujours, toujours. »

Lydia Brumm mesure le degré de germanité à la diligence au travail. Elle emploie le verbe *schaffen*, petit nom affectueux, familier, mais investi d'un respect presque religieux pour signifier l'ardeur au travail. *Schaffen* évoque une activité saccadée et joyeuse, minutieuse et grave. *Schaffen*, c'est travailler sans relâche en mettant un cœur fier à l'ouvrage. « Bosser », en plus noble. Lydia Brumm poursuit son récit. Olga approuve chaque épisode d'un dodelinement de la tête. Une boucle dégringole de son chignon. Elle l'entortille autour de son doigt et la fixe avec une pince. Lydia Brumm ralentit le pas de course de ses souvenirs : « Et un jour, Mama est morte. Elle ne m'a jamais parlé de ses dix ans d'internement. On l'a emmenée à l'hôpital. Et, sur son lit, elle a répété : Ça va !, ça va ! Ça va ! Pendant des heures, elle a dit ça. Et je n'ai jamais su ce qu'elle avait voulu dire. Ça va... »

Lydia Brumm colle de gros baisers bruyants sur les joues de son petit-fils, qui a quitté la congrégation des hommes rassemblés dans le salon voisin. Ils sont très occupés depuis une heure au moins à attendre que l'écran de la télévision s'illumine à nouveau. La cuisine est toujours plongée dans la pénombre. La fille cadette, Louise, s'est mariée à un Russe qui travaille comme un Allemand puisqu'il a construit une maison avec une double porte à l'entrée, des fenêtres qui ferment et de l'eau chaude toute la journée. Olga est un peu jalouse. Son Nicolaï travaille comme un Russe. Chez elle, il y a toujours quelque chose qui va de travers. La chasse d'eau qui fuit, la bise glaciale qui s'infiltre sous la porte, les fenêtres qu'elle colmate en hiver avec du papier journal imbibé d'eau. Louise ne parle pas l'allemand. Elle déchiffre à peine quelques mots du long récit que vient de faire sa mère. Quand elle déniche un mot connu, elle secoue la tête, ravie. Pendant toutes ces années d'assimilation forcée, il était interdit à la minorité allemande de parler sa langue. Celui qui laissait échapper un mot en public courait le danger d'être dénoncé comme traître. Lydia Brumm s'est cramponnée à l'allemand pour sauvegarder son identité menacée par les déracinements et les déportations successives : « Je n'ai laissé personne me prendre ma langue, jure-t-elle. Mes enfants ont toujours eu peur de parler allemand. A l'école, on les traitait de Fritz [2]. Et moi qui suis chrétienne, je leur ai donné la permission de donner un coup de poing à celui qui se moquait d'eux parce qu'ils étaient allemands. Nous, les Allemands de la Volga, nous ne sommes pas responsables de ce qui s'est passé sous le IIIe Reich. Nous avons doublement souffert : à cause de Hitler et à cause de Staline. » Jusqu'à la mort du Petit Père des peuples, les Allemands d'URSS devaient pointer, une fois par mois, à la Kommandantur. S'ils manquaient un rendez-vous, ils risquaient immédiatement la prison. Ils n'avaient pas le droit de quitter leur village et certaines professions leur étaient systématiquement interdites. En 1956, le premier voyage du chancelier Adenauer à Moscou assouplit leur condition – du moins dans les textes. Partiellement réhabilités et officiellement reconnus comme citoyens soviétiques à part entière, les déportés du Kazakhstan ne seront pourtant ni dédommagés ni autorisés à retourner le long de la Volga.

Toute la famille de Lydia Brumm a déposé une demande pour « rentrer » en Allemagne. Le fils aîné, Peter, est déjà en Bavière. Il est parti il y a quelques mois. Il appelle chaque samedi. Toujours pas de travail, mais les enfants vont à l'école allemande et sa femme fait des ménages. Lydia Brumm a vendu sa maison pour quelques roubles. Et pendant que ses économies fondent au rythme énergique de l'inflation, elle vit chez Louise.

Sa chambre au papier peint vert clair est trop étroite pour les deux lits poussés chacun contre un mur. L'Allemagne, la Russie et l'Asie s'y mêlent. Un volumineux oreiller russe recouvert d'un napperon de dentelle est posé sur le lit. Au mur, un kilim ouzbek rouge sang est suspendu à côté d'un pâle médaillon de la Sainte Vierge. Sur l'étagère, Lydia Brumm a déposé sa Bible, copiée à grandes boucles d'encre bleue par la main pieuse d'un vieil Allemand de Bolschaja Tschuvakovoka, qui, pendant les années de nuit stalinienne, a lutté pour perpétuer la foi luthérienne. Trois Nouveaux Testaments, tout neufs, ont été offerts par les missionnaires d'une des sectes qui s'activent sur ce territoire à évangéliser. Dans la maison Brumm, on disait les prières à voix basse, après avoir fermé les volets, comme des voleurs, pour que la milice ou les voisins ne voient rien. Tous les soirs de sa vie, Lydia Brumm a dit le Notre Père. Elle épelle aussi, comme preuve de son identité préservée pendant les années de tunnel, les coutumes allemandes que la famille n'a jamais cessé de pratiquer : les œufs peints suspendus aux arbres du verger à Pâques, le saint Nicolas qui vient le 6 décembre récompenser les enfants obéissants, les rideaux du salon décrochés à Noël pour faire un manteau à l'enfant Jésus qui vient apporter les cadeaux au pied du sapin.

Lydia Brumm caresse tendrement du plat de la main une caisse de bois peint déposée à côté de l'armoire : « Je ne veux pas la jeter. Car elle me vient de ma *Heimat* ! » C'est avec cette caisse pour seul bagage que Lydia et sa mère ont quitté Neuschilling pour le Kazakhstan. Lydia Brumm a offert l'autre lit à Maria qui est aveugle. A Bolschaja Tschuvakovoka les Allemands vivent à la russe, en famille, dans la même maison exiguë. On se serre les coudes, comme chez Olga. Maria et Lydia se connaissent depuis Neuschilling, quand Maria, orpheline, est venue se réfugier chez la mère de Lydia qui l'a employée comme fille de ferme. De ses mains grises aux phalanges enflées comme des racines de gingembre, elle s'agrippe à la manche de Lydia et geint. « *Oje. Oje* », bredouille-t-elle, avant de pouvoir commencer à parler.

Maria vivait seule dans une fermette au bout du village, à l'orée de la steppe. Elle a perdu son mari en 1989, au moment où l'empire commençait à se fissurer. Un brave homme, qui a fait dix ans de goulag parce qu'il était allemand. « Bien qu'il ait été décoré de l'ordre de Lénine. » Il ne buvait pas. Il savait les prières et les cantiques par cœur. Maria lape son thé et trempe son morceau de *Streusel* pour le ramollir. Les grains de beurre fondent et laissent une auréole grasse à la surface. Le courant est reparti et la télévision, imperturbable compagnon des foyers russes, allumée au lever et éteinte au coucher, avale bruyamment la conversation. A côté, les hommes s'étirent d'aise dans les fauteuils. Ils allument leur dixième cigarette, fenêtres fermées, radiateurs bouillants. Maria glapit, incantatoire : « *Oje. Deutschland.* J'ai travaillé toute ma vie comme une chienne. Toute ma vie, la pauvreté et le malheur. Il faut que ça aille vite maintenant. Je veux encore la voir, l'Allemagne. Et je n'ai plus assez d'argent pour tenir longtemps. Et je ne pourrai pas vendre ma maison. Alors où sont mes papiers ? Ça fait deux ans que je les ai envoyés en Allemagne. Olga, ne peux-tu rien faire ? Combien de temps encore allons-nous accepter d'être des Fritz ? Quand est-ce que je pourrai partir ? J'ai peur la nuit dans ma baraque au bord de la steppe. »

Olga promet d'intercéder auprès du consulat allemand et enveloppe la « petite mère » contre son sein. Maria la couvre de petits baisers mouillés, l'appelle « *mene kleene* » (ma petite), ne veut plus lui lâcher le bras. De ses yeux visqueux, collés par la cataracte, elle implore en joignant les mains. Le visage enroulé dans un foulard de laine, Maria a l'air d'une vieille madone en extase. Elle jette les mains au-dessus de sa tête et gémit encore : « *Oje... Deutschland !* »

« *Oje... Deutschland !* » Je pense à tous ces Allemands que je connais et qui donneraient si cher pour se libérer de leur difficile nationalité.

Ceux qui rêvent d'être nés ailleurs. Celles qui sont ravies d'avoir les cheveux noirs et la peau mate parce qu'elles ne sauraient être soupçonnées de ressembler à de blondes et laiteuses *Gretchen*.

Ceux qui clament, haut et fort, que seule Paris est leur capitale et que Bonn ou Berlin les laisse de marbre.

Ceux qui se sentent européens et – grand Dieu ! – surtout pas allemands.

Ceux qui (à l'Ouest) ne sont jamais allés voir, maintenant que le Mur ne les retient plus, à quoi ressemble l'Est, parce qu'ils ont décidé que leur propre pays ne les intéresse pas, et que ce genre d'excursion patriotique leur donne des haut-le-cœur.

Ceux qui (les plus allemands de tous, bien sûr) s'autoproclament cosmopolites voire internationalistes post-modernes car ils mangent italien, s'habillent français, ont une maison de vacances en Provence, ne jurent que par le cinéma asiatique, se guérissent par la médecine chinoise, appellent leurs enfants de prénoms étrangers très compliqués.

Ces *Weltbürger*, insipides « citoyens du monde ».

Ceux qui, les plus rasoirs (à éviter à tout prix), se confondent en lourdes et longues démonstrations pour justifier qu'ils ne peuvent aimer l'Allemagne.

Ceux qui, quand on attaque leur pays, trouvent un plaisir subtil à être d'accord et en rajoutent : « Ah, oui ! Tu as tout à fait raison, nous les Allemands nous n'avons pas le sens de l'humour et en plus nous ne savons pas nous laisser vivre. »

Chaque fois que j'ose une critique, je me dis que cette fois-ci je suis allée un peu trop loin, et que je les ai blessés dans leur amour-propre. Mais c'est à croire qu'ils sont vraiment masochistes. Ils ne sont jamais vexés, sauf quand on leur dit qu'ils sont très allemands. Ils aiment que les étrangers commentent les recoins de leur complexe psyché et se consacrent à l'introspection forcenée des mille états de l'âme allemande : Peut-on être fier de sa patrie sans être un dangereux révisionniste ? Peut-on, comme le disait Helmut Kohl au cours d'une mémorable visite en Israël, se disculper du national-socialisme en invoquant la « grâce de la naissance tardive » ? Le malheureux lourdaud n'aurait jamais imaginé le coup de tonnerre déclenché par la remarque qu'il croyait si bien fondée. Je pense à ce très jeune homme rencontré dans le wagon-restaurant de l'intercity Francfort-Bonn. Je m'émerveillais de la beauté de la courbe du Rhin, quand il coule entre les rochers schisteux de la Lorelei et les douces ondulations du vignoble. « Un des plus beaux voyages en train d'Europe », décrétais-je, élogieuse. Et mon jeune voisin, incapable d'accueillir ce compliment qui lui était adressé, avait intensément plissé le front, et repassé en revue dans sa tête tous les tortillards européens pour, soulagé, me rétorquer que la côte d'Amalfi et la liaison Glasgow-Oban, c'est plus beau encore... et surtout moins allemand. Je pense à cette femme qui me racontait que lorsqu'elle voyageait en stop, dans sa jeunesse, elle se faisait toujours passer pour une Suisse allemande. « Par honte ! », m'expliquait-elle. Je pense à tous ceux qui, comme elle, se contorsionnent, jouent les caméléons, et se renient pour ne pas être ce qu'ils sont : allemands. Car : « Qu'est-ce qu'être allemand, au juste ? »

L'arrivée de ces nouveaux/vieux Allemands de Russie a redonné du piment à la question usée que les Allemands ne finissent pas de se poser, de causeries télévisées en séminaires œcuméniques. Elle relève à la fois de la géographie, du droit constitutionnel et de la métaphysique. Et elle est loin d'être réglée. Un Turc qui est né en Allemagne, qui parle allemand et est allé à l'école en Allemagne, mais qui ne dispose pas automatiquement de la nationalité allemande car ses parents sont turcs, est-il donc moins allemand qu'un

Allemand de souche russifié par la steppe ? Au Kazakhstan on ne connaît pas ces déchirements identitaires. C'est rafraîchissant. Obstinément cramponnés à leur germanité malgré les années de répression, les Allemands du Kazakhstan ont une vision limpide d'eux-mêmes. Pour eux, être allemand, c'est égrener la même et immuable litanie de ternes vertus égrénées sans l'ombre d'un tourment intime : ordre, discipline, ardeur au travail, propreté, ponctualité, sérieux, sens de l'épargne, honnêteté, sobriété, fiabilité. Dans les kolkhozes de la steppe, j'ai rencontré pour la première fois des Allemands heureux d'être allemands. Comme Aleksander qui me regarde atterré, au bord des larmes, quand je lui apprends que si ses ancêtres sont originaires de Wissembourg, en Alsace, il est aujourd'hui français et non allemand.

Lydia Brumm et Maria l'aveugle n'ont elles non plus pas été effleurées par le doute. Elles sont allemandes et veulent *heimkehren* (rentrer à la maison). Maria a fourré dans le sac à main d'Olga un nouveau certificat qui lui permettra – « c'est mon dernier espoir ! », a-t-elle encore larmoyé sur le pas de la porte en regardant la voiture d'Olga passer la barrière de la cour et s'éloigner dans la steppe couleur d'encre – d'obtenir enfin les « papiers ». Le lendemain, Olga tient promesse. Olga est connue à la Nemezkij Dom, la Maison allemande de Kustanaï, le chef-lieu du *rayon*[3] qui démarque ce coin reculé du Nord-Kazakhstan. Elle aurait pu devenir la présidente des Allemands du *rayon*, si Youri ne lui avait pas raflé le titre au dernier moment.

L'ancien palais de la Culture du syndicat des ouvriers du bâtiment de Kustanaï a été acquis en 1991 par la République fédérale pour servir de centre d'accueil à la minorité allemande de la région. En 1989, ils étaient 107 000 à vivre dans le *rayon* de Kustanaï. Et depuis que le Kazakhstan a acquis son indépendance, ils ne cessent de partir. Ils ne sont plus que 45 000 aujourd'hui. Avec le linoléum marbré du couloir, la photocopieuse soigneusement barricadée dans le bureau de la secrétaire, le fax relié au reste du monde par une ligne satellite, la Nemezkij Dom est une enclave de germanité, moderne et efficace, aux confins de l'Empire soviétique en pleine désintégration. C'est l'unique port d'arrimage de l'Ouest dans cette bourgade incroyablement laide, dépourvue de centre, d'allées, de vieilles pierres, d'arbres, de magasins, de couleurs, d'âme. Seul le quartier des nouveaux riches essaie d'enjoliver la laideur. Un bric-à-brac de chalets suisses disproportionnés et d'énormes villas a poussé trop vite en rebord de la ville. Le plus souvent, la brique des façades est à nu, et derrière les nobles grilles de fer forgé le jardin n'est encore qu'un terrain vague boueux. Les nouveaux enrichis n'ont plus assez d'argent pour achever les travaux. A l'étroit dans un parc au cœur de la ville, la flamme du soldat inconnu commémore la victoire de l'Armée rouge sur le nazisme. Un colossal guerrier soviétique écrase du talon la croix gammée. C'est, avec la statue de Lénine, le seul monument de Kustanaï. Les jeunes mariés viennent s'y faire photographier et y déposer une gerbe de fleurs le jour de leurs noces, pour remercier leurs aînés d'avoir terrassé la bête allemande.

Dans le couloir éclairé au néon de la Nemezkij Dom, des dizaines de personnes emmitouflées dans d'épais manteaux de laine attendent. L'embonpoint des femmes, les dents en or dévoilées le temps d'un bâillement, l'ombre à paupières turquoise, les sourcils épilés jusqu'à ne plus dessiner qu'une virgule au-dessus de l'œil, le russe qu'elles chuchotent, effrayées d'être prises en flagrant délit : elles n'ont pas vraiment l'air allemand, toutes ces femmes qui se nomment pourtant Tatjana Finck, Olga Wilmer, Wilda Wilmann. Toutes attendent « les papiers ». Sur le rebord d'une table, à plat sur leurs genoux, elles peinent pour remplir les formulaires touffus élaborés à Bonn. Certains ont amené une interprète, une voisine, une vieille cousine, car ils ne parlent pas allemand. Ceux qui savent un peu mieux l'allemand font un commerce lucratif en remplissant les papiers pour les autres, moyennant quelques roubles ou un sac de pommes de terre du jardin. L'Allemagne est ici un grand rêve lointain, promesse de liberté, d'argent, de gadgets électroménagers, de médicaments et de reconnaissance. Chacun tente sa chance. Il suffit, dit une méchante boutade, qu'il y ait un berger allemand dans une famille russe pour que toute la tribu s'empresse de revendiquer la nationalité allemande. Même l'église est une combine à ne pas négliger. Quand je m'émeus, le dimanche au culte, de cette foi chrétienne obstinément préservée chez des gens, jeunes et vieux, qui n'avaient jamais vu un pasteur de leur vie, Olga me chuchote que les certificats de baptême et de confirmation facilitent l'obtention des papiers.

Pour les autorités allemandes, faire le tri entre les candidats de souche allemande et ceux qui, attirés par l'Ouest, tentent leur chance au portillon de l'émigration, est un insoluble casse-tête. L'article 116 de la Loi fondamentale décrète que tous les Allemands de souche séparés de l'Allemagne à cause de la guerre froide ont automatiquement droit au passeport allemand quand ils débarquent en République fédérale. Le droit du sang, en vigueur en Allemagne, veut que l'« appartenance au peuple allemand » soit définie par une « culture et une tradition communes ». Est allemand celui dont l'ancêtre était allemand. La germanité est héréditaire, inscrite dans les gènes. Mais comment distingue-t-on, deux siècles plus tard, qui est allemand et qui, à force de métissages et de soviétisation, a cessé de l'être ? Les critères énumérés sur les formulaires de demande d'immigration sont ubuesques. Il est difficile, le plus souvent impossible, de retracer l'origine des ancêtres. Si les grands-parents venaient de la Volga, il est pratiquement sûr que les descendants sont allemands. Un autre paramètre est la mention : « nationalité allemande » dans le passeport soviétique. Signe peu fiable cependant, car de nombreux Allemands avaient fini par cacher leur identité par peur des brimades. La religion et la pratique du *Deuts-*

chtum, les us et coutumes allemandes, sont aussi des preuves. Une autre réglementation stipule que tous ceux qui se sont, d'une façon ou d'une autre, arrangés avec le régime en acceptant d'occuper des fonctions officielles dans la police, au Parlement, etc., n'ont pas vraiment souffert sous le régime soviétique et seront donc privés de la nationalité allemande.

Les gens assis dans le couloir lèvent la tête quand Olga passe, les yeux légèrement bridés et la nuque droite, comme une princesse orientale, flattée d'être saluée par tous ces petits vieux révérencieux. Pour aller à la Nemezkij Dom, Olga a soigné sa tenue. Ce matin, devant le miroir de l'entrée, elle a ébouriffé du bout des doigts le jabot de dentelle de son chemisier et enfilé ses bottines à talons. Une odeur forte de musc et de muguet annonce son arrivée. Elle entre en frappant à peine dans le bureau de Youri, dépose le certificat de Maria sur le bureau de la secrétaire qui s'empresse de le porter dans la pièce à côté où somnolent des piles de dossiers en attente. Depuis qu'on a révélé à Youri que ses ancêtres étaient venus de Bavière en 1716, le fanion rouge et blanc du FC Bayern est pendu sous la carte des 16 Länder, dans son bureau. Youri a des petits yeux noirs qui rient sans arrêt derrière la mèche entortillée sous sa chapka. Le président des Allemands de Kustanaï ne parle pas un traître mot d'allemand. Il invite Olga à prendre un café. Elle s'assied. Ils parlent à voix basse. J'observe, à l'autre bout de la pièce, un ingénieur agronome du ministère de l'Agriculture à Bonn. Envoyé dans le Grand Nord kazakh, il s'époumone à dispenser ses conseils à un kolkhozien allemand qui ânonne la noble langue de Goethe. L'ingénieur échaudé déploie d'immenses efforts pour garder son calme. Il veut – c'est si simple pourtant ! – qu'on lui explique le fonctionnement de la porcherie du kolkhoze. Le cochon : de la production à la distribution. Le cochon : tous les maillons de la chaîne. « Rationnellement, s'il vous plaît ! Rationnellement ! », martèle-t-il à l'adresse de l'ouvrier agricole qui donne le meilleur de lui-même. Engoncé dans l'étroite logique de l'économie planifiée, le kolkhozien continue, avec un *« Mein Grosser Freund ! »* (mon très grand ami) par-ci et une accolade virile par-là, à dévider un récit approximatif et très poétique. Quand le malheureux kolkhozien, à court de ressources mais pressé de débloquer la situation, fait mine de dégainer la bouteille de vodka enfouie dans son cabas, le fonctionnaire du ministère de l'Agriculture ne parvient plus à se contenir. Il explose dans sa veste vert sapin et ses pantalons lacés aux genoux : « Il faut être *korrekt* ! *Korrekt* ! » J'imagine le récit qu'il fera, de retour à Bonn, de son aventure kazakhe. Un témoignage qui ne devrait pas arranger l'amitié entre les peuples. L'ingénieur s'éponge le front et, en désespoir de cause, me prend à témoin : « Je suis tellement sous pression ! Nous avons en Allemagne quatre millions de chômeurs et ces gens-là ne peuvent pas tous venir chez nous ! Ce n'est pas possible ! » L'ingénieur agronome a été investi d'une mission impossible. Pour essayer de retenir les Allemands au Kazakhstan, le gouvernement allemand tente – à grands renforts de subventions – d'améliorer les conditions économiques et sociales sur place. De petites entreprises – fromageries, boulangeries, charcuteries – ont été créées avec l'appui financier et logistique de Bonn. Des opérations ponctuelles, impuissantes à enrayer l'exode. Officiellement, le gouvernement allemand se dit prêt à accueillir à bras ouverts ces « parents par le sang ». En réalité, tout est fait pour les dissuader de venir en Allemagne. La langue est devenue un critère décisif et très sélectif. Les candidats au grand retour sont maintenant obligés de passer un test linguistique. Une épreuve que beaucoup ne parviennent pas à surmonter. En 1989, date du dernier recensement en URSS, il y avait un million d'Allemands au Kazakhstan – la majorité d'entre eux dans le Nord. Ils ne sont déjà plus que 256 000 aujourd'hui. « Ils sont prêts à détaler vers l'Allemagne, prévient l'ingénieur en baissant la voix comme s'il me livrait un secret d'État menaçant. Ils sont déjà assis sur leurs valises ! »

Elles sont là, les valises. Une excroissance fouillis qui a poussé en quelques heures dans le hall de l'aéroport d'Almaty[4], la sinistre capitale du Kazakhstan qui, avant l'indépendance, portait encore le nom chevaleresque d'Alma Ata. Hétéroclite amas de cartons emmaillotés dans des mètres de ficelle, de sacs en Nylon dont les coutures surmenées menacent d'exploser, de boîtes, de baluchons difformes, de besaces, de couvertures enroulées sur elles-mêmes comme des boudins, d'affreux ballots. Empilées, poussées du pied et des reins, tirées de l'avant par deux hommes qui forment attelage. Et ils sont assis dessus. Un enfant dort, la bouche ouverte, sur un sac de linge. Une vieille s'est affaissée sur le rebord de sa malle. Les hommes s'affairent encore à renforcer une dernière fois les bagages chancelants. Le ruban adhésif qu'ils cisaillent nerveusement entre leurs dents claque dans tout l'aéroport.

Au début, ils emportaient beaucoup plus. Il y a des objets, modestes et fidèles compagnons de toute une vie, dont on ne peut se séparer. Chaque famille avait le droit d'expédier un container vers l'Allemagne. Ils y mettaient la vaisselle, les couteaux de cuisine, la machine à laver, le vélo, le linge de maison, un sac de farine. Par peur de manquer. Émerveillés de tout trouver sur place en plus moderne et en plus beau, ils oubliaient de récupérer le container. « Il y a tout ce qu'on veut ici. N'emportez que le strict minimum ! », ont alors supplié les familles déjà installées. Furieux que les nouveaux venus encombrent les gares de triage avec leurs vieilleries soviétiques, le gouvernement allemand a supprimé l'allocation déménagement. Aujourd'hui, les émigrés laissent tout en plan : la ferme vendue aux Kazakhs pour une bouchée de pain, le verger, les animaux, les meubles du salon, la vaisselle. Et n'emportent que leur literie, des vêtements, quelques photos, les médailles décernées par le kolkhoze pour des années de travail assidu, la Bible. Ils s'en vont légers. Comme s'ils partaient en vacances. Pour un petit moment seulement.

À 4 heures du matin, la steppe est éclairée par une énorme lune rousse. L'avion pour Hanovre doit s'envoler à 8 heures du matin. Celui qui ramène les Russes à Moscou décollera deux heures plus tard. Celui qui rapatrie les Juifs en Israël est parti hier. C'est le formidable exode de l'après-guerre froide. Le grand retour des déracinés, exilés de chez eux par le rideau de fer. Les nouveaux États font de l'ordre chez eux. Chacun rentre vers ce qu'il croit être son chez-soi où, généralement, on n'a pas du tout envie de le revoir. Le Kazakhstan, surnommé « la prison des peuples » à cause de tous ceux – Allemands, Coréens, Tatares, dissidents politiques – qui y ont été déportés, se vide. « Nous rentrons chez nous, *in die Heimat* ! », affirment les émigrants en toute simplicité, comme s'ils étaient partis hier. Certains ont quand même les yeux qui se voilent quand ils regardent au loin le cirque de montagnes d'Almaty qui commence à se dessiner dans le jour naissant. *In die Heimat*, cette Allemagne lilliputienne, cinq fois (au moins) plus petite que le Kazakhstan et qu'ils ont pourtant baptisée avec respect, intimidés, *« Gross Deutschland »* (la Grande Allemagne). Il y a deux cents ans, leurs ancêtres avaient fui la faim et la misère. Aujourd'hui, pour les mêmes raisons, ils font le voyage en sens inverse. Ils savent pourtant qu'ils sont des *Russlanddeutschen.* Des Allemands russes ou des Russes allemands. Des êtres hybrides, bicéphales, apatrides. Avec leurs tournures de phrase démodées, leurs dents en or et leur flopée d'enfants, ne vont-ils pas devenir des Allemands de troisième classe, loin derrière les Allemands de l'Est, passagers de seconde classe de l'Allemagne unifiée ? Sauront-ils se refaire une vie dans le logement social exigu qui leur sera alloué ? La petite ville d'Allemagne profonde qui sera obligée de les accueillir ne les regardera-t-elle pas de travers ? Croyants, superstitieux, solidement attachés à leurs clans, russifiés, vont-ils s'adapter aux mœurs décousues de la grande Allemagne qui se moque des fichus à fleurs de leurs vieilles et redoute les opinions ultra-réactionnaires de ces nouveaux électeurs ? Ne seront-ils pas rejetés comme des parasites dans une Allemagne affolée par son taux de chômage et soucieuse de défendre son niveau de vie ? Mal venus. Étrangers. Oubliés.

Mais aujourd'hui il n'y a pas de place dans leur tête pour l'appréhension. L'Allemagne est le pays de Cocagne. Un point, c'est tout. Il faut partir. Coûte que coûte. La consigne de l'office de voyage était pourtant impérative : pas de bousculade. Tout le monde partira. Mais les émigrants n'y croient pas. Ils la connaissent, leur Russie. Ils ont bien trop peur d'une entourloupe de dernière minute. Les mères déballent déjà les premiers casse-croûte pour occuper les enfants qui geignent de fatigue. Les pères de famille font semblant de négocier avec le douanier kazakh l'obligatoire bakchich en Deutsche Marks ou en dollars, les seules monnaies qui comptent. Une heure de chicanes bureaucratiques, de va-et-vient vers le bureau du douanier chef, de faux sourires, de papiers minutieusement contrôlés, de questionnement intense et de larmoiements. Tout cela pour la forme. Fatalistes, les familles finissent par plier. Le douanier kazakhe empoche en devises l'équivalent de quatre mois de son maigre salaire. Les autres émigrants observent la scène, comme s'il n'y avait rien de plus normal. Dehors, derrière le vitrage opaque de l'aéroport, je vois le ballet d'ombres des silhouettes de ceux qui restent et essaient, le nez collé au carreau, d'entrapercevoir une dernière fois les leurs.

L'avion pour Hanovre a deux heures de retard, quatre heures de retard, six heures de retard. Les informations les plus fantaisistes se propagent dans le hall de l'aéroport : l'avion aurait eu un accident. Il y aurait du brouillard à Hanovre. Personne ne songe à demander. Se renseigner ? Mais où ? Ils ne pensent même pas à râler. Ils restent là, debout, silencieux. Ils attendent. Ils ont l'habitude d'attendre et de refouler leur germanique amour de la ponctualité.

« Il ne peut rien nous arriver de pire que ce que nous avons déjà vécu. » Marta, 85 ans, tente de rassurer sa belle-sœur Emilia, 89 ans. Les deux « petites mères » se sont accroupies sur le sol pour soulager leurs jambes. Je pense à Lydia Brumm et à Maria l'aveugle qui sont toujours à Bolschaja Tschuvakovoka à attendre leurs papiers. Marta et Emilia n'ont aucune famille. Ni au Kazakhstan ni en Allemagne. Et n'aspirent qu'à une seule chose : la maison de retraite en Allemagne et les draps frais de l'hôpital si elles tombent malades. « Se reposer et servir Dieu ! », décrète Marta. Même la plus bigote des grands-mères allemandes n'oserait pas une expression pareille. Marta ne sait plus très bien où elle est. Au bout de trois heures d'attente dans l'aérogare, elle se renseigne : « On est bientôt arrivés ? » Elle se croyait déjà dans l'avion. Elle croyait que ça ressemblait à ça, une « machine », un engin presque menaçant pour une si vieille dame. Un énorme hall avec du monde et des lumières partout. Huit heures de retard. La foule s'ébranle enfin. Le ventre creux, les jambes plombées, les petites mères avancent en titubant. Marta se met à trembler. Des grelots brefs, nerveux, saccadés qui me font peur. Elle éponge ses yeux secs avec le petit mouchoir qu'elle tient serré, plié en quatre, au creux du poing. Les pluches de son fichu d'angora blanc sèment de doux flocons sur son manteau de rayonne. Sur la manche, une bavure de chewing-gum s'est incrustée dans la maille du tissu.

A peine installée dans la cabine du charter, Marta sort de son cabas un petit pain et une barre de chocolat qu'elle me tend : « Pour vos enfants ! ». Quand elles ont peur, Marta et Emilia mangent. C'est un réflexe. Elles chuchotent en allemand. Elles ne remarquent pas que l'avion décolle. Et quand Marta s'exclame, radieuse : « J'avais si peur que mes oreilles se décollent aussi. Et dire que je n'ai rien senti du tout », l'avion survole déjà la steppe. L'hôtesse acariâtre installe une tablette bancale devant les deux vieilles et lâche un plateau repas. Elle a un visage de naine écrasé par une frange crêpée en barbe à papa, façon années 50. Au menu, une cuisse desséchée de poulet et une barquette de riz. « Tout cela pour une seule personne. C'est beau. Mais c'est très bon », Marta mange goulûment, pousse le riz avec les doigts sur la cuiller en plastique, soupire d'aise et appuie sa petite tête blanche sur mon épaule pour dormir un peu. Son cabas a vite englouti les sachets de sucre, les cartons d'orangeade qu'elle n'a pas voulu laisser sur le plateau. Marta et Emilia ne savent pas encore où elles vont vivre. On leur a dit que le climat est plus doux dans le Sud de l'Allemagne. « Ô, je remercie Dieu de m'avoir fait sortir d'ici », décrète Marta qui a caché 700 Marks entre les pages de sa Bible. Elle me montre toute sa fortune en mettant le doigt sur les lèvres pour que je ne divulgue pas son secret.

Chabadabada... chabadabada... La mélodie d'*Un homme et une femme* envahit la cabine engourdie, flotte au-dessus des rangées de bouches édentées entrouvertes par le sommeil. Mes voisins révisent leur allemand dans de grands cahiers qu'ils cachent pudiquement quand mon regard les fixe, trop indiscret. Marta se penche vers moi : « Pisser. Je dois pisser ! » Dans le cabinet de toilette souillé après six heures de vol et une interminable escale en Sibérie, Marta rajuste une savante superposition de jupons de laine, de longues culottes de flanelle, de bas et de chaussettes. « Trop de culottes !, s'excuse-t-elle. C'est frais ! C'est beau ! » Elle s'extasie en se frottant le visage avec le savon qu'elle a emporté, enroulé dans une serviette. Elle tamponne ses joues grises avec de l'eau de Cologne : « Maintenant, je suis prête pour l'Allemagne ! » Bien avant l'atterrissage, une odeur lourde et sucrée de parfum attaque la cabine. Les femmes tirent leurs chemisiers du dimanche mauves et jaunes bouton d'or sur leurs hanches, remettent en place la baleine de leur soutien-gorge qui a glissé dans le sommeil et qui cisaille leur poitrine volumineuse, lissent leurs bas et font claquer l'élastique de leur ceinture. Le visage étiré en pointe vers un petit miroir de poche, elles maquillent lèvres, sourcils, paupières, pommettes. Abondamment. A la russe. Elles crêpent leur chignon. Y soufflent un nuage de laque. Elles remontent les pantalons des petits garçons, coincent les pull-overs dans leurs ceintures, tressent les nattes des petites filles et ajustent les rubans de tulle rose.

Le *Chabadabada* a repris, diffusé en boucle depuis le départ d'Almaty. Pour la quatrième fois, la course éperdue sur la plage normande. L'avion descend sur Hanovre. Tout le monde se tait. Ce pays imaginaire ressemblera-t-il à leurs rêves ? Marta a recommencé à trembler. Elle vacille d'avant en arrière sur son siège. Les yeux fermés, elle s'agrippe à mon bras en claquant des dents. Je la prends sous mon épaule comme un enfant et la serre fort. Je lui parle tout doucement pour qu'elle se détende. Mais elle n'est plus sûre du tout de vouloir sortir de l'avion. « Vous croyez vraiment, ma chère enfant, demande-t-elle pour la dixième fois, qu'il y aura une place pour nous ici ? » Un coup de poignet élastique ouvre du dehors la portière de la cabine. La Grande Allemagne fait irruption : lumineuse, organisée, hygiénique. Plus éblouissante que jamais, car nous sommes à la veille de Noël. Elle apparaît sous son meilleur jour, cette Allemagne mal aimée dont les passagers du charter en provenance d'Almaty sont presque les seuls à rêver. Des cheveux d'ange et des boules argentées décorent le boyau qui relie la cabine au hall des arrivées. Les *Chabadabada* roucoulent une dernière fois dans les haut-parleurs. Les passagers se sont levés et cherchent en s'interpellant leurs bagages sous les sièges. Le Secours protestant propose des fauteuils roulants aux petites mères. J'ai peur qu'elles se sentent humiliées d'arriver en Allemagne comme des vieilles impotentes. Elles qui, hier encore, ont trait la vache, coupé le bois, pelleté la neige. Mais elles sont si fatiguées et Marta tient à peine debout dans ses galoches fourrées. Deux blancs-becs à la moustache naissante, bien intentionnés et respectueux des consignes, chaussent des gants de caoutchouc jusqu'au coude pour saisir les petites mères. Elles sont si émues qu'elles ne prennent pas garde à cette précaution offensante. Les hôtesses de l'aéroport de Hanovre m'avaient aimablement prévenue le jour du départ : quand les Russes débarquent, tout l'aéroport pue la mauvaise graisse et la crasse. La foule s'écarte. Les fauteuils roulants creusent une tranchée dans le couloir. Le contraste est terrible entre les yeux broyés de fatigue et d'émerveillement des Allemands du Kazakhstan et les coups d'œil obliques des Allemands d'Allemagne qui regardent passer ce cortège grotesque de miséreux endimanchés. Marta n'a pas lâché le mouchoir plié en quatre qu'elle pétrit dans ses mains depuis l'aube d'Almaty. Son fauteuil roulant est le premier à passer le contrôle d'identité. Le douanier lui souhaite la bienvenue. Soudain, elle revient à elle. Le sourire du douanier, la chaise roulante « si gentiment poussée par deux chers enfants »... Marta n'a plus peur. Elle se retourne et crie à Emilia encore en train de puiser dans son énorme cabas à la recherche de son passeport allemand tout neuf : « De notre vie, Emilia. De notre vie, nous n'avons pas mérité un si grand bonheur. »

Modèle allemand

« Vous voulez écrire quelque chose sur la firme Koehler ? »

La jeune femme pointe vers moi ses yeux bleu cristallin. Elle croit à une méprise. La secrétaire de direction de l'entreprise Koehler a la lenteur indolente et un peu niaise du Sud de l'Allemagne. Elle fait le dos long derrière la console de son ordinateur. Étire le cou. Secoue de ses doigts en éventail les bouclettes effilochées de sa permanente. Traîne longtemps dans ses pensées en pagaille. Essaie d'y mettre de l'ordre. Prend son temps. Ne comprend toujours pas. Et capitule : « Mais il n'y a rien à écrire sur la firme Koehler ! »

C'est vrai qu'il n'y a pas grand-chose à dire sur la fabrique de papier Koehler, pendue le long des premières rondeurs vert sapin de la Forêt-Noire. Une passerelle de verre enjambe la route nationale qui mène à Strasbourg et relie les bureaux de l'administration au corps de l'usine. Le premier employeur de la petite commune badoise d'Oberkirch. Spécialités : le papier autocollant et le papier thermique.

Rien. Pas de conflit social. Pas de grève. Aucune turbulence syndicale. Ni scandale fiscal ni faillite. Pas de géniale invention. Pas de drame familial. Pas de ragot digne d'être colporté. La cantine fait des efforts de diététique et la direction a l'esprit écologique. Un crucifix de cerisier clair est suspendu au-dessus de la buvette pour dissuader de tout excès. Le psychologue maison propose un cours de « jogging pour le cerveau » à ceux qui, abrutis sur leurs machines, veulent se remuscler les méninges. Koehler prend soin de ses apprentis, assure une formation continue à ses employés, n'oublie pas ses retraités. Les couloirs sont balisés d'écriteaux, garde-fous prévenant la plus modeste incartade : « Fermez la porte ! », « Éteignez la lumière ! ». Tout va son train imperturbable depuis qu'en 1807 l'ancêtre Koehler, un marchand du coin, acheta un moulin à papier le long de la Rench, le mince filet d'eau qui paresse à travers les prés. Otto, Emil, August, Werner... sept générations de mâles héritiers se sont succédé à la tête de l'entreprise. Aujourd'hui ce sont les neveux de Werner – Klaus et Wolfgang Furler – qui assurent la pérennité de la lignée. Non, vraiment rien d'un peu affriolant à raconter, pas même une vilaine compromission nazie sous le IIIe Reich. La firme Koehler a fabriqué du papier noir pour colmater les fenêtres aux heures de couvre-feu. Faute de personnel et de matériel, la production a été interrompue pendant les dernières semaines de la guerre. Le fils cadet, Erich Koehler, est tombé en Russie. L'aîné, Werner, a survécu. « Malgré quatre blessures, il rentre heureux au pays en 1945. De cette période de sa vie, il ne gardera comme souvenir que la faim », notent au passage les lettres gothiques du livre d'or de l'entreprise. Comme si Werner était revenu, le corps criblé, le ventre creux et le sourire aux lèvres, d'une quelconque petite bataille à laquelle les Allemands s'étaient retrouvés injustement mêlés. Ce chapitre encombrant de la vie du patron a mis le chroniqueur mal à l'aise. Il s'en est tiré en réduisant les années noires de l'Allemagne à un entrefilet anecdotique. A la mort de son père, Werner hérite de la fabrique. La production repart en trombe après la guerre. Koehler exporte dans le monde entier. En France et aux États-Unis. En Chine via Hong-Kong et Singapour. Avidement vers les pays de l'Est depuis la chute du Mur. Le Japon est la seule et regrettable exception. Une stratégie est à l'étude pour y remédier. L'entreprise Koehler est exemplaire de ces grosses PME au rayonnement international qui bâtissent la robuste ossature de l'économie allemande assurant le succès et l'essor de l'après-guerre. Une réussite allemande d'une plate banalité.

Dès le parking, tout est mis en œuvre pour mater dans l'œuf le conflit potentiel. A chacun sa place devant l'immeuble fonctionnel où loge l'administration. Trois places de parking pour la direction. Une dizaine pour les visiteurs. Deux pour les handicapés. Une plaquette piquée dans le gazon frais rappelle avec fermeté aux bénéficiaires de ces places qu'ils sont censés produire un numéro d'identification en cas de contrôle. Après avoir vraiment réfléchi à mon identité, j'enfile ma voiture dans un des rectangles de l'écurie marquée « visiteurs ». Le gardien a pris acte de mon hésitation. Il m'inspecte de la fenêtre de sa loge. Il a dû être prévenu de mon arrivée, car il ne demande pas à voir le passe portant le numéro qui ne m'a pas été assigné. Trois drapeaux battent au vent la devise internationaliste, politiquement impeccable, de la maison : les étoiles jaunes sur ciel bleu roi de l'Europe, le noir-rouge-or de l'Allemagne, le tricolore de la France voisine hissé en l'honneur de la visiteuse que je suis.

A dix heures sonnantes, la secrétaire frappe trois petits coups sympathiques et ouvre d'un geste las la porte du bureau de Wolfgang Furler. J'ai eu du mal à repousser le rendez-vous qu'elle avait voulu me fixer à huit heures du matin. Sur la table basse, au centre du demi-cercle de canapés du coin conversation, le café-filtre est déjà au chaud dans la Thermos escortée par une assiette de biscuits secs. Wolfgang Furler m'accueille avec une décontraction un peu forcée. Hâlé toute l'année par le ski, le printemps en Méditerranée et sans doute les lampes solaires, il porte un gilet sans manches jaune poussin et pas de cravate. Un petit relâchement qu'il s'autorise parce que je ne suis pas une partenaire en affaires. Sa veste en tweed marron est soigneusement posée sur un cintre dans le vestiaire. Ils ont dû se donner le mot, car sa secrétaire ne porte pas le tailleur-escarpins, mais le jeans-mocassins plats. Wolfgang Furler me demande prudemment s'il peut me débarrasser de mon manteau. L'étoffe lourde glisse sur mes épaules, effleure à peine mes bras, le manteau tombe et, hop !, d'un tour de poignet adroit, Wolfgang Furler l'attrape au vol et le dépose sur un cintre. Cet exercice de haute voltige galante montre que le patron de l'entreprise Koehler a été dressé à la « vieille école ». Coutume assez mal vue d'ailleurs par les féministes qui – me confient les hommes quand je m'émerveille de ce geste que je trouve si beau, si agile, si désuet – remettent le galant à sa place en lui jetant : « Tu crois que parce que je suis une femme je ne suis pas capable de retirer mon manteau toute seule ? » Même combat pour les portes ouvertes (c'est à croire que les Allemandes préfèrent qu'on les leur claque au nez) et les chaises avancées au restaurant (on dit que les vraies militantes décochent facilement une claque). Wolfgang Furler s'excuse de ne pas parler français : « Si près de la frontière... Mais si, mais si, j'ai honte. » Et s'excuse encore : son frère Klaus, président du Rotary Club et du club de tennis, est parti jouer au golf en Californie. Lui aussi me prie de l'excuser de ne pouvoir assister à notre entretien. Wolfgang Furler lisse sa carte de visite bien à plat devant moi. Ce rite de reconnaissance signifie, en langage codé, que nous avons assez échangé de futilités aimables et qu'il est temps d'en venir aux choses sérieuses. Son adresse privée est imprimée sur le revers de la carte. Pour qu'il soit joignable à toute heure du jour et de la nuit.

Pendant qu'il décline le volume de production, le prix en dollars du papier autocollant et le mode de fabrication du papier thermique, je regarde par les grandes fenêtres claires en croquant la bordure crénelée d'un petit beurre au chocolat amer. Le climat au sein de l'entreprise est à la même température que les courants d'air tiède qui, dehors, annoncent le printemps. Le paysage est champêtre : douce pente vert amande du vignoble à riesling. Au loin, un clocher et son coq haut perché. Le piaillement aigu des oiseaux. Comment s'énerver dans un décor aussi yogi ? « Notre entreprise n'a jamais connu de grève », mentionne Wolfgang Furler. Cela va tellement de soi qu'il ne s'attarde pas. Je suis obligée de l'interrompre pour lui demander des explications. Wolfgang Furler est tout content de dire du bien de sa maison : « Nous cherchons toujours avant tout à préserver la paix sociale. Ce qui n'est pas bon marché, certes, mais cela nous a évité bien des ennuis au fil des années. Nous nous efforçons, mon frère et moi, de ne jamais imposer une décision de façon autoritaire à nos salariés. Nous redoutons pardessus tout le capitalisme sauvage à la Thatcher. En Allemagne, nous ne cherchons pas à contourner les syndicats, encore moins à les briser. Mais nous travaillons en concertation avec eux et avec le conseil d'entreprise [1]. Dès que quelque chose coince, nous analysons ensemble la situation. Le plus important, c'est le respect mutuel. Bien sûr, chacun défend ses intérêts. Des intérêts pas si contradictoires que cela, car, au bout du compte, il faut, pour que les salaires puissent être payés, que l'entreprise prospère. Nous accordons la plus grande importance à des salaires corrects et à de bonnes conditions de travail. La tolérance mutuelle, le respect de chaque salarié est à long terme plus profitable au bon climat de l'entreprise que les hypothétiques promesses de prime. » Ce qu'il dit là, Wolfgang Furler le pense vraiment et l'applique chaque jour. Il ne sait pas baratiner. Il croit aux vertus du *Konfliktpartnerschaft*. Je sourcille. Wolfgang Furler ne détecte aucune contradiction dans les termes de la formule qu'il vient de placer. Le « partenariat de conflit » repose sur un très délicat mouvement pendulaire entre la conciliation et l'affrontement productif. C'est parce qu'on tient à vivre en paix les uns avec les autres qu'on ne refoule rien et qu'on se dit tout, même les choses désagréables. Le *Konfliktpartnerschaft* est aux relations industrielles ce que la *Streitkultur* (la culture de la dispute) est aux relations amoureuses. Il paraît, c'est du moins ce que préconisent les Allemandes pour résoudre les problèmes de couple, qu'il existerait une culture de la scène de ménage. Une manière de transformer le jet d'assiettes et la bordée d'injures en un dialogue vivifiant. « Transformer la crise en chance » – c'est une autre formule zen que partagent Wolfgang Furler et les Allemandes.

Les employés ne vont pas jusqu'à tutoyer les frères Furler, qui ont cependant banni le *« Herr Direktor »*, trop formaliste. Le titre de *Doktor*, ce second prénom allemand si bêtement pédant, accolé avec déférence au nom de tous les diplômés, est quelquefois employé. Wolfgang Furler se réjouit des relations *salopp* qu'il a nouées avec ses employés. Adjectif qui prête à confusion puisqu'il signifie – en toute innocence – « léger », « décontracté ». Je me demande un instant si je dois faire part à Wolfgang Furler de cet amusant malentendu. Mais je crois qu'il n'a pas trop le sens de l'humour quand il défend la *Konfliktpartnerschaft*. Et d'ailleurs, comment traduire « salope » en allemand ? Quand il se promène dans les couloirs de son entreprise, et il s'y promène souvent, pour montrer qu'il s'y intéresse, Wolfgang Furler salue d'un *« Mahlzeit »* – le « bonjour-bon appétit » que l'on s'échange, les lèvres flasques, dans les entreprises allemandes de dix heures du matin à deux heures de l'après-midi. Il connaît chaque employé par son nom. Wolfgang Furler qui a fait, après l'Abitur, le baccalauréat allemand, de pragmatiques études d'ingénieur à Darmstadt, spécialité « technique du papier », n'est pas un patron à la française, sorti d'une grande école et lardé de diplômes. Il n'apprécie guère ces intellectuels précieux et diserts qui n'ont jamais trempé leurs mains blanches dans la pâte à papier. Lui, il a appris le métier sur le tas, dans l'ombre robuste de son oncle Werner. Il maudit la hiérarchie à la française. Le patron est un homme à portée de main qui escorte chaque moment de la vie des employés de sa *Firma*. Le mot porte en lui le dense clavier d'émotions qui unit le salarié allemand à son entreprise. Amour pour une bonne mère – nourricière, paisible, familière. Loyauté à une communauté soudée pour le meilleur et pour le pire. Respect mêlé de crainte, car le mot a aussi une tonalité conspiratrice, presque mafieuse. La Firma était en Allemagne de l'Est le pseudonyme de la Stasi, la police secrète.

La *Firma* Koehler a sa fanfare, ses sapeurs pompiers. Son équipe de foot porte le maillot à damier rouge aux couleurs de la maison. La *Gazette Koehler* dresse chaque trimestre le scrupuleux inventaire des examens réussis, des retours de service militaire, « après avoir accompli son service au sein de la Bundeswehr, Rainer Hodapp est de retour à son poste de travail », des mariages, « tous nos vœux à Stefan Schwietze, service des ventes, et à Renate Köhler », naissances, « nos félicitations pour la naissance de Michael chez Johannes Maier à la production », anniversaires et décès. A l'enterrement de chaque fidèle employé, un membre de la famille vient prononcer un discours et serrer les mains. A Noël, les patrons distribuent des peluches aux enfants. Le jour du départ à la retraite, ils offrent un vin d'honneur. Les Koehler-Furler sont activement engagés dans la vie de leur commune et de leur région. Oberkirch a sa rue August-Koehler. Le père Furler, le Professor Doktor Hans Furler, fut pendant deux ans président du Parlement européen et député conservateur au Bundestag jusqu'à sa mort. Klaus Furler est le représentant du patronat pour l'industrie du papier du Bade-Wurtemberg. Les épouses patronnent les arts et les bonnes œuvres.

La famille Koehler-Furler respire cette province allemande un brin démodée, cette bourgeoisie très vite enrichie après la guerre et donc très aisée. Les dames Koehler-Furler ont des coiffures compliquées, laquées et crêpées comme des casques. Elles portent des ceintures clinquantes et des colliers de perles qui se perdent au fond de leur décolleté. Elles ont le sourire couleur edelweiss, les ongles vernis rouge sang. Je les soupçonne de dévaliser régulièrement les boutiques des couturiers français et italiens de Strasbourg. Elles portent une fourrure en hiver et pour la demi-saison un blazer écossais trop cintré. Leurs maris sont galants, efficaces en affaires, sportifs et mélomanes. Pour le soixantième anniversaire de Werner Koehler qui, à 82 ans, a toujours son bureau dans l'entreprise, la *Gazette Koehler* a publié une édition spéciale retraçant les grandes étapes et les petites marottes de la vie du patron. Élève du prestigieux internat de Salem, au bord du Bodensee, Werner fut un alerte lieutenant d'artillerie de montagne dans la Wehrmacht. La *Gazette* le montre en chasseur, assis sur le rebord de sa Jeep : fusil, jumelles, chapeau mou. En golfeur avec un partenaire d'affaires. En dandy, au volant des voitures de sport qu'il collectionnait. En gentleman, faisant tout pour avoir l'air anglais : il tire sur sa pipe et porte sur le revers de son blazer l'insigne triangulaire du club de golf. En mondain : nœud papillon et smoking blanc. Il danse une valse avec son épouse Kat.

Très tôt le matin (ils voulaient me voir à 7 heures et demie ! J'ai réussi à décaler d'une heure), dans les bureaux du conseil d'entreprise, on s'interpelle en badois. Les « ch » ouatés remplacent en douceur, dans l'alcôve du palais, le sifflement des « s ». Une langue chuintante, molle et sans saillie, dans laquelle il est phonétiquement impossible de se mettre en colère. Sur le bureau de Roland Weck, la même Thermos de café-filtre, la même assiette de biscuits secs que chez le patron. Le transistor crachote sur le rebord de la fenêtre. Un Julio Iglesias en veste bavaroise et chemise de vichy rouge et blanc accompagne à l'accordéon sa roucoulade sur les amours heureux d'un berger et d'une bergère dans les verts pâturages alpins. « Rudi, Rudi encore une fois c'était si merveilleux... » supplie le tube que Roland Weck sifflote sans s'en rendre compte. La secrétaire de Wolfgang Furler m'a raconté, en me demandant de ne pas le répéter, que les patrons ont baptisé Roland Weck le « nègre blond » – parce qu'il a le visage rond, le nez large et les cheveux rendus crépus par une permanente d'une blondeur fadasse. Sur la photo de groupe qu'il me tend pour faire connaissance, il a l'air épanoui, entouré des 15 membres du conseil d'entreprise en chemises hawaïennes. La photo a été prise l'été dernier, le jour de la fête annuelle de la maison Koehler. Roland Weck a usé ses fonds de culotte de cuir sur les mêmes bancs d'école communale que Klaus Furler. Ce n'est qu'à la sortie des classes que leurs chemins se séparèrent. Pendant que Klaus allait jouer avec les copains de son rang dans le jardin de la villa familiale, Roland traînait avec les siens le long de la Rench. Le père de Roland fut ouvrier chez Koehler jusqu'à ce qu'il tombe sur le front russe en 1942. Roland Weck est mécanicien chez Koehler depuis 1965. Dieter Ruh, ouvrier spécialisé dans le papier, jeans et cheveux longs, a été embauché en 1980. Tous deux sont représentants à plein temps des salariés au sein du conseil d'entreprise, membres du syndicat chimie-papier-céramique et du Parti social-démocrate. Roland Weck est aussi conseiller municipal, mais dans l'opposition, de la commune chrétienne-démocrate d'Oberkirch. Les « collègues » font tous la même plaisanterie en poussant la porte du bureau. « *Mahlzeit !* Alors on est toujours payés à ne rien faire ? » Conseillers d'entreprise à temps plein, Roland Weck et Dieter Ruh sont dispensés de toute activité de production. Leur prétendue oisiveté est une inépuisable source de moquerie que ne vient aucunement cautionner la pyramide de dossiers érigée sur leur bureau et le calendrier noirci de rendez-vous punaisé au mur. Travailler est une vertu. Faire grève un blâme. Le géant syndical IG-Metall, qui a lancé plusieurs mots d'ordre de grève ces dernières années, fait figure ici de rouge agitateur encore partisan de la lutte des classes. IG chimie-papier-céramique a heureusement des mœurs plus placides.

« La grève est un dernier recours », semonce Roland Weck qui n'a jamais – « Dieu soit loué ! » – fait grève de sa vie. Roland Weck n'est pas peu fier que l'Allemagne soit, après l'Autriche et la Suisse, le pays industrialisé où l'on débraie le moins. Mais les Allemands, quand il leur arrive de s'y mettre, font grève comme ils travaillent. Avec application, méthode et discipline. Le cliché du rigorisme prussien semble les poursuivre jusque dans leurs rares moments d'insubordination. Faire la grève en Allemagne, ce n'est pas profiter des beaux jours en restant chez soi, en venant tailler une ingénue bavette devant les grilles de son entreprise désertée, ou – comble de perversion – en profiter pour aller travailler ailleurs pendant quelques jours. Les rares mouvements de protestation sont de bien tièdes et innocentes affaires. Je n'ai jamais retrouvé ici l'ambiance kermesse populaire et bordélique des manifs à la française. En Allemagne, les débrayages ont juste de quoi donner, pendant quelques jours, un frisson grisant d'aventure aux grévistes et aux patrons. Le puissant et efficace mécanisme de régulation des conflits sociaux se charge de freiner tous les débordements. Les syndicats dictent à leurs membres le strict règlement et la marche à suivre. L'objet de la grève ne doit en aucun cas être politique. La grève est l'ultime recours, une fois que toute tentative de médiation a échoué. Il n'y a pas de grève sauvage, déclenchée spontanément par une minorité de mécontents. Une fois le mot d'ordre démocratiquement voté à bulletins secrets, les grévistes arrivent à l'heure au piquet. Ils font consciencieusement leurs 8 heures. Les permanences sont consignées sur un grand panneau. La présence de chacun est obligatoire, car le syndicat paie les jours perdus. Pour toucher la prime de grève, il faut – comme quand on travaille – venir pointer. Car les syndicats sont prudents quand ils puisent dans leur « trésor de guerre », dont le montant est tu comme un secret d'État. Les stratèges des centrales syndicales ont élaboré un méticuleux plan de bataille qui répond à l'économique équation : pour dépenser le moins possible, il faut qu'un nombre minimum de grévistes cause le maximum de perturbations. D'où les vagues de grèves ciblées, à répétition, et l'organisation cartésienne des piquets. Chaque gréviste porte un tablier de Nylon rouge sang dont l'inscription en lettres blanches finit de dissiper les doutes : « Je fais grève ! », et le confirme dans son identité téméraire, mais heureusement passagère. Un campement efficace est installé devant l'usine. La batterie de toilettes mobiles, la balayeuse et la cantine roulante qui offre des repas chauds et des boissons non alcoolisées forment l'obligatoire caravane qui suit les grands mouvements sociaux allemands.

Je me souviens d'une grève d'IG-Metall un jour de printemps gris à Nuremberg. Un contremaître filmait ses camarades avec une caméra-vidéo. Événement rare à archiver à tout prix, puisque c'était la première fois de sa vie qu'il faisait grève. Et probablement la dernière ! Je l'imaginais dans quelques années, installé en famille sur le canapé du salon après l'*Abendbrot* (la saucisse à tartiner, fromage chewing-gum en coupe, pain noir et cornichons qui tient lieu de repas du soir aux foyers allemands) à évoquer le souvenir de l'incroyable journée. Très vite, des consultations sont engagées avec le patronat. Il n'est pas rare que le patron vienne, de temps en temps, prendre la température sur le perron de son usine. Il cause aimablement avec les grévistes. Un chef d'entreprise a même poussé un jour la courtoisie jusqu'à inviter les représentants du syndicat à un copieux petit déjeuner pour débroussailler le terrain entre petits pains et café. Les syndicats répondent. On dialogue. Ces manières polies cachent une vraie épreuve de force. Les syndicats sont beaucoup plus puissants qu'en France. La stricte organisation paie. Les hausses de salaires sont généralement, en grande partie, concédées. Une fois un compromis noué, les grévistes sont à nouveau consultés. S'ils sont d'accord, le travail reprend. Et, en quelques jours, l'affaire est réglée. Tout rentre dans l'ordre. L'Allemagne fonctionne.

A Oberkirch, la grève fait peur. « A quoi bon tout ce cirque, décrète Roland Weck. Les membres du conseil d'entreprise connaissent les comptes de la Firma. Nous savons quand ça ne va pas fort. Ça ne servirait à rien, dans les moments de crise, de courir les rues d'Oberkirch en criant : "Salauds de patrons !" »

J'avoue à Roland Weck que j'ai du mal à imaginer la scène qu'il me peint. J'ai envie de rire. Roland Weck s'en étonne et m'adresse une remontrance. Il y a des sujets dont on ne se moque pas : « Si nous ne voulons pas perdre notre place, nous aussi, dans une Allemagne qui connaît pour la première fois un fort taux de chômage, il faut apprendre à être raisonnables ! » En 1992, pourtant, l'entreprise Koehler a connu un moment de crise. Le commerce du papier se portait mal. Les comptes de Koehler étaient au rouge. Il fallait économiser. Alors, fidèles aux principes édictés en temps de paix, les syndicats et la direction de Koehler ont ficelé sans perdre leur sang-froid un contrat de solidarité. Une série de mesures temporaires destinées à passer ce mauvais cap. « Vous avez licencié ? » Je me renseigne, inconsciente. Roland Weck glousse comme si je venais de lâcher une obscénité. « Il n'était pas question de licencier qui que ce soit ! » Les réductions de personnel se sont faites grâce à des départs en retraite et en retraite anticipée. Et quelques menus sacrifices ont été consentis de bon gré par chacun : suppression de l'allocation déplacement, gel des salaires. De l'apprenti aux directeurs, tout le monde a été logé à la même enseigne. En un tournemain, tout est rentré dans l'ordre. Les salariés ont même touché, en 1995, année grasse, une prime pour les récompenser de leur bonne volonté. Toujours avec cette même énergie jouissive que déploient les Allemands pour venir à bout de l'adversité (transformer la crise en chance !), avec ce stakhanovisme enthousiaste et cette étonnante capacité à passer efficacement à l'action, Roland Weck se réjouirait presque : « Et ce n'était après tout pas une si mauvaise chose. En temps de croissance, on se repose sur ses lauriers. La crise de 1992 nous a forcés à repenser nos structures. Aujourd'hui, on met les bouchées doubles. On perd moins de temps en bavardages. »

Un dessin est accroché dans le couloir qui mène à la cantine. On y voit une demi-douzaine d'hommes, encordés, occupés à gravir un sommet avec cette devise : « Succès = effort, concentration, collaboration dans le travail. »

Avant la chute du Mur, les patrons incitaient leurs salariés à faire des compromis en les menaçant : « Vous pouvez, tant que vous y êtes, aller vous tourner les pouces *drüben* ! » *Drüben*, c'était cet autre côté de l'Allemagne, tapi derrière le mur lointain, gris et pauvre, peuplé de rouges paresseux qui allaient chez le coiffeur pendant leurs heures de travail et se tartinaient des casse-croûte à longueur de journée au fond de leurs ateliers. Aujourd'hui, les patrons ont trouvé un argument encore plus dissuasif : « Voulez-vous que les choses virent ici à la française ? » Les gros titres des journaux (« Paris bascule dans le gouffre ! », « La France au bord de la guerre civile ! ») qu'il lit avec effroi quand la paix sociale dérape sur l'autre rive du Rhin, donnent au « nègre blond » un aperçu d'apocalypse. Et pourtant, la condescendance affolée de Roland Weck ne cache-t-elle pas une pointe de fascination ? Un peu d'envie peut-être ? Dans son bureau où il ne se passe jamais rien, Roland Weck s'amuse à se faire peur. Je l'imagine en train de s'habiller en Don Quichotte syndical et de rêver de turbulences en mâchonnant le bout de crayon qui lui sert à planifier, à organiser, à gérer l'harmonie. Il regarde d'un œil terne les figurines en bois qui jouent à cache-cache avec les plantes vertes sur le rebord de sa fenêtre. Un pingouin en peluche à l'air idiot est la mascotte du conseil d'entreprise. La fille dodue de Roland Weck paresse dans un cadre sur l'étagère. Au mur, bien en vue à côté de la porte, encadrés comme des consignes en cas d'incendie, sont exposés trois commandements garants de la bonne harmonie dans la maison :

« 1. Des clients satisfaits et des salariés engagés dans leur travail, ce sont les piliers de notre entreprise. 2. Seuls des salariés contents et motivés qui s'identifient à leur travail et aux soucis de leurs patrons peuvent accroître la production et par conséquent réduire les coûts. 3. Le respect de l'environnement est pour nous un devoir. Il faut assurer l'avenir de nos enfants. »

Les mêmes bonnes résolutions sont suspendues dans chaque bureau de l'entreprise. C'est là l'univers gentil et besogneux du syndicaliste. Alors il s'autorise à rêver au *Konflikt* privé de *Partnerschaft*. Faire descendre plusieurs centaines de milliers de batailleurs dans la rue principale d'Oberkirch... Paralyser Koehler pendant des semaines... « Qui, chez nous, s'interroge Roland Weck quand même impressionné par l'esprit de sacrifice des Français, accepterait de perdre la totalité de son salaire pour une grève ? Qui aurait le courage de supporter les désagréments de la grève, le chaos, les bouchons, les retards ? » Il est séduit par ce bon vieux fond franchouillard d'anarchisme révolutionnaire. Il envie ce fougueux tempérament. Il s'attendrit devant ce courage civique. Se surprend à idéaliser la France. Se plaint de l'empâtement des siens. Le solide « modèle allemand » fonctionne, certes, mais manque de panache. Une admiration que les Français rendent bien à Roland Weck, eux qui rêvent de pouvoir maîtriser les conflits sociaux en douceur comme les Allemands.

Le « modèle allemand », mythique construction dont le Français ignore au juste ce qu'elle recouvre, est sans cesse invoqué par les hommes politiques français à court d'idées. Quand la France va mal, ils citent tour à tour en exemple le système allemand d'apprentissage, la discipline et la cohésion syndicales. Ils s'émerveillent qu'en pleine digestion de la RDA l'Allemagne ait pu éviter l'explosion sociale. Le « modèle allemand » est appelé à la rescousse comme potion magique pour soigner les maux français. Roland Weck est flatté. C'est sa petite revanche à lui. Il se console. Mais il regrette : « Nous, les Allemands, nous ne sommes pas de bons révolutionnaires. Nous n'avons jamais mené une révolution à bien. Ni en 1848, ni même en 1989... Si nous lancions un appel à la grève, nous serions seuls tous les deux, Dieter et moi, avec nos tabliers rouges, comme des imbéciles. Avec la menace de chômage, la combativité des salariés allemands s'est encore émoussée. Les chômeurs, les salariés quittent les syndicats pour ne plus avoir à payer de cotisation. Koehler reste encore un employeur stable, mais ce n'est plus comme avant. Avant on était quasiment fonctionnaires. L'emploi était garanti à vie. Mais c'est aussi une histoire de mentalité. Les Allemands aiment par-dessus tout l'ordre et le droit. Nous n'aimons pas l'inconnu. Nous sommes trop habitués à notre niveau de vie. Nous voulons garder les avantages acquis et redoutons de nous engager. Il est donc très difficile pour les syndicats de mobiliser les gens. Les syndicats ne se sentent pas appuyés. Nos membres sont devenus très passifs. Ils se disent que s'ils versent une cotisation, c'est pour que Dieter et moi nous nous battions pour eux. Ils adhèrent au syndicat comme on adhère à un club. »

Bercés par leur ronronnant bien-être, les Allemands ne perdent-ils pas parfois le sens des réalités ? A bien regarder les villas cossues épinglées sur la bordure du vignoble, à contempler les façades immaculées et les grosses voitures lustrées parquées sur le gravier des allées, à compter les stations-service enfilées en un interminable collier le long de la rue principale, à lorgner les œufs de Pâques enturbannés et les coquets personnages en pâte d'amandes disposés dans les écrins de papier de soie de la vitrine pantagruélique de la pâtisserie Gmeiner, à humer l'odeur de lessive et de quiétude bourgeoise qui imprègne la sage petite commune d'Oberkirch... je finis par me demander si les cris d'alarme lancés d'une même voix, ces dernières années de post-unification, par les hommes politiques, les instituts économiques et la presse correspondent vraiment à un visage de ce Bade-Wurtemberg repu, tout affairé à jouir de sa richesse. L'Allemagne est en train de devenir l'enfant à problèmes de l'Europe, sifflent les banquiers pessimistes, tandis que les hebdomadaires se font peur avec des prophéties noires : « Comment peut-on sauver l'Allemagne ? La situation est grave. Le gouvernement à bout de forces. Tout le monde s'appauvrit. » Un inquiétant tableau, en décalage avec la réalité opulente d'Oberkirch et la bonhomie affichée chez Koehler.

Réel malaise ou phobie de la paupérisation ? A Oberkirch, les signes de la récession sont à peine perceptibles. Tout juste un léger soubresaut. Les soldes ne filent pas, elles partent à petit rythme. Il y a des dépenses de luxe : coiffeur, taxi, restaurant… que l'on rogne. La nouvelle voiture sera plus petite. On ne partira qu'une seule fois en vacances cette année. De bien modestes privations, somme toute. A Oberkirch, on parle d'argent, partout, beaucoup, sans relâche, sans pudeur. Les Oberkirchois ne se gênent pas pour dénoncer ce que leur coûte en impôts et en cotisations sociales supplémentaires cette nouvelle excroissance de 16 millions d'habitants au-delà de l'Elbe. Nichés dans ce coin tout à fait à l'ouest de l'Allemagne, ils n'ont pas ressenti comme Berlin et les régions frontalières le grand remous de l'unification. Si Oberkirch a mollement noué un jumelage avec la commune de Rateberg près de Dresde, les gens d'ici continuent à passer leurs vacances à Majorque et en Autriche. Après la chute du Mur, les Oberkirchois sont allés passer un week-end en Thuringe pour voir à quoi cela ressemble. Un peu comme on va dans un pays à la fois exotique et étrangement familier. Pour éviter de devoir passer la nuit sur place, ils ont préféré les sièges inclinables de l'autocar équipé de toilettes et d'un bar. Roland Weck a l'humour rond et facile. Il a inventé une jolie formule pour se moquer des Oberkirchois : *« Wir jammern auf hohem Niveau ! »* Traduction : « Nous sommes des râleurs de luxe ! »

Paix et harmonie. Richesse et bien-être. Au bout de quelques jours de visite, ce bel équilibre m'exaspère. Je refuse catégoriquement la Thermos de café-filtre et les petits beurres au chocolat amer. Cette ponctualité, si agréable au début, m'agace. Cet esprit de corps savamment cultivé. Ce sérieux professionnel dans toute chose. Cet activisme souriant. Ce fin dosage des mots et des émotions. Cette élimination des passions. Tout ça finit par me crisper et ne remplit pas mon carnet de notes. Où sont donc les saines querelles de bureau ? Les jalousies inter-services ? Les vacheries entre collègues ? Le mobbing ? Les potins que l'on s'échange en chuchotant derrière les consoles ? L'entreprise Koehler me fait l'effet de ce meilleur élève de la classe sur lequel on cherche à prendre exemple au début et que l'on finit par prendre en grippe.

Quelqu'un, pourtant, a craqué. Haussé le ton. Poussé enfin un cri libérateur. Dans les toilettes pour dames du premier étage, le modèle allemand a chancelé. A hauteur du regard de ces dames quand, assises, elles ont tout le loisir de le lire, quelqu'un a punaisé un carré de papier machine pas du tout poli et pas signé : « Nous souhaitons une fois de plus rappeler que la balayette n'est pas là pour faire décoration, mais qu'elle doit – quand l'occasion se présente – être utilisée ! Le bien-être commun ne doit en aucun cas pâtir de la négligence de certains individus. » Cette détonation de rage me fait du bien, relaxante comme une tisane aux herbes après le stress. Quand je rejoins le couloir, la Firma m'est beaucoup plus sympathique. Le « nègre blond » a promis de me téléphoner tout de suite quand on débrayera chez Koehler. Je crains de ne plus jamais entendre parler de lui.

Le peintre muet

Juillet 1990

« *Ordnung muss sein !* » (il faut faire les choses dans l'ordre). La voix indignée dégringole, une à une, les marches du perron. Heinz Bayer ne tolère pas que les visiteurs garent comme ça leur voiture sur la demi-lune de gazon, arrosée deux fois par jour, qui ourle la balustrade de fer forgé de son jardinet. Je déplace ma voiture et m'aligne le long du trottoir. Dans les règles. Mains serrées dans la précipitation gênée par cette première fausse note. Pieds époussetés sur le paillasson.

Heinz Bayer me montre le chemin de la cave en bougonnant. Au rez-de-chaussée, j'entraperçois un salon qui s'épuise en coquetteries. Les tables gigognes suffoquent sous leurs napperons de dentelle neigeuse. Une haie de coussinets brodés main longe la courbe du canapé. Une coupe de fruits exotiques est posée sur le téléviseur. On ne les mange pas, par égard pour leur beauté, et l'odeur suave qui envahit la pièce indique qu'ils sont en train de pourrir doucement. L'atelier du maître est au sous-sol. Les toiles sont rangées le long du mur, dos à dos et sur deux niveaux. Heinz Bayer, fils de Bitterfeld et père du réalisme socialiste est-allemand, aime l'ordre et les grands principes. Mais il n'est pas commode. C'est à sa femme qu'il délègue le soin d'animer une petite conversation primesautière qui jure avec l'atmosphère compassée. Quelle chaleur aujourd'hui. Mais débarrassez-vous de votre sac. Prenez place ! Non, non, pas la chaise, le fauteuil, vous serez mieux. Puis-je vous offrir quelque chose ? Un rugissement vient couper net cette charmante cordelière de politesses qui nous unit maintenant, la jolie Mme Bayer et moi. Le maître a découvert que l'aquarelle qui devrait être rangée dans le carton à dessins n° 10 folâtre sur le rebord du soupirail. Il se fâche. « Mais ne t'emporte pas, Heinz ! », grelotte sa femme en faisant disparaître en toute hâte la fugitive dans son carton. Toute dévotion, elle tente de raccommoder la situation et sert nerveusement le café dans le service bleu myosotis des jours de fête de l'État des ouvriers et des paysans.

Salarié depuis 1952 du combinat-chimie de Bitterfeld, Heinz Bayer est diplômé de l'École des beaux-arts de Halle, ancien membre du présidium du syndicat des artistes et ancien député du Parti pour la région de Halle. Il a été copieusement décoré pour les loyaux services qu'il a rendus à la communauté socialiste : 1969, prix artistique du FDGB, le syndicat unique ; 1970, prix d'honneur ; 1974, aiguille d'or de la Société pour l'amitié germano-soviétique ; 1978, ordre du mérite de la patrie en bronze ; 1982, la même distinction en argent. Ses céramiques héroïques corsètent la façade du café de la place du marché. Ses toiles conquérantes rythment les couloirs du combinat-chimie. Un statut. Des certitudes.

Du jour au lendemain, avec la chute du Mur, tout s'est écroulé. Heinz Bayer se décharge enfin de cette colère qui lui noue la langue depuis que je suis arrivée. Son constat est d'une terrible violence : « Je ne suis plus rien. Plus rien du tout. Je touche une retraite de 450 Marks par mois et je suis propriétaire de ma maison. Dans quelques mois je serai tout juste bon à regarder la rue du haut de la fenêtre de mon HLM. Car je n'aurai pas assez d'argent pour continuer à entretenir cette maison. Nous autres artistes, nous avions autrefois la sécurité matérielle qui nous permettait de créer tranquillement. Maintenant, il va falloir aller mendier, nos toiles sous le bras, dans les galeries de l'Ouest. Qui a besoin d'un tableau aujourd'hui à Bitterfeld ? Les gens veulent des machines à laver. »

A 68 ans, Heinz Bayer fait, pour la première fois, l'angoissante expérience de la confusion. Sur un coin de mur, il a punaisé le portrait qu'il a fait de Salvador Dali, le surréaliste aux yeux de dément qui ne l'impressionne guère : « Il lui manquait une case, à celui-ci. C'est une bête curieuse, un vieux fou sénile. Un irresponsable. Comment peut-on pardonner à quelqu'un qui ne respecte rien ? Les gens ici n'ont pas besoin qu'on leur dessine un point vert sur un fond noir. A force de raconter des histoires qui n'existent pas et de peindre des abstractions, l'art est vidé de sens. C'est malsain. Cela ne convient pas à notre conception. Chez nous, l'art doit servir le socialisme. La peinture doit énoncer la réalité quotidienne et illustrer les messages abstraits du congrès du Parti. Chez nous, l'artiste n'est pas enfermé dans sa tour d'ivoire. Il est un maillon, comme les autres, de notre société. » Pas le moindre doute n'est venu déchirer, pendant 40 ans, cette sangle idéologique à toute épreuve. Heinz Bayer ne croit pas au génie qui jaillit soudainement. La peinture, cela s'apprend. Il suffit de se donner de la peine. Pressé de dissiper le trouble qu'il suscite et de trouver une juste traduction qui effacera enfin ma stupeur amusée, il s'exclame : « Tenez, à Paris, Toulouse-Lautrec a peint le Moulin-Rouge. Eh bien mon milieu à moi, c'est le combinat-chimie ! »

Il y a neuf mois encore, Bayer était l'enfant chéri de cette cauchemardesque cité industrielle du Sud de la RDA, qui n'arbore, pour seul titre honorifique, que sa sinistre renommée : Bitterfeld est la ville la plus polluée d'Europe. Dans quelques mois tout au plus, le combinat-chimie fermera ses portes. Chacun sait que les licenciements seront massifs. Bitterfeld fut pourtant, dans les années 60, le joyau de la RDA. La petite Allemagne de l'Est enfantée dans la guerre froide s'acharnait, comme le peintre, à redresser les torts de l'humanité. Cette Allemagne-là regardait encore de haut son autre moitié, le démon capitaliste de l'Ouest qui se vautrait dans son miracle économique, encore tout souillé de son odieux passé. Bitterfeld est aujourd'hui une cuvette polluée, à bout de forces et sans avenir. Ses symboles sont à la mesure de l'horreur. Les habitants reconnaissent, ravis, le petit drapeau jaune de Bitterfeld, mince filet orangé de nitrate et de soufre qui s'échappe plusieurs fois par jour des longues cheminées. Les enfants des écoles sont envoyés dans les forêts de Thuringe ou sur les plages de la Baltique pour se nettoyer les bronches. Les femmes racontent le blanc édredon de la voiture d'enfant maculé de poussière de lignite, et le *Kaffee-Kuchen*[1] du dimanche après-midi que l'on doit renoncer à prendre au jardin, parce qu'un vent nauséabond charrie du mauvais côté les senteurs putréfiées qui coupent l'appétit. Dans les chambres d'hôtel de Bitterfeld, des masques à gaz sont suspendus en cas d'alerte à la pollution. Ici, on aime évoquer le légendaire voyage de Jane Fonda au Silbersee. On dit que la fée de l'aérobic, en mal d'une bonne cause écologique, est venue se pencher un jour sur les eaux du « lac d'argent », épais cocktail de nitrate, de plomb, de zinc et de sulfure de carbone servi sur les rebords de la ville.

Heinz Bayer décrypte, autoritaire, chaque recoin de ses toiles. Le message porté est sans ambiguïté. Rien n'est laissé à la libre interprétation. « Pensez-vous qu'un artiste muselé et malheureux aurait pu peindre quelque chose de pareil ? » Ce n'est pas une question, mais un défi qu'il me lance en indiquant la toile bleue au fond de l'atelier. Accoudée à la balustrade de la passerelle de sa raffinerie, une jeune ouvrière aux hautes pommettes contemple les fumées bleues de Bakou. Elle est éclatante de santé, comme si elle venait de passer un été dans les alpages. Les voyages d'étude en URSS ont été une source d'inspiration inépuisable pour Heinz Bayer. La toile *Enfants de Moscou* consacre sa popularité. Sur fond de neige, trois enfants soviétiques aux yeux bridés, emmitouflés dans des manteaux et de châles, tirent une luge. La composition a la candeur sirupeuse des cartes de vœux au profit d'une œuvre de charité pour les enfants du tiers-monde, que l'on commande à Noël pour se donner bonne conscience. « La fraîcheur réaliste de la composition est remarquable. Le peintre réussit d'une façon discrètement émouvante à montrer clairement que ces enfants grandissent dans une société qui ne connaît ni la haine raciale ni la xénophobie », commente le catalogue que Mme Bayer m'a offert. *« Il y en a toujours un qui fait le clown ! »* Encore une tentative pour me mettre à l'aise. Heinz Bayer impose le titre de la toile qu'il vient de tirer d'une armoire. Il me dévisage, content de lui. Cette nouvelle provocation l'amuse beaucoup. Il me tend la toile. Au milieu d'un amphithéâtre, un clown se moque de l'assemblée des notables assis sur les bancs. Le maître joue la malice : « A chacun de mettre un visage sous les masques. Le Comité central du parti ? Le Bureau politique ? A vous de choisir. » A moi aussi de tirer la conclusion qu'il m'impose : le régime, dans son extrême libéralisme, tolérait donc la critique. Le clown de Bayer est là pour le certifier. Autre preuve de cet esprit réfractaire, une toile de 1979 : un essaim de poissons morts flotte sur un lac huileux à côté d'une guirlande mortuaire. Peintre engagé, Heinz Bayer lutte contre les méfaits de la pollution. Titre du tableau : *La couronne mortuaire n'est pas une solution*. Mais le catalogue prend les devants : « Ce tableau n'est absolument pas typique de l'œuvre de Bayer. »

« Heinz, montre donc quelque chose de plus gai ! », implore sa femme qui essaie toujours d'anéantir avec du café et des hochements de tête approbateurs la mauvaise humeur de son mari. Et c'est toute une vie de certitudes éblouies qui défile dans l'atelier : le portrait de Lénine offert par Erich Honecker à Leonid Brejnev à l'occasion du XXIVe congrès du Parti communiste d'URSS. « Il a été exposé un temps au mausolée Lénine, sur la place Rouge », me glisse Mme Bayer qui laisse fuser, malgré elle, un fin soupir de soulagement. Cela fait bien longtemps qu'elle s'est effacée pour épouser les humeurs de son artiste de mari. Elle sait que cette évocation va arranger les choses. Elle a vu juste. Heinz Bayer ébauche son premier sourire. J'en déduis que le bref séjour de son *Lénine* au mausolée est le point culminant de sa carrière. Pour bien me démontrer que cet honneur ne pèse pas grand-chose dans la vie d'un grand modeste, il passe vite à autre chose et me tend une gerbe de dessins au fusain. La forêt touffue des cheminées d'usine de Bitterfeld. Un paysage de mine de lignite. Un groupe de mineurs rentrant du travail, besace à l'épaule. C'est tout juste si je ne les entends pas siffloter, guillerets après leur journée obscure au fond du puits. « Heinz est si productif ! », s'émeut son épouse chaque fois que le maître dégaine un nouveau dessin.

Heinz Bayer n'a jamais connu la bohème et les affres de la création. Au bout de quatre ans sur le front russe, il est rentré chez lui, à Bitterfeld, lourd, terriblement lourd de cette innommable catastrophe allemande. Il a fallu expier. Heinz Bayer s'est senti investi d'une mission : « Les nazis nous ont appris à ne plus croire en l'humanité. Mon travail était de réapprendre à croire. » Toute sa vie, Heinz Bayer a appliqué la rugueuse prescription des pionniers de la République démocratique : « Travailler, apprendre, vivre. » Par deux fois, à Bitterfeld, le Parti a montré la juste voie aux artistes de l'Allemagne de l'Est : en 1959 et en 1964, les deux conférences de Bitterfeld ont dicté la ligne du régime en matière de culture. Le « chemin de Bitterfeld » est sans sinuosités. Écrivains et peintres doivent puiser leur inspiration au sein de la vie des combinats et intégrer les ouvriers au processus de création. « Saisis la plume, camarade ! La littérature nationale du socialisme allemand a besoin de toi ! », fut le mot d'ordre lancé par Walter Ulbricht, premier secrétaire du parti, aux ouvriers de Bitterfeld. Heinz Bayer, alors présent dans la salle, prend bonne note. Aujourd'hui, il récite encore : « Cela ne suffit pas de bien travailler, il faut aussi apprendre. La classe ouvrière est aussi la classe dirigeante. La classe dirigeante est porteuse de culture. Si je suis devenu ce que je suis aujourd'hui, c'est grâce au travail d'équipe au sein de mon entreprise. »

Dans une maisonnette du quartier, avec l'appui du combinat-chimie, il a jadis créé le « Zirkel », son cercle, un cours du soir pour les ouvriers de la fabrique. Heinz Bayer a le regard heureux d'un croyant quand il brosse sa mission à grands traits d'images bibliques : « Les ouvriers, je suis allé les chercher dans leurs ateliers. Je suis venu, avec mes toiles sous le bras, pendant la pause du petit déjeuner. Et ils ont regardé. Et ils sont venus à moi. Mon devoir est de sortir les gens de leur léthargie. De leur redonner confiance en eux et en la nature humaine. Meyer et Schultze venaient au Zirkel et retournaient à la maison montrer leurs œuvres à oncle Oskar et à tante Inzel. Ils étaient fiers. Ils étaient quelqu'un. » Mme Bayer me montre la photo faisant foi : le maître, vêtu d'une blouse blanche pour ne pas se salir, surveille, le front sévère, ses élèves penchés au-dessus de leurs chevalets. Mais la chute du Mur a délogé la vertueuse assemblée. Les peintres amateurs ont été congédiés. Dans l'Allemagne unifiée, le Zirkel sera un hôtel de province.

Heinz Bayer s'est assis. Il aime illustrer sa pensée de petites images pédagogiques et parer son récit de métaphores mastoc : « Le train est parti. Ce gouvernement, qui n'est pas le mien, a donné le feu vert. On ne peut plus l'arrêter. On ne pourra jamais plus revenir en arrière. La RDA n'existe déjà plus. J'ai travaillé pendant quarante ans pour quelque chose qui n'a pas existé. Les Allemands de l'Ouest nous ont placés sous une cloche hermétique pour nous empêcher de crier. Parce que l'Histoire dérange, une fois de plus. Il faut vite la cacher et passer à autre chose. Nous, les artistes, on suit le courant, comme les autres, et voilà. Tout ce qu'on s'est efforcé d'apprendre aux gens par le biais de la culture a été anéanti du jour au lendemain à cause de cette saloperie de Deutsche Mark. Meyer et Schultze vont devenir uniquement une force de travail, un objet de production. Moi, la chanson je la chante à l'envers. La peine est cette fois-ci venue après la joie. »

Pour les anciens combattants de la culture pour tous, pour tous ceux qui y ont cru et ne veulent pas se renier, le premier voyage dans l'autre Allemagne a fait germer un doute insupportable. Heinz Bayer a perdu pied, une seule fois. Il est allé à Francfort, invité par le géant de la chimie ouest-allemande à visiter ses installations récréatives. Et ce qu'il a vu là-bas, ces salles immenses copieusement financées et habilement gérées, la qualité des spectacles proposés, la piscine paradisiaque du complexe sportif, l'exotisme des voyages organisés par le comité d'entreprise, la prodigalité des patrons capitalistes pour assurer le bien-être de leurs « objets de production », a brisé quelque chose en lui. Quelque chose qu'il a préféré très vite oublier.

Sous les yeux effrayés de sa femme, qui n'a pas l'habitude de voir la douceur succéder à la tempête, Heinz Bayer s'est apaisé. Une dernière lueur allume les yeux du maître humilié. Le maire d'une petite ville de la Ruhr, le poumon industriel de l'Allemagne de l'Ouest, l'a invité à exposer. Bayer entend l'appel d'une nouvelle vocation rédemptrice : « Je vais leur montrer des fleurs. Ces gens qui vivent dans la saleté ont besoin de fleurs. » Sur le perron, entre deux traits rectilignes de géraniums, il se crispe un peu trop longuement sur ma main qu'il serre très fort pour me dire au revoir. Et pleure.

Juillet 1995

« Mais, Heinz, tu avais pourtant promis de venir au téléphone ! » Mme Bayer s'étrangle de confusion dans le lointain. Elle a tout de suite reconnu ma voix et aurait bien volontiers taillé une gentille causette. Pour une fois que quelqu'un appelle ! Mais Heinz doit rôder tout près d'elle et lui faire de grands signes furibonds : « Chut ! Dis-lui que je ne suis pas là ! Je ne veux surtout pas lui parler ! » C'est la troisième fois que j'appelle, et c'est la même scène qu'il y a cinq ans. Sa femme bredouille un torrent de politesses. Sa fille chuchote qu'elle ne peut pas en parler maintenant, mais qu'elle va essayer de le convaincre. « Il y a peu d'espoir. Il est très buté. Il ne va pas bien. Enfermé dans sa chambre, à l'étage. S'il ne tenait qu'à moi... Rappelez demain. Il boit son café à une heure moins le quart. Soyez ponctuelle. » Il y a quelques semaines, j'ai déjà écrit une lettre à laquelle il n'a jamais répondu. J'aimerais le revoir. Qu'il me raconte ce qu'il est devenu. Prendre un café, au moins. Maintenant Heinz a dû repousser ses femmes d'un revers exaspéré de la main. Il empoigne le combiné et me lance avec la même voix assourdie par la rage : « Il n'y a plus rien à dire ! Je fabrique des maquettes d'avion. Je ne travaille plus. Vous perdez votre temps. » Et, dans un dernier rugissement : « Je ne veux plus parler du passé. Tout cela, c'est fini pour moi ! Je suis devenu muet ! » Il raccroche.

Tout est allé si vite. En silence. Il a, pendant quelques semaines, épluché les petites annonces immobilières, fait un bref et discret voyage dans le Nord, acheté une maison à Ferdinandfehn, vendu la sienne à Bitterfeld, fait ses bagages et déménagé. Il est parti, sans prévenir personne, dans un pays neuf. Il ne veut plus me parler. Je décide d'aller quand même à Ferdinandfehn pour voir l'exil qu'il s'est choisi. Mais qu'est-il venu chercher dans ce plat et propre pays du Nord de l'Allemagne de l'Ouest, cisaillé par deux bretelles d'autoroute ? Le contraste n'aurait pu être plus violent entre la noire Bitterfeld et ce village nettement découpé dans un drap de pâturage vert pomme. De hautes dames perchées sur leurs bicyclettes hollandaises zigzaguent sur les pistes cyclables qui zèbrent les prés. Je suis transportée dans l'univers pimpant d'un puzzle pour enfants, tant les couleurs sont vives et les contours délimités. Autour des fermes, cubes de brique rouge engrillagés, paissent des vaches noires et blanches plantées sur la prairie. Un monde sans odeur, sans bouse, sans crasse, aseptisé. Un pays devenu trop riche. Trop vite.

Je me trouve un peu ridicule à passer et à repasser sous ses fenêtres, à la tombée de la nuit, pour qu'il ne se sente pas observé. Mais après ses aboiements au téléphone, je n'ai pas le toupet d'aller sonner à sa porte. Il a acheté la moitié jumelle d'un bungalow neuf en préfabriqué de brique rouge. Garage sur le flanc. Bout de pelouse manucurée à l'avant. Les rues du lotissement, destiné aux jeunes familles aux revenus encore modestes, respectent la limitation de vitesse fixée à 30 à l'heure et sont nettoyées une fois par semaine par les services municipaux. Tous les trois mètres, en alternance le long du trottoir : une poubelle, un banc, un passage piétonnier, un triangle de gazon. Et de nouveau : une poubelle, un banc… Ferdinandfehn n'est pas même un vrai village. Un lieu-dit sans épicentre. Une longue rue flanquée de deux pharmacies et de plusieurs cabinets médicaux (pour parer aux défaillances des nombreux retraités qui viennent finir leur vie ici), une boulangerie dont les petits pains sont livrés par une usine de la région, deux supermarchés, une piscine, un glacier italien ouvert en été seulement, une gare. Pour la fête des cent lanternes, la kermesse de l'été, Graham Bonney, un vieux beau au crâne glabre, chante en anglais les deux tubes qui ont fait swinguer les midinettes à la fin des années 60 : *Hey, Supergirl !* et *Compose le 3-3-3 sur ton téléphone !* Pourquoi donc Heinz Bayer est-il venu s'exiler dans ce lieu si typique de l'autre Allemagne qu'il honnit ? Il a sans doute du mal à comprendre ce patois bas-allemand, ce *Plattdeutsch* que parlent les gens d'ici. Regrette-t-il d'être venu là où personne n'a jamais entendu parler ni de Bitterfeld, ni de lui ? La RDA en noir et blanc est bien loin de ce pays polychrome où l'unification n'a pas changé la vie. Bitterfeld ? La patronne du buffet de la gare, le seul café en terrasse de Ferdinandfehn, fixe la volute de crème beige qui marbre progressivement la surface du thé qu'elle vient de me servir. Elle croit se souvenir. « Bitterfeld. Bitterfeld... il y a un dicton sur Bitterfeld : "Si nous ne nous revoyons pas sur cette terre, nous nous reverrons à Bitterfeld." »

J'ai cherché longtemps le sens de cette maxime, ce même été, dans Bitterfeld écrasée de chaleur. J'espérais peut-être y trouver la clef de l'énigme, l'explication au silence du peintre. Je voulais le retrouver à Bitterfeld. Et, sur la façade du café de la place du marché, j'ai trouvé un signe : « Si nous ne nous revoyons pas sur cette terre, nous nous reverrons à Bitterfeld. » La promesse des voyageurs de commerce du XIXe siècle illustrée par une frise signée « Heinz Bayer ». Une crotte de pigeon s'était coagulée dans la nervure du « B » majuscule. La céramique de l'âge d'or du réalisme socialiste avait survécu, comme un morceau d'archéologie, dans cette ville métamorphosée par la venue précipitée de l'économie de marché. Rongés par le soleil, ignorés par les passants tout affairés à leur nouvelle vie, les cinq médaillons bleu indigo racontent l'histoire de la fière capitale de la chimie est-allemande. Un monde idyllique qui témoigne d'une foi dans l'avenir de l'homme et les bienfaits du socialisme réellement existant. Médaillon un : une dame vêtue d'une longue tunique en voile blanc agite un linge. Médaillon deux : les diligences quittent Bitterfeld. Médaillon trois : l'industrialisation salvatrice. Les hommes, grands, sveltes reviennent de l'usine, coiffés de casques à larges rebords. Médaillon quatre : les femmes, belle race, blondes et élancées, manient bocaux et éprouvettes dans un laboratoire de chimie. La femme socialiste n'est pas consignée à ses fourneaux. Elle participe pleinement à la construction de l'avenir. Médaillon cinq : le paradis dominical et le repos bien mérité du travailleur. L'homme et la femme sont réunis autour de leurs deux enfants. Lui porte sur ses solides épaules un petit garçon qui brandit joyeusement le drapeau rouge. Elle pousse le landau du nouveau-né. Deux retraités sont paisiblement assis sur un banc. Lui passe un bras protecteur autour des épaules de sa femme. Elle, bras croisés sur les cuisses, couve du regard un panier à provisions posé à côté d'elle. Dans le lointain, comme un décor champêtre, les donjons des hauts-fourneaux de Bitterfeld éructent leur fumée jaune citron. Les cinq médaillons ont été oubliés là. La surface lisse de la céramique est tout juste bonne aujourd'hui à loger les barres brutales d'un graffiti. « *Enough is enough. We need action now !!! We have an aim to fight for !* » La jeunesse de Bitterfeld bataille en anglais. Et sa désespérance macule la vision heureuse de l'avenir socialiste.

Personne ne sait quel sera le sort réservé au miteux établissement. Le café du marché – baptisé le « nid d'hirondelles » parce qu'il loge un essaim d'oiseaux – agonise sur cette place en pleine mutation. De longs lambeaux de mousseline sale pendent aux fenêtres, balancés par le vent sec d'été. En bas, le café est fermé. En haut, la « Gastronomie » – c'est ainsi qu'on appelait impunément les ignobles restaurants d'État est-allemands – a été transformée en disco. On y danse encore, le samedi soir, de 20 heures à 3 heures du matin. Au dernier étage, une salle de billard et de jeux électroniques attire le soir les bandes de jeunes aux cheveux ras. Derrière une console, une céramique signée « H. B. » neutralise les efforts déployés pour occidentaliser les lieux. Quand le temps presse, quand la dure loi de l'économie de marché impose ses cadences, on n'a guère le temps de songer aux symboles. En République démocratique, tout est allé si vite. Le marathon de l'unification n'a laissé à personne le temps de la réflexion. Il a fallu s'adapter le plus vite possible. Des marques de lessive à celles des cigarettes, des journaux au système juridique et politique, des manuels scolaires aux formulaires fiscaux, les Allemands de l'Est ont adopté en bloc le système de valeurs et le mode de vie de la RFA. Les chétifs jalons de l'« identité de la RDA » ont été gommés du jour au lendemain dans une formidable tentative d'amnésie collective. Inquiets de ne pas être la copie conforme de leurs pendants de Düsseldorf ou de Stuttgart, les habitants de Bitterfeld ont enfilé à la hâte l'uniforme du représentant de commerce de RFA : chaussettes blanches, costumes de couleur moutarde ou lie-de-vin flottant autour du corps, cravates tapageuses en faux Liberty retenues par une pince en toc. Mais l'habit est trop parfait, trop flambant neuf pour faire illusion. Parfois, un cabas en Nylon ou une paire de chaussures en faux cuir gris, pièces maîtresses de la garde-robe du parfait citoyen des démocraties populaires, rappellent que l'on n'est pas encore tout à fait à l'Ouest. Un nouveau décor s'est plaqué en l'espace de quelques mois sur la place du marché. Caisse d'épargne, Dresdner Bank, pharmacie, chaîne de magasins de chaussures bon marché, boulangerie dont les petits pains gonflés d'air, là aussi, viennent de l'usine. Les voitures d'occasion de l'Ouest sont exposées sous un mât tendu de rubans multicolores. Des bandes de garçons rôdent autour des voitures briquées venues de là-bas. Les points de repère de l'autre côté de l'Allemagne – les mêmes qu'à Ferdinandfehn – sont plantés devant la frise de Heinz Bayer.

Un système en a terrassé un autre. La ruine industrielle le long de la Parsevalstrasse en témoigne. La route transperce le combinat-chimie où peignait Heinz Bayer. Ce qui me frappe tout de suite, c'est l'épaisseur du silence qui englue ce paysage si brutalement vidé de toute activité. Les machines ne tournent plus. Meyer et Schultze n'enfourchent plus leurs bicyclettes en bavardant à la sortie du travail. L'implacable arithmétique de l'économie de marché a vite fait de rectifier les généreux calculs de l'économie planifiée. Les licenciements ont été massifs, comme prévu. Quelques îlots proprets où l'on travaille encore ont survécu. Les fenêtres de plastique blanc et les rangées de voitures neuves sont les symptômes d'une conversion réussie. De nouvelles initiales sont écloses sur les plaques à l'entrée des hangars, GMBH, AG[2]... blasons des nouveaux maîtres des lieux. Les hauts-fourneaux de brique rouge, les coursives, les rails et les tuyaux barrent l'horizon, reliques d'un pan de l'histoire industrielle de l'Allemagne. Ce sont déjà les fossiles de cette utopie que Heinz Bayer croyait invincible. La brique des entrepôts est ébréchée, les carreaux des fenêtres sont crevés, comme si une armée d'insectes affamés s'était abattue là pour tout dévorer, la pierre, le verre, le bois, l'acier. Les reines-des-prés, gracieuses, se balancent doucement. Maltraitées pendant si longtemps, elles n'ont pas capitulé et refont aujourd'hui la sûre conquête de leur territoire. Sur les rails à l'abandon, entre les briques fissurées des hautes façades, elles se lovent et se reproduisent. Dans ce monstrueux éboulement, je comprends le désespoir sans mots de Heinz Bayer.

Les quatre colonnes du portique néoclassique du palais de la Culture semblent s'être trompées de décor, posées là tout au bout de la Parsevalstrasse. Le Kulturpalast-Bitterfeld s'est accoutré aujourd'hui d'un déguisement qui lui va mal. Le bloc de béton stalinien, inauguré le 13 octobre 1954 par le président de la République démocratique, Wilhelm Pieck, a été loué à C&A qui y loge sa grande braderie d'été. Dans le cliquetis-clic des caisses enregistreuses et les mauvaises vapeurs de saucisse-frites et de sueur, la foule s'agite dans ce qui était, il y a si peu de temps encore, la plus grande maison de la culture de RDA. Heinz Bayer tomberait à la renverse s'il voyait la marée de pantalons de jogging et de blousons fluo qui déferle dans ce temple de la culture qui logea les deux nobles conférences de Bitterfeld. On m'a dit que les œuvres de Heinz Bayer y sont encore exposées. Frau Arnold, ancienne caissière promue concierge après le Mur, s'en fiche éperdument. Elle est bien trop occupée à jauger avec sa collègue la profondeur de l'échancrure dans le dos de la robe d'été qu'elle s'est achetée pour « vingt Marks-Ouest ». Frau Arnold fait encore la différence entre les « marks-Ouest » et les « marks-Est », même si ces derniers ont disparu de la circulation depuis cinq ans. Elle me rappelle ceux qui, en France, s'obstinent à compter encore en anciens francs. Mes questions lui semblent tombées de la lune. Mais quand je lui parle de Heinz Bayer, elle s'attendrit et chiffonne la bonne affaire dans un sac plastique. Elle est prête à se donner de la peine. Frau Arnold identifie les grappes de clefs suspendues côte à côte à un panneau fixé dans sa loge. Elle crie à la volée le numéro des portes : « La 75 ! La 30 ! » Depuis la révolution de 1989, personne n'a plus mis les pieds dans cette enfilade de pièces qui sentent le détergent. Je me demande si, dans dix ans, l'odeur goudronnée du détergent est-allemand se sera évaporée des édifices publics. Parfois, quand je ne sais plus très bien si je suis à l'Est ou à l'Ouest, c'est cette odeur tenace qui instruit mes narines. Les portraits de messieurs barbus aux prénoms désuets balisent les couloirs : « 1950-1956 : Doktor Walter Heyder, directeur général. » « 1838-1926 : Ignatz Stroof. » Les visages austères des patrons d'antan n'ont pas été décrochés. Dans la salle des fêtes, les fauteuils de damas chiné sont toujours là. Et le piano à queue est recouvert d'une housse à volants. Par la fenêtre, le drapeau de C&A bat au vent d'été.

Frau Arnold pousse un petit cri pointu. Elle a trouvé la clef qui ouvre la serrure de la 40. Elle ouvre vite la porte. Une firme d'ordinateurs a organisé un séminaire, faute de trouver meilleur logis. Trois consoles attendant d'emménager dans des locaux refaits à neuf, en ville. « Là, là, voilà Heinz Bayer ! Oui, il est encore là ! », Frau Arnold montre du doigt trois danseuses kirghizes qui jouent les serpents dans leurs voiles. Je jurerais presque que la courbe de leurs hanches et l'amande de leurs yeux ont un peu déridé le triste Heinz, en voyage dans la grande Asie soviétique. Les touches nerveuses de rouge vif et les jaillissements enthousiastes du pinceau orange me font soupçonner l'existence d'émois peu conformes dont le catalogue omet de rendre compte. Frau Arnold me conduit à la buvette. La rampe de canapés marron est écrasée par le portrait grandeur nature de Wilhelm Pieck[3] – signé Heinz Bayer. Le bonhomme tout rond et plutôt sympathique avance d'un pas confiant. Frau Arnold passe son chemin. Elle vient de croiser une vieille connaissance. Elle trouve une autre clef. Ouvre une autre porte. Pousse un autre cri. *Paysage bulgare*, *Retour du travail à Bakou*… Frau Arnold enfonce les clefs dans les serrures et coche sur une liste-inventaire la toile retrouvée qui n'avait jamais cessé d'être là, mais que, dans la grande précipitation de l'unification, elle avait fini par ne plus voir. Ce jeu de piste la rend toute fiévreuse. Personne n'a songé à décrocher les toiles de Heinz Bayer. Le peintre exilé loge encore au palais qu'il a abandonné, au même titre que la galerie de portraits des directeurs décédés. Comme une vieille habitude que l'on omet de questionner. Mais pour combien de temps encore ?

Parce qu'il ne veut rien me dire, je suis allée voir ses amis. Il s'est peut-être confié à eux avant de partir. Hermann Feinge ne se résigne pas à l'infortune de Heinz Bayer. Moins flambeur que son ami Heinz, lui aussi a vécu toute sa vie dans l'ombre du combinat-chimie. Fonctionnaire jusqu'à l'unification, il a brièvement dirigé le Kulturpalast dans ses derniers jours de vie culturelle. Sous sa chemise beige à manches courtes, j'aperçois en transparence la liquette blanche qui absorbe la sueur de l'été. A 61 ans, il a déjà l'air d'un petit vieux craintif. Lui non plus ne comprend pas la fuite de Heinz Bayer : « Un jour, en allant chez mon neveu, je suis passé devant chez le collègue Bayer. J'ai vu que les volets étaient baissés et que le soleil de cuivre qu'il avait accroché à son portail avait disparu. Alors j'ai pensé : « Tiens, Bayer n'est plus là ! » »

Invité à partager les sandwiches au salami d'un vernissage organisé par la nouvelle municipalité de Bitterfeld, Heinz Bayer n'avait pas été convié à exposer. Blessé, il avait quitté la réception en entraînant sa femme paniquée par cet esclandre. C'était quelques semaines avant son départ. Hermann Feinge n'a plus entendu parler de lui. Il est parti sans laisser d'adresse. Sans prendre congé de ses plus vieux amis et de ses élèves du Zirkel. Hermann Feinge tente de comprendre : « Il était membre du Parti. Il s'est engagé pour la société. Et du jour au lendemain, voilà qu'il était traité de "chaussette rouge" (sale coco). Nous avons eu tort de vouloir forcer les gens à la culture, au bonheur. On s'est quelquefois trompés de chemin. » Hermann Feinge est tout effarouché par cet embryon de critique qu'il ose formuler. Il se rattrape vite : « Mais aujourd'hui, on oublie les bons côtés du socialisme. Ne me demandez pas comment on peut, du jour au lendemain, effacer de sa mémoire quarante ans d'histoire. C'est trop triste. Dans les écoles on parlera de la dictature stalinienne de la RDA. Comme on parle de la dictature nazie. Heinz n'aurait jamais pu supporter ce qui se passe ici. Tous ces chômeurs et ce manque de résistance. En octobre 1989, lors du quarantième anniversaire de la RDA, tout le monde a acclamé Honecker. Et un mois plus tard, tout le monde a déchiré sa carte du parti. Tout le monde a laissé tomber Heinz Bayer. »

En face de la terrasse du salon de thé où il pense à son ami, Hermann Feinge désigne une esplanade vide. Il y avait là une fontaine dont Heinz Bayer avait fait cadeau à Bitterfeld, pour le 750e anniversaire de la ville. A sa place, un panneau suit aujourd'hui, heure par heure, la courbe du taux d'anhydride sulfureux qui flotte encore dans le ciel azuré. L'ancienne capitale de la chimie est-allemande est un terrain de conquête pour les hordes d'écologistes ouest-allemands. Hermann Feinge se tait un moment. Assis bien droit sous le parapluie Coca-Cola de la terrasse, il tourne mécaniquement la petite cuiller dans sa tasse de café. Une voiture, toutes fenêtres ouvertes, passe en martelant de la musique techno. Hermann Feinge se sent lâché par le collègue Bayer dont il a toujours eu un peu peur. Il éprouve presque de la rancœur pour son maître qui s'en est allé et n'a pas su se battre contre le nouveau système. Le vieux monsieur, qui n'est en réalité pas vieux du tout, s'engage : « Si j'arrive à convaincre ma femme, nous irons le voir ! Heinz a des amis. Il faut qu'il le sache ! »

Je pense à Heinz Bayer dans la petite pièce au premier étage de son bungalow de Ferdinandfehn. Je vois ses mains saisir l'aile de l'avion entre le pouce et l'index, avancer le tube de colle, presser légèrement pour faire pointer une perle, appliquer, tenir serré sans bouger pendant quatre minutes. Je me souviens des larmes subites que je n'avais pas vues monter dans ses yeux soucieux, au-dessus des bacs de géraniums, sur le perron de sa maison, la seule fois où nous nous sommes rencontrés. Il n'a peut-être pas eu la force de demeurer le témoin impuissant de la mise en pièces accélérée du sens de sa vie. Il m'émeut avec son paradis perdu et l'humiliation dont il n'arrive pas à se relever. Le directeur de la nouvelle galerie d'art de Bitterfeld ne veut pas se laisser contaminer par la tendresse que j'éprouve, c'est plus fort que moi et c'est sans doute trop facile, pour les perdants dans cette grande noce des deux Allemagnes. Il me rappelle que plusieurs générations de jeunes peintres ont souffert de l'absolutisme de la doctrine propagée par le professeur Bayer. C'est vrai, j'aurais aimé Heinz Bayer audacieux, pur, talentueux. Il est goujat, obtus. Est-ce par honnêteté ou par étroitesse d'esprit qu'il est resté fidèle à ses idées ? Le directeur de la galerie sait que s'il expose les « croûtes » de Heinz Bayer il risque de s'attirer des ennuis politiques, pis encore, de se ridiculiser. Tout juste pourrait-il montrer ses gentilles aquarelles de la Düner Heide, une lande de bruyères dans les environs de Bitterfeld, où les artistes amateurs font leurs premières armes, les dimanches après-midi de beau temps. Heinz Bayer a-t-il aperçu, un court instant seulement, l'insupportable réalité ? Habile dessinateur, coloriste raffiné, propagateur d'une idéologie à laquelle il s'est cramponné toute sa vie, il a peut-être compris que c'est le vrai talent qui lui manquait.

« Il y a des gens qui ne sont bons qu'en RDA », s'amuse un mot de Joseph Beuys affiché comme une réponse à ma question dans la nouvelle galerie. Peut-être un collectionneur branché de Cologne exposera-t-il un jour le Lénine ou le clown de Heinz Bayer ? Pour rire. Comme un gadget d'un goût scabreux qui fait mode le temps d'une saison. Comme ces souvenirs du monde communiste – chapkas, uniformes et médailles – que les bradeurs bulgares et turcs revendent aux touristes, devant la porte de Brandebourg.

Deutsche Mark

Le S rouge couronné d'un cercle comme le sou que l'on glisse dans la fente de la tirelire est, après l'étoile de Mercedes et la croix bleue bavaroise de BMW, le sigle le plus vénéré de l'Allemagne d'après-guerre. Explicite et familier, il permet au passant d'identifier l'emplacement de la Sparkasse dans le treillis serré des enseignes et des vitrines de la rue. A Fürth, il désigne un immeuble costaud de béton armé à colombages métalliques, à la commissure de la zone piétonnière et de la vieille ville, à deux pas de la gare. Inauguré au début des années 70, quand l'Allemagne engraisse à vue d'œil, l'immeuble affiche une modernité confiante, sans états d'âme et sans chiqué. A l'intérieur, le confort est frugal : murs tendus de toile de jute beige, spots qui jettent un fuseau de lumière policé derrière les longs bras caoutchouteux des plantes vertes et les fauteuils carrés de cuir noir. Au sol, une moquette aubergine quadrillée de vert caca d'oie. Ses architectes voulaient la décoration à l'épreuve des modes et des années. Elle est aujourd'hui délicieusement ringarde. La Sparkasse fut la première tour de Fürth. Une dizaine d'étages que l'on voit de loin, « comme la tour de la mairie ou le clocher de l'église Saint Michael », dit le fascicule soucieux de bien signifier aux nouveaux clients le rang de la maison dans la hiérarchie des institutions de la ville. La Sparkasse veille sur ses 50 000 détenteurs d'un compte courant, plus de la moitié de la population de la petite ville de Franconie, adossée à

Nuremberg. Chacun semble avoir tout naturellement obéi à l'impérative gouverne qui tient lieu d'injonction à l'établissement : « Quand il s'agit d'argent : Sparkasse ! »

En Allemagne, on ne badine pas avec l'argent. Un sou est un sou. Au fond, les Allemands n'aiment guère les valeurs, le boursicotage, la spéculation, le papier, l'argent volage que l'on fabrique avec de l'argent sans avoir besoin de travailler. Ils ont toujours cultivé un vieux fond de mépris pour la France, ce pays de rentiers. J'ai entendu un jour, dans un village enclavé du Mecklembourg, la patronne d'un hôtel qui se plaignait de ses nouveaux voisins, des demandeurs d'asile roumains. Au lieu de travailler, disait la brave dame, ils *juden* – ils « juivent ». Un verbe synonyme pour elle de troc et de spéculation. Elle le conjuguait en toute ingénuité. Ce rapport carré à l'argent dicte un art de vivre qui, aux yeux d'un Européen du Sud, frise l'inélégance. Au pays du Deutsche Mark, le pourboire ne se glisse pas discrètement sur le coin de la table. Crié à la volée pour que le serveur le déduise lui-même du billet que lui tend le client, il vient arrondir chichement l'addition. Les Allemands aiment aussi « payer séparé », partager l'addition, chaque convive payant strictement sa part. Car on ne se contente pas de diviser le total par le nombre de dîneurs. Chacun décline avec minutie au serveur patient le détail de ce qu'il a bu et mangé. Et quand un couple, les mains fiévreusement enlacées sur la nappe, les jambes nouées sous la table, demande à régler pour pouvoir s'enfuir rapidement et s'abandonner à d'autres douceurs, le serveur s'enquiert, sans une pointe d'ironie : « L'addition : séparée ou ensemble ? » Mais si, oublieux de ces usages, le garçon venait à placer l'addition repliée devant l'homme, toute femme émancipée devrait s'offusquer. L'Italien qui vendrait sa chemise plutôt que de laisser payer une femme fait figure de veule macho dans ce Nord de l'Europe qui croit à l'égalité des sexes. De toute façon, déjeuner d'affaires ou dîner galant, on glisse dans son portefeuille l'addition marquée d'un tampon faisant foi, pour la soustraire à sa déclaration d'impôts.

Et on règle en liquide. Les employés de la Sparkasse de Fürth s'amusent d'ailleurs à s'épouvanter mutuellement en se racontant d'abominables histoires de cartes de crédit truquées. En Irlande du Nord, le montant d'un achat a été deux fois compté ! En Turquie, une fois la carte égarée, la signature a été imitée ! En Italie, un automate goulu a avalé la carte ! Et ne l'a jamais recrachée ! Un fils d'honnête famille fürthoise n'a pas su contrôler ses invisibles dépenses et s'est endetté sans s'en rendre compte ! Le paiement « en plastique » est encore très régulièrement refusé dans les magasins et les restaurants. Les Allemands aiment payer *bar*, en espèces, avec de l'argent sonnant. Ils disent *Bargeld* (l'argent nu), comme ils disent *Barfuss* (les pieds nus) ou *Barbusig* (les seins nus). L'argent dévêtu de ses pièges se palpe, s'échange de la main à la main, il sent la sueur et a le goût de la peau des autres, des milliers d'autres qui l'ont palpé eux aussi.

Les Allemands ont une vision prévoyante et sage de l'existence. L'idée de tout flamber d'un coup leur est sacrilège. Le taux d'épargne des familles allemandes est l'un des plus élevés au monde. Les Allemands sont infiniment plus économes que les Américains ou que les Français. Seuls les Japonais les supplantent. Une manie du bas de laine qui confine à l'absurde quand les retraités annoncent : « J'économise pour mes vieux jours. » Les mœurs plus dépensières de la jeune génération inquiètent les vieux. S'endetter, vivre au-dessus de ses moyens, jeter l'argent par les fenêtres sont des péchés capitaux. L'argent, dit la loi évangélique respectée par la petite bourgeoisie protestante de Fürth, enclave luthérienne dans la grande Bavière catholique, est un noble cadeau de Dieu accordé en échange du travail et de la peine. D'ailleurs, les Allemands ne pardonnent à leurs hommes politiques aucune incartade avec les deniers publics. La présidente du Bundestag, Rita Süssmuth, a failli perdre son perchoir parce que son mari avait emprunté – à des fins privées – la voiture de fonction et le plein d'essence de son épouse. Sottise que tout autre pays européen n'aurait pas jugée digne de mentionner dans ses journaux. L'ancien ministre de l'Économie, Jürgen Möllemann, a été contraint de démissionner pour avoir donné un coup de pouce à un cousin de sa femme. Ce dernier cherchait à décrocher le contrat d'exploitation des caddies dans une chaîne de grandes surfaces. Le ministre à la petite moustache drue et aux cheveux joliment apprêtés, façon garçon-coiffeur, avait utilisé, pour favoriser la fortune du cousin par alliance, le papier à en-tête du ministère de l'Économie. Scandale pour une broutille dans l'ordre normal des choses en France ou en Italie. En Allemagne, la réputation du ministre en est restée ternie.

La Sparkasse encourage cette culture de l'argent menu, modeste, honnêtement gagné. Alors que la Deutsche Bank a été créée il y a cent trente ans pour financer la construction de la voie ferrée Istanbul-Bagdad, pour appuyer le grand capital, le fin maillage des caisses d'épargne, en revanche, a été tissé à la fin du siècle dernier par les communes soucieuses de ne plus prêter qu'aux riches et désireuses de mettre des facilités financières à la disposition des petites gens. La Sparkasse est l'institution de crédit la plus importante d'Allemagne. Au début, elle ne servait qu'à l'épargne, mais aujourd'hui, on peut y effectuer toute la gamme des opérations financières, exactement comme dans une banque. Du berceau à la tombe, elle accompagne la vie de ses clients.

Une fois par an, en vertu de la loi sur les caisses d'épargne qui stipule que la Sparkasse est « tenue de solliciter le sens de l'épargne dans la population », les missionnaires de la Sparkasse de Fürth vont prêcher les vertus de la frugalité aux enfants des écoles. Il faut « éveiller l'esprit d'épargne et la notion de capital chez les enfants. Nous sommes les seuls à aller dans les écoles. Les autres banques se moquent de cet investissement de temps et d'argent », se félicite Rainer Heller. Grand, sec, la monture de lunettes rectangulaire et le buste encastré dans un complet gris, le directeur de la Sparkasse de Fürth prêche sans un souffle d'humour : « Il est important d'ériger l'économie en principe d'éducation. Il faut que les enfants apprennent dès le plus jeune âge la valeur de l'argent, au lieu de le dépenser en sucreries et en bêtises. Les enfants peuvent économiser pour acheter quelque chose d'utile : des chaussures de sport, un vélo. Ils investissent dans l'avenir. » Rainer Heller a trouvé une astuce pour fidéliser les enfants : à la fin de cette journée de sermon, ils peuvent confier leur argent de poche aux visiteurs de la Sparkasse, qui leur remettent en échange un livret d'épargne. Sournoise intrusion du capital dans l'innocent sanctuaire des écoles ? Endoctrinement dès le plus jeune âge ? C'est une objection que Rainer Heller n'entend pas. Le livret de caisse d'épargne est une composante obligatoire de la panoplie du petit Fürthois. Dès l'âge de 5 ans, les enfants peuvent adhérer au miniclub de la maison. Les membres reçoivent une carte plastifiée qui porte leur photo d'identité. Le jour de leur anniversaire, la caisse leur offre un coupon de 5 Deutsche Marks. Une fois par an, pour la « Journée internationale de l'épargne », le 30 octobre, les enfants font un pèlerinage à la Sparkasse en fête. Installé dans un énorme sourire sous une grappe de ballons, Rainer Heller dispense bonbons et colifichets. La vocation éducative de la Sparkasse ne s'arrête pas là. Chaque année, Rainer Heller organise une conférence pour sa clientèle haut de gamme venue écouter un invité de marque. Autour du buffet, le directeur et ses conseillers peuvent parler de façon plus décontractée à leurs clients. Car les Allemands font bien la différence entre le rapport *dienstlich* – distant, professionnel – et le contact *privat* – un cran de plus dans la sphère de l'intime, presque au bord de la camaraderie. Un subtil dosage des deux est le secret d'une bonne relation d'affaires. Rainer Heller en est convaincu.

Le sérieux pèse lourd dans le hall qui accueille la clientèle de la Sparkasse. En face des comptoirs, une artiste-peintre de la ville expose ses natures mortes : courge sur table de jardin, trois figues ouvertes sur muret de pierre, chapeau de paille sur chaise longue. Ces touches de couleur bienséantes témoignent du penchant du directeur pour les arts. Dans son boîtier de Plexiglas, le guichetier humecte son index d'un coup de langue et fait frémir, un à un, les billets retenus par un élastique. Une fois que le compte y est, il inscrit le chiffre sur un bordereau. Le guichetier sentimental a pris la liberté d'exposer une carte postale d'Ibiza sur son carré de mur. Il décrit volontiers les bonnes manières de la maison : « Je porte chaque jour un costume et une cravate. Pas de cols roulés, pas de foulards, de polos ou de jeans. Et les employés ne se font pas la bise en arrivant. Nous nous serrons la main et nous évitons de bavarder pendant les heures de bureau. C'est une question de respect vis-à-vis du client et de l'argent que nous manions. » Le guichetier veille comme cerbère sur la « zone de discrétion » démarquée par une bande adhésive sur la moquette. Une zone d'exclusion de trois mètres carrés qui enrobe le guichet et isole le client des oreilles et des regards trop curieux.

La Sparkasse participe activement à toutes les croisades morales dont l'Allemagne est friande. A la sortie, une machine broyeuse avale les cartes de crédit périmées, les émiette et les recrache en serpentins dans une cuve transparente. Le client peut vérifier de ses propres yeux que sa carte a bien été détruite. Le plastique sera recyclé. Devoir écologique accompli. Devant les guichets, une batterie de talons de virement vient chatouiller la mauvaise conscience de ceux qui n'ont rien d'autre à faire que d'attendre leur tour. Un seul ordre leur est signifié : « Donnez ! » Pour la Bosnie, pour les affamés du Zaïre, pour les malades du Sida, pour les cancéreux, pour les Russes menacés par les rigueurs de l'hiver, pour les orphelins et les jeunes au chômage. La Sparkasse est une grande dame de charité. Elle a offert un minibus Volkswagen à l'orphelinat et une perceuse aux jeunes bricoleurs du diaconat. Rainer Heller, qui est très mélomane, tient tout particulièrement à soutenir la chorale de Fürth. Helmuth Schuh, le responsable des relations publiques, est cycliste-amateur à la sortie du bureau. Sur toutes les photos de pendaison de crémaillère, on dirait qu'il ne parvient plus à quitter la pose, le dos voûté comme sur le guidon de son vélo, le visage emplâtré dans un sourire, un chèque à la main. Les bonnes œuvres de la Sparkasse ne passent jamais inaperçues dans le journal local.

Fürth et la Sparkasse vivent en symbiose. On a du mal à distinguer l'une de l'autre. Le directeur de la Sparkasse compte parmi les notables de la ville. Et les notables sont membres du conseil d'administration de la Sparkasse. Rainer Heller tient à tisser des liens personnels *(privat !)* avec sa clientèle. Il a invité le retraité Emil Semmler à prendre le café. Emil Semmler est un des plus anciens clients de la maison. Il a droit à des égards. La secrétaire du directeur est allée, tout exprès, acheter des beignets à la confiture de cerise. Né à Fürth en 1927, électricien chez Siemens pendant quarante et un ans, il décline les sages étapes de sa vie d'épargnant. Quand il était enfant, ses parents lui racontaient la terrible inflation de 1923. Il fallait alors déverser le chargement d'une brouette de billets de banque sur le comptoir de la boulangère pour acheter une miche de pain. Le tout petit bourgeois et le rentier sont les plus rudement touchés. Les économies de toute une vie sont réduites à presque rien. Ses parents dressent Emil à l'usage de la tirelire. En 1948, le cauchemar se répète : du jour au lendemain, avec la réforme monétaire qui donne le jour au Deutsche Mark, la masse monétaire en circulation se racornit. Un Deutsche Mark s'échange contre dix Reich Marks. Une fois de plus, le livret d'épargne de la famille Semmler est anéanti. Le montant des dépôts de la Sparkasse de Fürth maigrit de 105 millions de Reich Marks à 5 millions de Deutsche Marks. Un souvenir doux-amer. D'un côté, les Semmler perdent leurs économies. De l'autre, le peu d'argent liquide qu'ils conservent dans leur porte-monnaie a de nouveau de la valeur. Épargnants et rentiers sont sacrifiés pour construire un socle solide au miracle économique allemand. Évanouies les terribles années de l'immédiat après-guerre quand l'Allemagne en ruine vivait de marché noir et de truanderies – quand une paire de bas Nylon ou un paquet de cigarettes se troquaient contre une livre de beurre. Les files d'attente se volatilisent. Les vitrines se remplissent. Les commerçants qui stockent depuis des semaines ont de nouveau garni leurs rayons. Signe infaillible que la guerre et les privations sont finies, l'épicière s'enquiert en servant madame Semmler-mère : « Je vous en mets un peu plus ? » Les Semmler reprennent confiance. Les jours seront meilleurs. Le pire est derrière nous. C'est le miracle. L'année zéro.

Fürth, vieille cité de fondeurs de bronze et de batteurs d'or, est la ville natale de Ludwig Erhard. En 1948, le père du miracle économique allemand imposa, envers et contre tous, cette vigoureuse réforme monétaire qui releva l'Allemagne en lambeaux. Au n° 5 de l'ancienne Sternstrasse, aujourd'hui rebaptisée Ludwig-Erhard-Strasse, la maison natale est à l'image du héros de l'Allemagne : sept petites fenêtres proprement alignées sur une façade carrée. Un négociant en vins italiens et produits fins s'est installé au rez-de-chaussée. Cette exubérance dionysiaque de chianti, de jambons au romarin et de fromages frais n'aurait peut-être pas plu à Ludwig Erhard. Fils de petits commerçants protestants de la ville, Ludwig Erhard s'est imbibé, dit sa biographie, du « solide ordre bourgeois qui ne laisse aucune place au doute ». Confirmé à la paroisse Saint Michael, marié à une fille du pays, Ludwig Erhard est toujours resté fidèle à sa ville qui a mis au monde d'autres enfants illustres comme Henry Kissinger et le grand éditeur berlinois Leopold Ullstein. Ludwig Erhard accouple deux idées simples :

monnaie forte et économie de marché à caractère social. Erhard n'est pas un intellectuel distingué, mais un pragmatique professeur d'économie politique qui sait pousser droit devant de saines convictions. Gros garçon joufflu au teint de rose, Ludwig Erhard a la lèvre fine des gens qui ne sont pas là pour se laisser vivre et le cheveu ratissé sur le haut du crâne en longues stries régulières. Cet air de poupon bien portant inspire confiance. Méfiants au début, les Semmler se laissent peu à peu rassurer par la silhouette rassasiée du bonhomme à l'accent de Franconie dont le cigare expire en permanence une spirale de fumée bleue. « Quand les cheminées fument, l'économie va ! », dit un adage dont le profil du « Gros » semble être l'illustration.

Emil Semmler a beaucoup de tendresse pour le « Gros ». Il se souvient bien : « Le 20 juin 1948, c'était un dimanche. Nous avons eu droit à 40 Deutsche Marks par tête, dans un premier temps, pour assurer la survie quotidienne. J'étais encore prisonnier en Russie. Ma femme arrivait avec un baluchon de Breslau, devenue Wroclaw et polonaise. Réfugiée, elle a d'abord été hébergée chez des gens du coin. Nous avions tout perdu et nous avons dû recommencer à zéro. Nous n'avions pas le choix. Il a fallu épargner et travailler. Je travaillais soixante heures par semaine. Je me suis d'abord acheté un nouveau pantalon, puis une chambre à coucher. En 1956, nous avons fait construire une petite maison grâce à un prêt de la Sparkasse. En 1974, nous avons fait construire un immeuble de six appartements. » Le travail. L'épargne. La construction de la maison. C'est le triptyque standard du petit épargnant allemand.

Pour Emil Semmler, tout est allé petit à petit. Il a gravi une marche après l'autre.

1948 : il s'offre le restaurant, pour la première fois.

1949 : il recommence à fêter le carnaval.

1950 : il achète son premier costume neuf.

1950 : repli sur de vieux réflexes apeurés. Quand éclate

la guerre de Corée, sa femme se dépêche de faire des provisions de savon et sucre.

1954 : l'Allemagne remporte la Coupe du monde de football. Sur la place du marché, à Fürth, Emil Semmler regarde sur un écran géant le match retransmis en direct de Berne. Pour la première fois, il a le droit d'être fier du drapeau rouge-or-noir et n'a pas honte de ce picotement qui le démange quand l'hymne national est entonné.

1955 : les Allemands commencent à acheter une voiture. Il y a deux Mercedes à Fürth. Celle de M. Schikedanz, le fondateur du géant de vente par correspondance « Quelle », et l'automobile noire du prélat catholique. Car les Allemands ne s'entichent pas de n'importe quelle coquetterie tape-à-l'œil. La Mercedes a le train bas et pesant, un brin vulgaire. Elle est parfaite pour assurer le transport des familles et des partenaires en affaires. Autrement plus sérieuse que la latine Alfa Romeo, nerveuse, sportive, fringante, ou que la britannique Jaguar, effilée, élégante, discrètement snob ! Les Semmler vident pour la première fois leur carnet de caisse d'épargne et s'offrent une « Coccinelle » Volkswagen. Ils s'accordent un gros plaisir. Ils se laissent un peu aller. Le premier émigré italien arrive en Allemagne pour faire les sales besognes. On l'appelle d'un euphémisme accueillant : *Gastarbeiter*, « travailleur invité », comme s'il était en visite d'agrément.

Et tout s'accélère. Tout s'accumule. Tout s'amoncelle.

La table basse posée devant le sofa. La table pliante. La table gigogne. Le lampadaire à trois branches. Le cabinet à musique pour ranger le tourne-disques et la radio. Le poste de télévision encastré dans un meuble en acajou. Le buffet de cuisine aux portes coulissantes en Formica gris. Les repas gras et consistants.

Le premier voyage en Italie. Emil Semmler change ses Marks et découvre à bon marché le Sud, une première fenêtre lumineuse et lascive dans cette vie de besogne.

« Quand à Capri, le soleil plonge dans la mer », susurre un tube qui fait fureur et qu'il fredonne encore aujourd'hui.

L'*American Way of life* conquiert les jeunes. Rock and roll, jeans, Coca-Cola sont les emblèmes de ces « folles années 50 ». Elvis Presley fait son service militaire en Allemagne et chante *Muss i' denn*... Cette société encore mal dégrossie, provinciale et puritaine regarde la France frivole avec une fascination complexée : les jupons en broderie anglaise de Brigitte Bardot. La mode de Paris. Emil Semmler a la tête qui tourne quand il dit Paris en sifflant le « s » entre ses dents serrées.

Tout va si vite. En Europe, aux États-Unis, on ne s'attendait pas à cela. On pensait que l'Allemagne mettrait au moins vingt ans à reprendre son souffle. Gründig, le géant de l'électronique, Quelle, le magasin de vente par correspondance s'épanouissent à Fürth et deviennent des firmes de renommée internationale. Le Deutsche Mark arrive en tête des devises européennes. L'Allemagne est le premier pays exportateur d'Europe. Les Allemands calculent, spéculent, investissent, s'enrichissent. Tout leur réussit. « Et ils ont pourtant perdu la guerre ! », rappellent leurs voisins dépités. Les villes en ruine se reconstruisent. Se refont une beauté cossue, durable. On efface. On oublie. Aujourd'hui, le prospectus touristique de la ville annonce sans gêne : « Fürth est une ville riche. » A côté d'autres atouts : « Fürth est verdoyante. » « Fürth est historique. »

Le traumatisme des deux inflations est bien gravé dans la mémoire collective des rentiers et des petits épargnants allemands. De cette double blessure est née l'obsession pour la stabilité de la monnaie, la hantise de l'inflation, terrible cauchemar qui sommeille toujours dans l'inconscient d'Emil Semmler. Frappée à Francfort par la Bundesbank, l'effigie gravée sur la pièce d'un Mark n'a jamais été modifiée depuis 1950. Côté face : l'aigle. Ailes déployées. Pattes écartées. Figé, puissant. Symbole de virilité. Bundesrepublik Deutschland ! Côté pile : deux feuilles de chêne, l'arbre robuste, profondément enraciné. Il vit longtemps et résiste aux rafales du vent. Le graphisme est simple et direct.

La pièce de un franc fait figure, à côté, de dévergondée trop sensuelle que l'on a du mal à prendre au sérieux. Côté face : la plantureuse Marianne s'élance, drapée dans un simple linge, toute en courbes, crinière au vent, semailles dans la paume de la main. Symbole de féminité. République française ! Côté pile : le rameau d'olivier et, en couronne, les trois mots de la République « Liberté. Égalité. Fraternité. » Le design a maintes fois cédé aux caprices des modes.

A la raideur du Mark s'oppose la rondeur du franc. Sûr de lui, le nouveau billet de 100 Marks tente presque de s'encanailler en s'offrant le visage d'une femme. Clara Schumann, le regard sage et vaporeux, un peu triste, toute douceur et retenue. « La pianiste, s'empresse pourtant de rectifier la brochure de la Bundesbank pour corriger toute suspicion de vulnérabilité, a élevé seule sept enfants avec une volonté d'acier tout en poursuivant sa carrière de virtuose. Une femme émancipée. » Un billet pâle, bleu pastel. Discret et sans tapage. Quel contraste avec le 100 francs ! Marianne, poitrine dépenaillée, drapeau au poing, se rue sur les barricades sous l'œil profond de Delacroix. Qui ferait ici confiance à une telle furie ? Le sein impertinent d'une femme ferait chuter la valeur du Mark en un rien de temps !

Il n'y a pas pire pour un Allemand que l'argent « mou ». Le Deutsche Mark est une devise « dure » – virile, érectile, qui ne flageole pas au gré des intempéries politiques. Les amours incestueuses entre monnaie et politique finissent toujours par mener à la catastrophe. Le nazisme est, après tout, né de cette instabilité monétaire qui n'a jamais réussi à l'Allemagne. La Bundesbank – la Buba de son petit nom – est une institution protégée des eaux troubles de l'intérêt politique. Gare au chancelier qui se permettrait d'affronter trop ouvertement les sages de Francfort. Si Konrad Adenauer s'est permis un jour en privé de comparer le président de la Buba à un « réfrigérateur », si plus d'un chancelier s'est plaint des « bureaucrates » de Francfort, les réprimandes se murmurent, les divergences se règlent en langage feutré. La Buba a toujours su mettre au pas les hommes politiques les plus déterminés. La Buba exerce un pouvoir quasi monarchique – indépendant de l'influence politique ou conjoncturelle. Elle est la « gardienne de la monnaie », au sens biblique du terme. Elle est à l'Allemagne ce que la Reine est à l'Angleterre : une figure au-dessus de la mêlée. Une grande intouchable.

Emil Semmler n'en peut plus d'entendre les Allemands de l'Est, auxquels on a fait cadeau du Deutsche Mark, geindre de ne pas avoir, en quelques années d'unification, le même niveau de vie que lui. La joie des retrouvailles a bien vite viré pour lui en un obsédant : « Combien cela va-t-il nous coûter ? » Car rien ne doit menacer la stabilité monétaire. La Sparkasse a bien pris soin d'éduquer les nouveaux arrivants aux vertus de la patience et de l'épargne. Dans chaque village de l'Est, le S couronné de son cercle rouge, éclairé au néon pendant la nuit, montre la juste voie à suivre. La voie exemplaire choisie par Emil Semmler, qui a su retourner ses manches et s'atteler à la tâche.

A la chute du Mur, l'Ouest fourre entre les mains des petits frères de l'Est un billet de 100 Marks. Cadeau de bienvenue ! « Si le Deutsche Mark ne vient pas à nous, c'est nous qui irons au Deutsche Mark ! », menacent les Allemands de l'Est quand ils manifestent au seuil de l'unification, à l'automne 1989. « Nous vous donnons le meilleur de nous-même : le Deutsche Mark ! », leur rétorque quelques mois plus tard Helmut Kohl, pressé d'éveiller la gratitude pour se faire élire premier chancelier de l'Allemagne unifiée. « Nous vous apportons, réplique froidement le dernier Premier ministre communiste réformateur de la RDA, Hans Modrow, les valeurs culturelles et spirituelles de la République démocratique. » « Quel risible toupet ! » ricane Emil Semmler.

Le Deutsche Mark est le vrai moteur de l'unification. Il lui suffit d'une seule et courte nuit – celle du 30 juin au 1er juillet 1990 – pour mettre en pièces ce qui reste de la petite République démocratique allemande. Il casse et concasse le fragile Ostmark. Condamne la moitié des entreprises est-allemandes à la faillite. Écrase tous les produits made in RDA. Les derniers rossignols fabriqués à l'Est sont soldés, disparaissent à jamais des étalages de vente. La blouse d'écolière en Nylon fleuri, les chapeaux de coton à visière, les lessives aux emballages gris, les chaussures en cuir synthétique... les étalages de l'Est sont exsangues. On vend les restes dans de grands containers sur les trottoirs. En une nuit, la RDA brade les quarante ans de sa courte vie. Les vendeurs et les chefs de rayon sont exceptionnellement mobilisés pour ranger, classer, étiqueter les nouveaux produits livrés par convois de camions de l'autre côté du rideau de fer et payables en Deutsche Marks. Des vendeuses en blouses bleues, sandales à semelle compensée et socquettes blanches réglementaires composent les nouvelles vitrines. Jadis acariâtres, elles apprennent le sourire héroïque à l'épreuve des mauvaises humeurs de la clientèle. La Bundesbank a mis en circulation un petit fascicule : *Du bon usage du Deutsche Mark.* Distribué dans tous les locaux administratifs, le dépliant mode d'emploi montre, photo à l'appui, à quoi ressemble, ce que pèse et ce que vaut toute la gamme des pièces et coupures ouest-allemandes. « D-Mark. D-Mark », les Allemands de l'Est n'ont que ces deux syllabes incantatoires à la bouche.

Dans la librairie en face de la Sparkasse, je feuillette un album de photos : Fürth dans les années 50. Clair foyer et orgie d'électroménager. Voitures, femmes radieuses à chapeaux et robes-tulipes cintrées à la taille. Plastique, Perlon, Nylon. Toujours cette foi dans le confort ménager, cet amour goulu du gadget, cette plongée insouciante dans la modernité. On appelle cela le *Wohlstand* – un mot lourd qui veut dire bien-être, confort épais et sans tracasseries.

« Wohlstand für alle ! », le confort pour tous, avait promis Ludwig Erhard. Pari tenu ! Un sentiment désagréable m'envahit. Où donc est la terreur des années 30 ? La guerre ? Le souvenir des camps ? Tout est si proche, pourtant. Les soldats allemands reviennent de détention en 1948. Les derniers rentrent, émaciés, ahuris, des camps de Sibérie en 1955. Dix ans après la fin de la guerre, Konrad Adenauer scelle la reprise des relations diplomatiques avec Moscou. A quelques kilomètres de Fürth, en 1946, Nuremberg la voisine, capitale du national-socialisme, a tenu procès. Le terrifiant chapitre est-il donc bouclé ? verrouillé ? tapi sous les tables gigognes ? pâli sous les douceurs pastel du lac de Côme ? Des cabinets d'avocats, de médecins et de conseillers fiscaux se sont installés dans les amples appartements aux fenêtres à double vitrage et aux balcons de fer forgé des maisons patriciennes qui bordent la Hornschuchpromenade, au cœur du quartier de la bourgeoisie juive d'avant-guerre. Je comprends le haut-le-cœur des fils. Les perpétuelles interrogations des jeunes Allemands sur le passé de leurs pères et de leurs grands-pères dans ces années-là. Leur rejet des partis politiques, des grands patrons, des banquiers, de la morale bourgeoise, du bien-être matériel et de l'argent. La grande colère de la RAF. La guérilla urbaine des années 70. Et, plus tard, la rébellion anti-atome, antimissiles, anti-américaine, antimilitariste.

Montrée du doigt, ruinée moralement, l'Allemagne s'est trouvé une valeur refuge honorable : le Deutsche Mark. L'identité nationale s'est cristallisée, faute de mieux, autour de la réussite économique. Le Deutsche Mark est propre et sans passé. Le miracle économique est un soulagement pour cette Allemagne qui venait si tragiquement de perdre le droit à la tradition, à la fierté nationale. Il permet de fuir le passé et de céder sans complexe à de nouvelles énergies. Pour ces 60 millions d'Allemands de l'Ouest traités de suiveurs ou, pis encore, de bourreaux, c'est une première et mince délivrance. Les Allemands croient à l'étanche césure. Ils veulent tout recommencer à zéro. Mieux faire. « La confiance dans la monnaie, dicte Rainer Heller, est le bien suprême d'un pays ! » Emil Semmler approuve d'un hochement de tête enthousiaste. Il se souvient, l'œil humide, avoir vu en Pologne des villageois ranger leur précieux butin, un billet de 100 Deutsche Marks, à côté d'une liasse de dollars... dans un carton à chaussures. « Ah, ça m'a fait quelque chose. J'étais vraiment fier d'être allemand. J'ai pensé : "Tu vois Emil, nous les Allemands, nous sommes de nouveau devenus *quelqu'un*." »

Un Deutsche Mark comme identité qu'Emil Semmler n'est certes pas prêt à sacrifier. Ni même à risquer pour Dieu sait quelle hypothétique monnaie européenne. Entre idéal politique et bon sens monétaire, Emil Semmler a tout de suite tranché : pas question de prendre des risques avec le Deutsche Mark. Emil Semmler déroule le catalogue de ses peurs : les salaires vont-ils baisser ? Qu'adviendra-t-il des économies et des actions ? des retraites ? Le chômage va-t-il encore augmenter ? La stabilité de l'euro sera-t-elle garantie ? Et pourra-t-on revenir en arrière si ça ne marche pas ? Emil Semmler sort de ses gonds. Se soulève de son siège. Déplie bruyamment le *Bild*. A preuve ! « Bas les pattes ! Laissez notre Deutsche Mark en paix ! » Le quotidien, puissant porte-voix de l'Allemand moyen, s'est vautré dans une campagne populiste, tapageuse, agressive pour la défense du Deutsche Mark menacé par la « monnaie espéranto », selon la formule assassine d'un homme politique du cru. Difficile d'entonner le credo de la monnaie unique dans cette riche Bavière qui refuse d'être la vache à lait de l'entreprise européenne. La peur enfle chaque jour. Tous les fantasmes sont permis. La presse rivalise de métaphores millénaristes, comme si l'Allemagne se préparait à un suicide collectif. Le front du refus traverse l'ensemble de la société de gauche à droite, des intellectuels talentueux aux éditorialistes gouailleurs de la basse presse. La perte du Deutsche Mark est ressentie comme un deuil national.

L'Allemagne est prise de longs sursauts lyriques. Quand le chancelier Kohl s'attendrit sur le « joyau » qu'est le Deutsche Mark pour son pays, Emil Semmler a les yeux qui se mouillent. Rapport amoureux, presque fétichiste, qui n'a rien à voir avec la relation froide et anonyme que l'on nouera avec la nouvelle monnaie venue de Bruxelles.

Emil Semmler épluche les lettres financières et les magazines spécialisés, à la recherche de sages tuyaux : quels placements choisir pour éviter de voir ses économies fondre une fois converties en euro ? Faut-il investir dans la pierre ? Dans l'assurance-vie ? Acheter des actions, de l'or, des dollars, ou encore et toujours des francs suisses ? Opter ensuite pour les oasis détaxées et les zones franches : l'île de Sark, Monaco, Andorre, le Liechtenstein, et toujours la bonne vieille Suisse sur le pas de la porte de l'Europe communautaire ? Emil Semmler veut protéger son argent d'un troisième cauchemar. Au pays du Deutsche Mark, perdre sa monnaie, c'est risquer d'y laisser un peu de son âme.

Les scarabées et l'atome

Il faut changer de vitesse et ralentir pour parvenir à recoller l'une à l'autre les lettres tracées à grands traits de peinture blanche sur le tronc des chênes qui bordent la route. Peu à peu, les voyelles se soudent aux consonnes. Les syllabes se nouent. Le sens apparaît. Mort Mort Leucémie Atome Non merci. Le rébus recomposé rend soudain suspects le frémissement des haies piquetées de merles et d'églantines, la luxuriance des prairies qui s'évaporent à l'horizon. La menace n'est pas crédible dans cette idylle pastorale. Suffit-il donc de passer le nouveau pont de Dömitz, là où l'Elbe jadis infranchissable séparait l'Est de l'Ouest, pour plonger dans un enfer radioactif où la mort et la maladie vous guettent, embusquées le long d'une angélique route de campagne ? Pour montrer leur opposition au nucléaire, les gens d'ici ont piqué des grandes croix dans les digues terreuses des champs d'asperges. Adossées aux palissades des fermes, plantées dans la mare des villages et contre les cabanons où s'arrête l'autocar, les croix de bois forment d'étranges crénelures à travers les champs. Là où l'Elbe s'allonge avec mollesse dans son lit de joncs, la campagne du Wendland porte encore les marques de la bataille qu'elle vient de livrer aux Castor.

Il ne faut pas se laisser prendre par l'allusion attendrissante au petit rongeur à la queue plate. Le diminutif est trompeur. Il ne faut pas non plus lire là une référence mythologique au jumeau de Pollux. Cette abréviation prosaïque de l'anglais cache un ennemi maléfique. Castor : *Cask for storage and transport of radioactive material.* Six fûts de déchets hautement radioactifs en provenance des usines de retraitement de La Hague, de Grundremmingen (Bavière) et de Neckarwestheim (Bade-Wurtemberg) ont traversé le Wendland dans la lumière crépusculaire du mois de mars 1997. Ils sont arrivés par chemin de fer et ont poursuivi leur voyage juchés sur des camions jusqu'au site de stockage intermédiaire de Gorleben, un hangar bétonné et ficelé de barbelés dans une clairière placée sous haute surveillance électronique. Le gouvernement a décidé d'entreposer provisoirement 450 fûts à Gorleben en attendant de trouver un site de stockage définitif. Huit sont déjà là. Les deux premiers sont arrivés en solitaire. Les six derniers en pack au mois de mars. Six bidons bleu roi qui n'ont vraiment l'air de rien du tout quand on les côtoie de près. Ils ont mis toute la région, et une bonne partie de la nation, sur le pied de guerre. Pendant trois jours, policiers, flottilles d'hélicoptères, chevaux, chiens-loups, lances à eau et gourdins ont frayé un chemin au convoi, écartant l'armée adverse, celle des militants antinucléaires accourus de toute l'Allemagne. Ils se sont enchaînés les uns aux autres sur les petites routes de campagne. Deux jeunes héros ont soudé les menottes qu'ils portaient à leurs poignets aux rails de la voie ferrée. Une équipe de soudeurs a mis plusieurs heures à les libérer. Les paysans ont creusé des tunnels sous les routes qui se sont affaissées.

A Berlin, postée pendant trois jours en tailleur sur mon canapé, je regardais à la télévision ce violent état de siège. Cette Allemagne si bien tempérée qui déteste les conflits semblait être soudain en pleine crise de nerfs. J'écoutais les histoires abominables que l'on se racontait. Les policières qui escortaient le convoi allaient mettre au monde, dans quelques années, des monstres difformes. Avec ses 19 barres de combustible irradié, un Castor a le potentiel nucléaire de 40 Hiroshima, additionnaient les manifestants. D'un vol vers les plages de Majorque, rectifiaient les administrateurs du dépôt de Gorleben. On dénonçait la bestialité policière, les passages à tabac, les traumatismes crâniens, les côtes fêlées, les foules jetées à terre par le jet du canon à eau, les anciens combattants à la retraite malmenés sans égards pour leur âge et pour leur jambe de bois, les mères de famille couvertes de bleus, les poussettes de leurs bébés détruites d'un coup de botte et les enfants des écoles évacués des salles de sports qu'ils avaient occupées pour empêcher qu'elles ne soient réquisitionnées par l'armée. Les hélicoptères rendaient les vaches folles et terrorisaient les enfants la nuit. On établissait un inventaire des unités de police, classées par degré de brutalité : les Berlinois sont les plus durs, ils tapent dans le tas. En seconde position arrivent les flics de Magdebourg, dressés aux méthodes répressives de l'Est. Ceux de Saxe-Anhalt et de Hambourg jouissent d'une agréable réputation de gros ours presque affectueux. Tout le monde se scandalisait de l'outrage fait à Adi Lambke, le paysan du Wendland qui s'était fait tabasser par la police. Devant les caméras, il montrait sa lèvre inférieure gonflée, son nez sanguinolent. Il fixait l'objectif. Son œil violacé lui donnait un air de poivrot goguenard. Il est vrai qu'avec son pantalon de velours côtelé et son chapeau mou, Adi Lambke n'a vraiment rien d'un gauchiste écologiste. Interviewé sur toutes les chaînes, Adi Lambke se souvenait de son premier procès. Il avait été inculpé pour coups et blessures. Une goutte de son purin avait taché le parka d'un officier de police. C'était il y a longtemps. Puis, Adi Lambke retraçait les faits d'arme de la résistance paysanne, les tracteurs dissimulés dans les granges, embusqués dans les fossés, jaillissant par surprise, tous phares éteints, au petit matin, pour aller bloquer les routes. Adi Lambke se sentait trahi et humilié. Qu'est-ce que c'est que cet État de droit qui roue de coups ses paysans ? Il s'autorisait l'indiscipline. Cette fois-ci, 30 000 policiers s'étaient montés contre lui. La mobilisation de forces de l'ordre la plus importante depuis la guerre, calculait la télévision. Et la plus coûteuse, ajoutaient les éditorialistes à l'intention des contribuables. En même temps, sur l'écran, un officier de police, escorté d'un pasteur, le mégaphone collé au bout des lèvres, priait les manifestants de bien vouloir – « S'il vous plaît, mesdames et messieurs ! » – dégager la chaussée, comme s'il s'adressait à une partie de campagne éméchée qui aurait choisi de poursuivre son déjeuner sur l'herbe au milieu de la route nationale.

Ce grand tumulte me laissait désemparée. Je ne comprenais pas. Cette gauche allemande écologiste toujours prête à hurler à l'Anschluss et au colonialisme ouest-allemand au moment de l'unification, si peu préoccupée des déboires des Allemands de l'Est jetés au chômage. Cette gauche qui avait attendu si longtemps pour manifester massivement contre les violences faites aux étrangers, la voilà qui se retrouvait là, rugissante, dans le Wendland, à tenter de faire rebrousser chemin à six barriques de déchets atomiques.

« Tu fais comme si tu pouvais continuer à vivre dans ta bulle à Berlin. Comme si ce nuage radioactif que libéreront un jour les Castor s'il y a un accident allait te faire des politesses et te contourner ! », accusaient mes amis allemands, excédés par la superbe inconscience de mes commentaires railleurs. Pour les Allemands, les Français sont de grands enfants aveuglés par les feux trompeurs de la technologie moderne et vivant dans un pays où fourmillent les portables et les cartes de crédit. Ce sont des irresponsables qui mettent en danger l'avenir de la planète, de redoutables benêts, persuadés que les nuages radioactifs obéissent à une loi d'apesanteur singulière, puisqu'ils ne passent pas les frontières et s'arrêtent tout net au-dessus du Rhin, châtiant les champignons allemands, graciant les salades françaises. Un peuple de nationalistes, qui veut conserver sa force de frappe anachronique et rêve toujours d'être la *Grande Nation* maîtresse du monde, de complexés menacés d'impuissance qui ont besoin du « phallus atomique » pour se donner l'illusion de la virilité.

La candeur consensuelle de notre foi dans le tout-nucléaire désespère les Allemands. Les derniers essais nucléaires sur l'atoll de Mururoa ont scandalisé le Wendland. Les importations de produits biologiques et de fromages français ont été systématiquement boycottées. Le vin du Larzac aussi. « Il n'est pas vraiment très bon, reconnaissent les clairvoyants, mais c'est un vin politique, il faut le boire. » A chaque soubresaut de protestation anti-atome sur les berges de la Loire, le Wendland jubile. D'ailleurs, ce sont les Allemands du Bade-Wurtemberg qui traversèrent le pont de Kehl et formèrent le gros des troupes des opposants à la centrale alsacienne de Fessenheim. Ils s'étaient assigné un devoir d'ingérence. L'arrêt du réacteur Super-Phénix de Creys-Malville converti en outil de recherche fut une victoire personnelle pour chaque militant du Wendland. La découverte d'un taux de leucémie infantile excédant la moyenne nationale dans la région de La Hague confirme enfin une évidence. Et les Allemands s'étonnent que la nouvelle, qui chez eux déclencherait une révolution, ne fasse les titres de la presse française que pendant quelques jours. La découverte que certains conteneurs Castor de déchets radioactifs allemands envoyés en retraitement à La Hague n'étaient pas parfaitement étanches scandalisa l'Allemagne au printemps 1998 et vint stopper d'un coup tous les convois.

« Coucher sur une centrale nucléaire ne m'empêcherait pas de dormir ! » ai-je pris l'habitude de claironner pour provoquer les Allemands et résister à leurs sermons. La lutte anti-atome n'est pas vraiment inscrite au répertoire des révoltes de ma génération. Jamais le soleil antinucléaire à la bouche grimaçante n'a orné le revers de mes blousons d'adolescente française. L'atome et la pollution étaient tout au plus les poncifs de nos exposés de lycéens. Fessenheim fut le combat d'une génération qui n'était déjà plus la mienne, un gros feu de paille vindicatif des années 70. S'il reste quelques poches de rébellion, le mouvement antinucléaire n'a jamais eu en France la réelle vigueur qu'il a en Allemagne. Il fallait donc que je quitte ma bulle berlinoise pour aller voir le Wendland de plus près.

C'est une caricature de l'aryen resplendissant de santé et de grands principes que je m'attendais à trouver pour m'en moquer dans cette campagne. Végétarien à la chair triste, shooté au pain de seigle et au yaourt de brebis, adepte du shiatsu et de la méditation transcendantale, hippie d'un autre âge, un brin toqué, moralisateur, pas drôle du tout et très, très dogmatique. Je n'ai eu aucun mal à le rencontrer. Pour le festival culturel de la Pentecôte, le centre artisanal de Kukate fait portes ouvertes. Les voilà donc, les enfants de l'Allemagne d'après-guerre, rassemblés sous l'ombre épanouie d'un marronnier. Ils boivent du café nicaraguayen accompagné de hamburgers aux graines oléagineuses, substitut à l'impérialiste steak de bœuf américain. Leonard Cohen nasille une *Suzanne* ressuscitée des morts, tandis qu'un fifre celte turlute au fond d'une grange. « L'idée maîtresse de nos ateliers, explique la constitution de Kukate, est de permettre à chacun de prendre conscience de soi et des autres membres du groupe. » Cette intense quête de soi se poursuit autour des métiers à tisser le chanvre et des pots de peinture sur soie. Les visiteurs portent des petites lunettes rondes à la Brecht, des calottes de patchwork et des Birkenstock, ces sandales orthopédiques de gros cuir « à la mode en Italie », s'étonnent ceux qui se rendent compte de leur manque d'élégance la plus rudimentaire. Les hommes sont poilus. Les femmes aussi. Les enfants en bas âge accourent pour soulever le T-shirt distendu de leur mère et téter le sein qu'ils pétrissent de leurs petites mains impatientes. Un souffle lourd d'essence de benjoin passe sur les jupes à godets et les tissus batiks. Un jeune éleveur de poulets biodynamiques, très bien fait de sa personne, raconte à la ronde qu'il est aussi « conducteur de jeûne ».

Deux fois par an, il guide ses disciples sur le chemin de la grande vidange intérieure, laquelle va libérer leur corps des substances toxiques qui emprisonnent les flux vitaux de l'être. Le fermier contemple la petite assemblée de femmes de la ville serrées dévotement autour de lui et je me demande si ce n'est pas le torse glabre dévoilé par son décolleté généreux qui les fascine. Sûr de convaincre, il préconise les massages aux huiles essentielles. « Le contact corporel, prêche-t-il, c'est tellement important ! » La femme du fermier a étudié le russe dans le Caucase avant de faire quatre enfants nourris au lait de soja et d'écrire un livre sur les méfaits de l'albumine dans l'alimentation du nourrisson. Elle se révolte contre la nourriture française – si malsaine, avec tous ces fromages gras et ces sauces ! D'ailleurs, les Français ne sont-ils pas tous bedonnants après un certain âge ?

La crème antimoustiques à la citronnelle que j'ai achetée ce matin a de quoi rassurer sur la nature de la génération des Allemands d'après-guerre : ils ont su s'affranchir du mal causé par leurs pères. La notice promet que les moustiques sont simplement repoussés par l'odeur. Ils ne sont pas tués. L'intégralité des bénéfices du week-end de Kukate sera versée à la lutte anti-atome. Pour beaucoup, le Wendland est la dernière étape au retour des ashrams. Sur le seuil de Hambourg et au bout du couloir de transit qui traversait la RDA pour relier Berlin-Ouest à la RFA, le Wendland est devenu la réserve de cette culture alternative si vivace en Allemagne. Pourtant, rien n'aurait pu laisser prévoir cette vocation rebelle. Sur la carte des deux Allemagnes d'antan, là où l'Elbe coule en angle aigu, le Wendland pointe un nez ouest-allemand vers la « Zone », la République démocratique. Un arsenal de roman d'espionnage est encore caché aujourd'hui dans la campagne : les immenses stations-radar qui surveillaient les manœuvres militaires sur l'autre rive. Les sinistres panneaux : « Attention ! Zone frontalière ! » Les routes crochètent encore sur elles-mêmes une boucle abrupte là où les voitures faisaient demi-tour juste avant d'aller buter contre les barbelés de la frontière. La région est la moins densément peuplée de cette Allemagne si peu rurale. Un carré de terres pingres, une plaine silencieuse lavée par les brumes en hiver, enfourchée par des nuages laiteux en été. Les paysans du Wendland avaient vu juste quand ils ricanaient derrière le porche entrebâillé de leurs granges : « Ces gens-là sont comme les scarabées sur nos champs de pommes de terre, on n'arrivera plus à s'en débarrasser. » Ils ont tout de suite compris, il y a vingt ans, que leurs prairies mouchetées de fleurs de pissenlit et leurs villages à colombages qui font la ronde autour d'un noyau de verdure ne seraient plus jamais tout à fait à eux. Les scarabées ne s'en iraient pas.

Kukate, voilà l'Allemagne dans ce qu'elle a d'exaspérant. Une vie moyenâgeuse, entre soi, protégée de la modernité et de ses multiples méfaits : l'atome, la voiture, la télévision, la farine industrielle, l'école compétitive, la grande ville, les antibiotiques. A Kukate, on rêve d'une grande Suisse tout occupée à cultiver son jardin bio, en harmonie avec la nature bienfaisante. « Mais ils sont encore plus fanatiques à San Francisco ! », jubilent ceux qui ont un peu honte de tout ce déploiement d'idéologie, ravis de savoir qu'il y a encore pire que les Allemands du Wendland. La petite troupe toujours vaillante des explications réductrices et des théories aguichantes vient m'assaillir. Elle anéantit la résolution que j'ai prise de ne pas m'engluer dans les clichés. Plusieurs interprétations hasardeuses me reviennent à l'esprit. Celle, ô combien éculée, de l'Allemagne romantique livrant un culte aveugle à la nature et aux forêts. Celle de l'Allemagne prisonnière d'une phobie anale compulsive qui voit des excréments partout (le Wendland n'est-il pas en train de devenir les « chiottes atomiques de l'Europe » ?). Celle de l'Allemagne qui se serait, cinquante ans après la guerre, trouvé une nouvelle vocation universelle, un brin mégalomane, dans la défense de l'environnement. Les Allemands mèneraient une lutte angoissée pour sauvegarder l'univers de la catastrophe écologique. Autre théorie sophistiquée : l'Allemagne réalise son désir libérateur d'inverser les rôles. Après avoir été les bourreaux, les Allemands aujourd'hui, rongés par la culpabilité, veulent se mettre dans la peau des victimes d'Auschwitz. Avec les mauvaises exhalaisons de la pollution, le trou dans la couche d'ozone, la contamination chimique, l'effet de serre et les émanations mortelles des centrales nucléaires, ils manquent d'air, étouffent comme les Juifs dans les chambres à gaz. Châtiés, ils expient enfin les crimes du nazisme. Dans ce bric-à-brac d'interprétations, il en est une un peu plus terre à terre : le rejet du nucléaire serait une réaction à la ruée de l'après-guerre sur la technique. Un juste retour de balancier vers un mode de vie plus dépouillé. Je me méfie de ce catalogue douteux si souvent invoqué pour expliquer la psyché allemande. Où sont les lubies allemandes ? Où commencent les hallucinations françaises ? N'est-il pas un peu trop facile de réduire les problèmes écologiques à une névrose nationale ?

Car la protestation antinucléaire n'est pas seulement l'affaire des babas folkloriques de Kukate, des ravers, des punks et des *Chaoten*, ces casseurs cagoulés qui accourent de toute l'Allemagne à la moindre occasion de bagarre. Depuis la catastrophe de Tchernobyl en 1986, l'expansion du nucléaire allemand est quasi paralysée. Les sondages montrent une forte et constante opposition de l'opinion publique à l'atome. Les braves gens du Wendland eux aussi ont découvert l'insoumission. Et le mouvement, un peu avachi à la fin des années 80, connaît un regain de vigueur avec l'arrivée des Castor. Les enfants des écoles s'asseyent en silence sur les routes, les mères de famille en twin-set font des collectes et offrent le gîte aux manifestants venus de loin. Les paysans devenus conspirateurs emmènent la grand-mère à la manif. Les médecins organisent les pétitions. Les notables quinquagénaires en costume de lin et les profs de lycée en pull shetland distribuent les tracts le jour du marché, les pasteurs font front commun avec les nobliaux. Tous ces Allemands qui aiment tant l'ordre et la discipline se réjouissent de ce « grand réveil de la société civile » et supportent d'être incommodés. Ils ne se plaignent pas de devoir faire d'énormes détours pour aller travailler. Ils assistent avec effroi au déploiement de force qui annonce, deux semaines à l'avance, l'arrivée du prochain Castor. Dans les chemins creux, les estafettes de police font le guet. Dans la file d'attente du supermarché, les clients se retrouvent avec un policier en armes dans le dos. Cet état de siège les rebute.

« Marianne, c'est notre mère à tous ! Elle n'a rien à voir avec les scarabées ! C'est une bourgeoise ! », décrivent ses compagnons de lutte en s'empressant de corriger d'un adjectif irradiant ce qui ressemble trop à une insulte : « Une bourgeoise éclairée ! » Marianne Fritzen n'est pas une caricature. Je suis allée la voir à l'hôpital de Lüchow où elle soigne une jambe cassée. Comme il y a trop d'escaliers à grimper chez elle, elle s'accorde six semaines de convalescence à l'hôpital. Assise en boule sur son lit, cette petite dame permanentée a l'air d'une marmotte en peluche boudinée dans un cache-cœur bleu ciel tricoté main. Les infirmières ont mis dans des bocaux à cornichons vides la jungle des bouquets qui asphyxient la chambre. Les fenêtres sont fermées. Marianne Fritzen m'invite à m'asseoir derrière les glaïeuls, sur un tabouret métallique. En 1957, lassée de Berlin, elle a déménagé dans le Wendland avec son mari prof de musique au lycée, ses cinq enfants et la belle-mère. Ils cherchaient le repos, le bout du monde. Ils découvrent la révolte. En février 1977, le gouvernement de Basse-Saxe, le Land où se trouve Gorleben, décide de construire dans cet ancien village de pêcheurs, le long de l'Elbe, le plus gros complexe nucléaire d'Europe regroupant une usine de retraitement et deux dépôts de déchets radioactifs.

Le Wendland est un trou peuplé de péquenauds au bord

de la frontière. « Personne ne bronchera », s'étaient dit les stratèges du gouvernement, d'autant que le vent y souffle d'ouest en est, direction la Zone. Mauvais calcul. L'ampleur de la répulsion prend le gouvernement par surprise. Marianne Fritzen crée la Bürger-Initiative Lüchow-Dannenberg, la BI. L'association coordonne la lutte antinucléaire. Un électricien de Lüchow qui voulait partir à la retraite et fermer son magasin cède une petite pièce sombre à la BI. Marianne Fritzen a toujours eu une activité sociale. Catholique, elle a lutté pour promouvoir l'œcuménisme dans ce bastion protestant qui prescrit à chacun une *Aufgabe*, une tâche à accomplir en ce bas monde pour mériter le salut. Marianne Fritzen sait que s'il n'y avait pas eu Gorleben, elle se serait trouvé une autre *Aufgabe* bien à elle. Elle cherche une image enivrante pour illustrer la plénitude que lui procure son engagement : « La lutte anti-atome, c'est un peu comme être amoureux. Une fois qu'on a commencé à s'y investir, elle ne vous lâche plus !

« J'ai très vite réalisé que l'atome comportait trop de risques, réfléchit-elle. Ces déchets sont entreposés là pour quarante, soixante ans. Nous ne voulons pas, comme on nous en accuse en France, que ces déchets soient entreposés ailleurs. Nous voulons stopper l'industrie atomique. La lutte anti-atome est quelque chose de très différent des projets gauchistes des années 70. Ce n'est pas une bulle de savon idéologique, mais une nécessité. Il y a tellement d'arguments réels et scientifiques contre l'atome. Il ne s'agit pas du tout d'une réaction épidermique et émotionnelle. » Les militants du Wendland ne sont pas des amateurs fantaisistes, mais des bûcheurs assidus qui, de séminaires en voyages d'étude, sont devenus des experts en physique nucléaire. Ce sont de fins stratèges, qui préparent l'arrivée du prochain Castor des mois à l'avance avec la minutie d'un général d'infanterie avant la bataille. Ils maîtrisent la théorie de la résistance passive et les techniques de la non-violence. Les arts martiaux sont enseignés en cours du soir dans les presbytères pour que les manifestants apprennent à résister sans violence à la police. Ils connaissent le code pénal par cœur. Au début, Marianne Fritzen ne serait jamais allée à une manifestation interdite. Elle refusait de défier la loi. Les années de lutte l'ont rendue téméraire. En 1980, elle est méconnaissable : la permanente aplanie sous un petit bonnet crocheté enfoncé jusqu'aux sourcils, parka kaki, mitaines grises, bottes de caoutchouc souillées de boue, elle sert la soupe avec une louche géante. Les guérilleros anti-atome sont venus de toute l'Allemagne pour construire un village sur le site où doivent commencer les travaux de construction du site de stockage. Le projet de centre de retraitement a déjà été abandonné en 1979. « Techniquement réalisable, mais politiquement indéfendable », sanctionnait le ministre-président de Basse-Saxe de l'époque, cédant à la pression de la rue. Mais il fallait encore lutter contre le site de stockage. Marianne Fritzen se souvient de la fosse légendaire où, alignés côté à côte, les protestataires se soulageaient à l'unisson. Il y avait les « bien dans leur peau » qui surmontaient leurs plus intimes inhibitions et ceux qui ont risqué l'occlusion intestinale pendant plusieurs semaines. Pour la première fois de leur vie, les femmes fumaient en public. Les cars de touristes venaient des provinces pour regarder ce gigantesque zoo humain. Quand le village fut évacué de force et anéanti par les rouleaux compresseurs, Marianne Fritzen saisit un haut-parleur et harangua la foule. Elle aime se souvenir de cette épopée.

Marianne est française grâce au Code Napoléon. Son père était sarrois et sa mère alsacienne. Elle a passé son enfance à Haguenau et parle le français aussi légèrement que l'allemand. Sa petite-fille vit au Canada. Elle ne comprend pas l'obsession écologique des Allemands. Dans la cuisine de sa grand-mère, elle ne sait pas jongler avec les poubelles : le verre ici, là le plastique, le papier, les couvercles en métal, les cartons à œufs, les déchets biodégradables et là ceux qui sont recyclables. Marianne Fritzen me donne le vertige quand elle énumère les seaux et les sacs entreposés dans sa cuisine. Sa petite-fille ne connaît pas. Toute une éducation à refaire. Et la grand-mère s'est fait un devoir de la dresser. Elle sort une bouteille d'eau minérale de sa table de nuit. Elle inspecte le goulot comme les voyantes lisent une boule de cristal et décrypte : « Il y a un cercle de plus. Celle-ci a été lavée et recyclée. C'est mieux. » Marianne Fritzen sait que son combat a servi à quelque chose. Tous les partis, y compris les chrétiens démocrates, ont été forcés de virer au vert. Les industries font attention. Des pots catalytiques au papier recyclé, la conscience écologique veille sur le quotidien allemand.

Marianne Fritzen ne comprend pas l'indifférence des Français. Son cousin français, qui habite à 30 kilomètres d'une centrale, ne se fait aucun souci. Marianne Fritzen sautille d'une langue et d'une psyché à l'autre : « La France souffre toujours de la capitulation. Elle n'était pas assez armée, pas prête quand les Allemands l'ont envahie. Elle a une peur viscérale d'être envahie à nouveau. Les Français veulent être prêts avec leur force de frappe. En Allemagne, la situation est très différente. Les Allemands de mon âge ont toujours demandé à leurs parents : “Qu'est-ce que vous avez fait sous le régime nazi ? Comment cela, vous ne saviez rien des camps de concentration ? Tu n'as rien dit ?” Les gens d'un certain âge ont vécu toute leur vie avec ce gigantesque problème de conscience. Je ne veux pas que mes enfants me demandent un jour : “Qu'est-ce que tu as fait contre le nucléaire ? Il y a eu Hiroshima. Il y a eu Harrisburg. Il y a eu Tchernobyl. Tu savais ! Pourquoi n'as-tu rien dit ?” Aujourd'hui les gens sont prêts à s'engager dans la Résistance. »

La première fois que quelqu'un a prononcé le mot devant moi, j'ai cru qu'il s'était trompé d'époque. Protester contre le nucléaire se dit ici : « entrer en Résistance ». Le choix du mot me surprend. Marianne Fritzen ne comprend pas pourquoi. A écouter les militants dénoncer les contrôles de police, la délation, la brutalité de l'État, l'effronterie antidémocratique de cette décision prise sans consulter la population locale, j'ai l'impression d'être projetée 50 ans en arrière. Ils ont raté leur chance contre le nazisme. Ils ont suivi comme des moutons et n'ont rien voulu voir ni savoir. Et aujourd'hui, contre l'atome, ils se rattrapent et prennent le maquis. L'ennemi, c'est l'« État » et son appareil dictatorial : la police, l'armée ressentie comme une troupe d'occupation, les lois qui ne protègent pas les libertés des citoyens.

Depuis que le curé catholique de sa paroisse refuse d'entrer dans la Résistance, Marianne Fritzen ne va plus à l'église. « Allez voir les pasteurs, vous comprendrez mieux », m'ordonne-t-elle. On raconte, dans le Wendland, que sous les voûtes sobres de son temple de brique rouge, le pasteur Kruse s'abandonne parfois le dimanche à des prédications enflammées qui ne lui ressemblent pas. On dit qu'il s'emporte et risque des métaphores hardies. Qu'il voit dans les Castor l'incarnation du diable et qu'il ravale au rang de pécheresse la ministre de l'Environnement, une théologienne protestante est-allemande. On explique que c'est de sa mère, théologienne féministe, qu'il a hérité sa foi contestataire. Le pasteur Kruse a eu la vocation la première fois qu'il est venu à Gorleben. Il était encore étudiant. C'était la première manif de sa vie. Depuis ce jour, il a su qu'il rejoindrait la Résistance. Les pasteurs de la région sont tous engagés contre le nucléaire. Je m'attends à un Thomas Münzer[1] râblé, bridant mal sa sensualité sublimée dans la révolte, prêt à entraîner derrière lui des hordes de gueux. Et c'est un grand homme-garçon, mal à l'aise, les cheveux rasés pour qu'ils ne le démangent pas dans le cou, qui ouvre la porte du presbytère. Un homme assorti à l'harmonie de beiges et de marrons du mobilier qui sent le pays protestant. L'église luthérienne est économe, mesurée, responsable et minée par la mauvaise conscience. La punition menace toujours au tournant du chemin ceux qui se laissent aller à jouir des plaisirs d'ici-bas. « Quand l'âne se porte trop bien, il dérape sur la glace. » C'est la maxime austère qu'inculquent les mères de Prusse à leurs enfants pour les protéger des troublantes sensualités de ce bas monde.

Le pasteur Kruse a un vieux compte à régler avec son grand-père maternel, lequel a servi dans les Waffen-SS avant d'être interné comme prisonnier de guerre en France. Il a appris par un tiers le passé de son grand-père. C'était pour lui inimaginable que ce vieux monsieur qu'il aimait ait pu être mêlé à une telle horreur. Le grand-père n'a jamais parlé de ses années de guerre. Il n'a jamais répondu aux questions de son petit-fils. Il a refait sa vie et a enfoui la faute au fin fond de sa conscience. Son petit-fils a pris ses distances. Leur relation a perdu toute chaleur. Quant au père du pasteur Kruse, adversaire de la remilitarisation de l'Allemagne, il fut un pacifiste convaincu. Ekhard Kruse est, comme Marianne Fritzen, le produit de l'histoire allemande. Effrayé par les brutalités de la police, il ne peut s'empêcher, quand les manifestants sont embarqués dans les fourgonnettes, de penser à d'autres images : celles de Juifs embarqués dans les wagons pour les camps. Quand les Castor arrivent dans le Wendland, le pasteur Kruse joue les médiateurs entre forces de l'ordre et manifestants pour empêcher les dérapages.

Le pasteur Kruse a été désigné par le comte Bernstorff, en vertu d'un vieux droit seigneurial encore en vigueur à Gartow. C'est le seigneur qui choisit son homme de culte. Le comte et le pasteur se tutoient, s'appellent par leur prénom. Ils sont tous les deux membres du Rotary Club de Gartow. La femme du pasteur et la femme du comte partagent un siège au Synode, le parlement de l'Église réformée. C'est la voix de Gorleben. Au temple, la famille Bernstorff a sa loge. Le comte et la comtesse chantent dans la chorale. Leur fille cadette est « très active » pendant l'office, se réjouit le pasteur. Derrière le temple, une allée mène au château de Gartow.

Il me faut un moment pour identifier d'où proviennent les voix qui me lancent un « *Guten Tag* » pointu. Cachés derrière une montagne d'argenterie, les gens de maison astiquent les couverts et les théières qu'ils posent ensuite en ordre militaire sur un grand drap blanc. Toute la famille est attendue ce week-end pour la confirmation du fils de la maison. La gouvernante s'excuse de devoir me faire traverser l'office. Monsieur le comte est prévenu. D'ailleurs le voici. Le tweed guindé, le pied souple sur ses semelles de crêpe, le comte Andreas von Bernstorff est le plus grand propriétaire de forêts d'Allemagne. Fils aîné d'une des plus vieilles familles du pays, il veille sur un arbre généalogique aux ramifications multiples. Le comte et son épouse Anna ont ajouté cinq enfants et deux labradors au bout de leur branche. A travers les baies vitrées du salon où il me reçoit, un vol d'oies sauvages caresse le bras de l'Elbe qui coule devant le château. La mélodie aiguë de l'argenterie s'échappe de la cuisine. Dans la nursery, la fille cadette regarde un dessin animé à la télévision. Le château de Gartow semble avoir échappé par miracle à la moulinette méritocratique de cette société allemande sans classes. Le poids de la tradition est écrasant. Andreas von Bernstorff fait la conversation. Il revient d'un voyage familial au Chili et décrit le printemps à Santiago. Puis il raconte : en 1977, il a 34 ans. Il vient d'hériter. L'État propose de lui racheter une partie de ses terres contre une petite fortune : six fois le prix réel du terrain. A la surprise générale, le comte refuse : « Le Fidéicommis est une vieille loi qui a été abolie en Allemagne après la Première Guerre mondiale, mais dont ma famille a perpétré la tradition. Mes ancêtres se sont engagés à ne jamais partager et à ne jamais vendre notre terre. » Cornelius, le frère jumeau d'Andreas von Bernstorff, né quelques minutes après lui, a été forcé de se construire une autre vie. Andreas von Bernstorff a respecté le pacte familial : « Nous ne pouvons pas faire ce que bon nous semble de cette terre. Nous sommes tenu de la transmettre intacte à notre fils aîné, qui est âgé de 18 ans. » Andreas von Bernstorff glisse à l'aise dans le « nous » de majesté. Au village on l'appelle « monsieur le comte » ou « comte Bernstorff ». Il ne viendrait à l'idée de personne de lui adresser un profane « monsieur » ou d'oublier son titre.

Il fonde une association regroupant les paysans dont les terres sont convoitées par le gouvernement fédéral. Émerveillés par les sommes proposées, beaucoup de petits paysans cèdent. L'argent cloue les bouches et remplit les poches. Le centre thermal de Gartow, les façades trop léchées de la rue principale ont été payés avec l'argent de l'atome. « Tout est achetable, dit le comte en inspectant du regard la façade effritée de son château. Mais moi je suis resté comme un chêne qui ne se laisse pas plier par le vent ! » Monsieur le comte aime se parer de métaphores flatteuses. Il utilise sa notoriété et ses relations pour faire échouer le projet. Il tente de convaincre le frère de l'ancien président de la République, le physicien Carl Friedrich von Weizsäcker, de mener un audit, et recommande qu'un référendum soit tenu pour permettre à la population de s'exprimer. Furieux, le Parti chrétien-démocrate exclut l'indiscipliné. Andreas von Bernstorff s'offusque de l'hypocrisie des hommes politiques qui aujourd'hui menacent de confisquer ses terres. La famille assiste d'un œil sévère aux incartades de l'héritier, il est de mauvais goût de se faire ainsi remarquer quand on porte le poids de la lignée, il est mal vu de sympathiser avec la plèbe en colère.

Qu'importe l'irritation de ses pairs, le « comte rouge » prend la tête de la grande jacquerie du Wendland. « J'ai viré de couleur, s'amuse-t-il. Depuis quelques années on m'a rebaptisé le « comte vert » à cause de mon engagement écologique et antinucléaire. » « Tu n'as pourtant jamais été rouge », corrige sa femme Anna qui est venue prendre le café et grignoter de la pâte d'amandes servie sur la table basse devant la cheminée. J'ai du mal à m'y retrouver dans ce dialogue en arc-en-ciel. Andreas von Bernstorff n'a jamais été un fils rebelle en quête d'affranchissement. En 1968, il étudiait calmement la sylviculture à l'université de Fribourg-en-Brisgau et passait de folles nuits à s'amuser avec sa bande de copains. Avant Gorleben, lui non plus n'avait jamais été à une manif de sa vie. Il ne lui serait jamais venu à l'esprit de s'engager à gauche. Dans les années 70, Andreas von Bernstorff a donné l'hospitalité sur ses terres à des communautés gauchistes. Il a assisté, ébahi, à plusieurs descentes des unités spéciales de la police à la recherche des terroristes de la RAF.

On raconte, dans la Résistance, que c'est Anna qui pousse le comte. Anna von Bernstorff se souvient bien de la grisaille de ces « années de plomb ». Elle dénonce l'État policier d'alors, les écoutes téléphoniques, les fichiers et les maisons mises à sac par la police. Sa virulence lycéenne me surprend. Avec son pull de cachemire bordeaux et son petit foulard de soie noué serré autour de la gorge, la comtesse vient, de son bureau dans la pièce attenante, d'orchestrer la livraison de légumes frais et de fleurs coupées pour la confirmation. Numéro de haute voltige pour que les légumes arrivent à l'heure de l'épluchage et les fleurs au dernier moment, juste après les corbeilles de fruits. Elle aime organiser, coordonner, mettre de l'ordre. Anna von Bernstorff s'est tout de suite engagée au sein de la BI aux côtés de Marianne Fritzen. Les deux femmes s'apprécient.

Sans Gorleben, le rôle du comte Bernstorff se serait sans doute limité au patronage de l'église, des arts et des bonnes œuvres. Il aurait parrainé les étudiants du conservatoire de musique Rimski-Korsakov de Saint-Pétersbourg. Les temps modernes auraient laissé peu de place aux traditions paternalistes de la noblesse de province. L'atome est une chance pour monsieur le comte. Lors du transport du second Castor, en 1995, le comte a pris sa Jeep et sa scie électriquc. Il est allé tronçonner un arbre au bord de la route. « Je suis sur mes terres et soyez assurés que cet arbre va s'abattre dans le pré et non sur la route », a-t-il répliqué aux policiers qui lui barraient le chemin. L'immense tronc est bien entendu tombé en plein milieu de la route. Le comte, sa femme et leurs cinq enfants se sont assis sur le bitume. Ils ont refusé de bouger. Les vingt policiers, très gênés, ont été obligés de les porter dans le fossé. Le Wendland tout entier a applaudi. Le comte n'a jamais été plus loin dans la provocation. Parfois, sa propre témérité semble l'effrayer : « Je me limite à cette résistance passive. Je suis contre l'usage de la violence. Je n'ai pas dérivé à gauche. Pour cela, allez voir ma cousine Asta. »

Quand il me conseille d'aller rendre visite à sa cousine Asta von Oppen, monsieur le comte est pris d'un toussotement suspect. Ce petit chat dans la gorge trahit-il une amourette lointaine, un reste tenace de vénération ? Je quitte le château à pied. La digue qui court le long de l'Elbe est interdite aux voitures. La piste cyclable n'est pas un trait de peinture impunément violé par les automobilistes, mais une véritable petite route parallèle qui court à côté de la chaussée avec ses feux à elle. Des colonnes de cyclistes, leurs enfants sanglés et casqués sur les porte-bagages, pédalent en file indienne. Les chênes centenaires ont les pieds engloutis dans les marais opaques. Le cri des crapauds scie le silence comme une pompe à eau rouillée. Dans une clairière se trouvent trois fermettes au toit de chaume : Elbholz, un ancien hameau de pêcheurs, infesté de moustiques en été. Dans la première chaumière, un éditeur hambourgeois plus très jeune passe le week-end avec sa nouvelle femme est-allemande pas bien vieille. Dans la grange tapissée de livres, le bébé repose dans son berceau rustique. La fermette d'Asta von Oppen est plus désordre. Les meubles sont dispersés dans le jardin. Asta von Oppen est en train de vider sa maison avant que les ouvriers n'arrivent pour la rénover. En salopette de jeans et large chemise écossaise, elle empoigne le réfrigérateur à bras-le-corps. Ses mains veineuses n'ont pas peur de l'effort. Je sens là une énergie à maîtriser la vie et ses petites tâches quotidiennes sans faire d'histoires. La pluie a trempé la banquette de bois du jardin. Impossible de s'asseoir dehors, d'autant que le parapluie a été englouti dans le fouillis des meubles. Asta von Oppen retire ses bottes de caoutchouc et se cale, les jambes en tailleur, sur le lit de la roulotte humide où elle couche en attendant la fin des travaux. Au pied du lit, une pile d'élégantes revues anglaises, *House and Garden*, *The Gardens of Sissinghurst*, détonnent avec la précarité des lieux et rappellent que la roulotte et le plant de carottes au bout du jardin ne sont que les accessoires d'un petit extra bucolique réservé au week-end. Asta von Oppen venait passer ses vacances au château quand elle était enfant. Elle est institutrice à Hambourg, à une heure et demie de voiture.

Avant la guerre, la famille von Oppen possédait un domaine en Prusse-Orientale. Elle a dû fuir devant les Russes et a tout perdu. Quand elle est enroulée, pieds nus, dans la couette de son lit, Asta von Oppen garde le buste altier qui trahit ses origines. A moins que l'élégant port de tête ne soit une relique des séances de méditation dans les ashrams qu'elle fréquenta dans sa jeunesse. « Je suis sans aucun doute une soixante-huitarde », prend-elle la peine de préciser. Si les enfants des soixante-huitards du Wendland s'appellent encore Rosa et Karl – hommage aux maîtres à penser d'antan qu'il est de bon ton de trouver ridicule aujourd'hui –, leurs parents sont devenus avocats (défenseurs des nobles causes : terrorisme, écologie, atome, racisme, droits de l'homme et des femmes), chefs de clinique à Berlin, journalistes au *Spiegel* ou écrivains à la cinquantaine désormais plus moraliste que turbulente, peintres tourmentés reconvertis dans l'artisanat. Il y a quelques années, quand ils s'étaient laissé prendre aux pièges de l'amour libre, les psychodrames de groupe et les pannes de couple déchiraient les habitats communautaires. Depuis, chacun a emprunté le carrousel des amours avec le partenaire de l'autre. Tout est rentré dans un nouvel ordre. Les couples se sont défaits. Les hommes ont pris femmes plus jeunes, les femmes se sont émancipées, les enfants sont partis faire leurs études de droit dans des universités américaines. Aujourd'hui, ils arrivent dans le Wendland pour le week-end à bord de leurs 4 × 4, travaillent leurs dossiers dans leurs résidences secondaires meublées avec le goût très sûr du catalogue *Manufactum*, le *Maison de Marie-Claire* des branchés allemands. Certes, quand on les questionne, ils préfèrent la Toscane ou le Roussillon. Le Wendland sent encore trop la bouse et le patchouli. Mais ils tiennent, pour se donner l'illusion de ne pas s'être embourgeoisés en vieillissant, à garder un pied-à-terre au pays de leur jeunesse.

Asta von Oppen fait le catalogue de toutes les causes pour ou contre lesquelles elle a milité : les droits syndicaux, le réarmement de l'Allemagne, les droits des étrangers, et, par-dessus tout, le nucléaire : « Une histoire de grand capital. Imaginez les intérêts économiques en jeu. Si l'Allemagne renonce au nucléaire, elle doit céder la poule aux œufs d'or à la France. » Asta von Oppen a tout de suite adhéré à la BI de Marianne Fritzen et fondé les « Femmes de Gorleben », un des multiples groupuscules anti-atome de la région. Dans le jargon militant, on appelle ça un « multiplicateur ». Il y a l'association des retraités contre Gorleben et celle des motards, l'association Hiroshima, le club des randonneurs antinucléaires, l'union des agricultrices lesbiennes contre Gorleben, le Fan-Club Madonna contre l'atome. Asta von Oppen a pris l'habitude de se faire évacuer par la police. D'abord transportée à bout de bras comme un paquet, et la dernière fois carrément rouée de coups : « Quand les caméras sont loin, ils ne se gênent pas ! » Avec son cousin Andreas, Asta gère les procès intentés contre les agriculteurs qui ont refusé de vendre leurs terres. Elle mobilise ses amis avocats de Hambourg et organise des collectes dans toute l'Allemagne pour payer les frais juridiques. Asta et son cousin viennent de créer une firme chargée d'extraire pour le commercialiser le sel des marais salins qui courent sous les terres du comte. Une ruse dont elle se félicite et qui permettra, espère-t-elle, d'éviter l'expropriation.

Chaque année, le 26 avril, jour anniversaire de Tchernobyl, la région tout entière se recueille. Ironie du destin : le nuage radioactif s'est affaissé sur le Wendland, qui a reçu la dose d'irradiation la plus forte d'Allemagne. « Une mise en garde ! », a tout de suite interprété Asta von Oppen. La Russie était pourtant si loin. Les gens ont mis du temps à y croire. Pendant un an, ils ont fermé leurs jardins et les vaches sont restées à l'étable. Ils ont enterré les têtes de salade et brûlé les meules de foin contaminées. Privés de bac à sable, les enfants ont été embarqués vers Majorque par leurs mères affolées. Aujourd'hui, les cueillettes de châtaignes, de myrtilles et de champignons doivent toujours être contrôlées avant d'être mises en vente sur le marché de Lüchow. Le gibier du comte aussi. Chacun sait maintenant, dans le Wendland, les précautions à prendre en cas d'alerte : se déshabiller en rentrant chez soi, se laver les mains, avaler des pilules d'iode.

A Hambourg, Asta vit écologiquement. Elle est même devenue très « radicale ». La coopérative du Wendland livre une fois par semaine légumes bio et produits laitiers et remporte les bouteilles et les emballages recyclables. Asta ne va plus jamais faire ses courses dans un supermarché. Chez elle, elle a réduit à un strict minimum les gadgets dévoreurs d'électricité : pas de four à micro-ondes, de machine à laver la vaisselle, de brosse à dents électrique ou de couverture chauffante. Sa lessive est écologique et elle met un point d'honneur à ne quasiment pas produire d'ordures ménagères. Dans son bout de jardin à Hambourg, un tas de fumier accueille les déchets organiques. Asta fait preuve de grande modération. D'autres suffragettes de l'écologie du Wendland recueillent l'eau savonneuse de la machine à laver le linge pour la chasse d'eau et l'eau de la vaisselle pour arroser les plantes, une parcimonie absurde dans cette région où il pleut beaucoup. Un seul faux pas ronge la conscience immaculée d'Asta von Oppen : quand elle a envie d'aller se promener au bord de l'Elbe à Hambourg, elle prend sa voiture. Mais tant pis. Elle me regarde dans le fond des yeux comme si elle attendait que j'autorise cette fanfaronnade. De temps en temps, il faut qu'elle pollue un peu, sinon c'est intenable. Elle s'interroge encore quand je quitte Elbholz : « Ils font toujours les choses avec excès, les Allemands ! Le nazisme aussi, ils l'ont poussé jusqu'au bout ! » On sait dans le Wendland qu'Asta réfléchit toujours avec beaucoup de sérieux sur tout.

J'aime me laisser ballotter d'une rencontre à l'autre, tisser mon histoire, rajouter avec chaque nouveau personnage la maille qui manque. Rentrer dans les jardins et dans les vies. J'étais venue pour me moquer d'une bizarrerie allemande. L'engagement des gens du Wendland, leur ardeur à défendre leurs intérêts et à assumer un rôle de surveillance qu'ils ne souhaitent pas déléguer à d'autres, la fantaisie qu'ils y emploient… tout cela m'impressionne. Cet exercice menu et quotidien de la démocratie me plaît.

Edelgard est facile à trouver, à l'entrée du village, là où un soleil géant illumine de ses rayons peints en jaune fluo la porte de la grange. Une grosse chienne à l'haleine fétide se rue sur le porche que j'hésite à franchir. Il fait une chaleur accablante. La bête se calme. Edelgard, pieds nus, en petite culotte, le débardeur bâillant sur le flasque sillon des seins, s'assied à la table de son jardin. Elle replie ses jambes contre son ventre. Au bout de toute une vie de régime, Edelgard a décrété qu'elle cessait de martyriser ses rondeurs et qu'elle s'acceptait comme elle est. Mon « vous » la démange. Le tutoiement est un non-conformisme contraignant dans le Wendland, il établit avec une brusquerie qui me met mal à l'aise une intimité artificielle, une connivence crispée. Le « tu » de la gauche allemande n'est pas le signe de sympathie vers lequel on se laisse glisser à deux au bout de quelque temps, mais une prise de position politique. On m'avait pourtant prévenue : donner du « vous » à une femme de 53 ans que l'on rencontre pour la première fois est une manifestation de dédain. « Encore une qui se prend pour je ne sais qui ! Une non-émancipée inhibée par l'étiquette bourgeoise ! » rumine sans doute Edelgard qui, contrariée, enfile le « tu » d'un ton autoritaire. Je n'ai pas le choix. Je suis forcée de la suivre.

Au premier regard, on se dit qu'Edelgard pourrait s'appeler Jane ou Helen. Avec son joli visage auréolé de frisettes blondes comme les cheveux d'ange des sapins de Noël, elle ressemble aux prudes amoureuses des romans victoriens. Mais elle s'appelle Edelgard. Un vieux prénom germain. Une rudesse, une menace presque dans la sonorité. D'ailleurs, réflexion faite, Jane ne lui irait pas : ses bras musclés par le jardinage et la coupe du bois, son corps lourd et sa peau tannée dégagent trop de vigueur. Edelgard n'est pas une pâle Anglaise à l'âme de porcelaine ébréchée par les peines de cœur, mais une femelle pleine de santé, au parler franc, bruyante, chaleureuse, émotive. Une gosse des rues berlinoises de l'après-guerre qui a appris la vie en jouant dans les ruines de l'Alexanderplatz où sa grand-mère tenait un cinéma. Enfant, elle se voyait plutôt au gouvernail d'un bateau que derrière le comptoir de l'épicerie de sa mère. Elle aimait les histoires russes des partisans, cette solidarité si virile qui les unissait. Staline était son petit père d'adoption. Le sien, le père biologique, était mort dans un lazaret sur le front. Edelgard ne l'a jamais connu. Elle allait à l'école les pieds nus. Elle détestait les règlements. A six ans, quand les petites filles s'appliquaient au crochet et sautaient à la corde, elle faisait du troc de café et de cigarettes d'Ouest en Est, avant le Mur. Aujourd'hui, elle sait encore dévaler à vélo, les bras croisés sur la poitrine, la route qui mène à son village, un kilomètre en pente. Quand elle rit, je vois la raie du bonheur qui passe large et joyeuse entre ses incisives. C'est le goût de l'aventure et de l'action qu'elle a retrouvé dans la Résistance. Tout ce qu'elle aimait sur l'Alexanderplatz.

Le Wendland l'a surnommée « Edelgard l'ampoule ». Avec Heike Mahlke, la femme de l'ancien pasteur de Gartow, Edelgard a longuement réfléchi : « Nous voulions que les femmes puissent être actives dans la Résistance sans pour cela être obligées de descendre manifester dans la rue. Or ce sont les femmes qui décident quels appareils électroménagers pénètrent dans leur maison. La stratégie était logique : Siemens est le plus gros fabricant européen de réacteurs nucléaires. Il construit toutes les centrales d'Allemagne. De plus, depuis l'ouverture des frontières avec l'Est, Siemens exerce une pression énorme pour que l'Allemagne unifiée poursuive l'exploitation des centrales de l'ancienne RDA, des pays de l'Est et de la Russie qui ont une chance d'être arrêtées. » Edelgard a décidé de boycotter les ampoules Siemens. Cela veut dire qu'elle fait un détour de plusieurs kilomètres pour aller acheter ses ampoules dans le seul supermarché de Lüchow qui propose une autre marque. Et, pour économiser l'électricité, elle se limite à 40 watts. Quand elle est allée, la semaine dernière, faire ses courses au « MiniMal », elle était comme toujours extrêmement pressée. Pour trouver des ampoules d'une autre marque, elle aurait dû aller chez « JaWohl », à l'autre bout de la ville. Prise par une envie toute simple de ne pas se compliquer la vie, Edelgard avait déjà posé l'ampoule entre les yaourts et les melons entassés dans son caddie quand le remords l'a assaillie : « Je le fais ? Je le fais pas ? » Edelgard a été la proie d'une terrible vision : « Je suis à la caisse. J'ai acheté l'ampoule. Et derrière moi, Heike Mahlke a tout vu. » Edelgard s'est bien vite ravisée. Elle a reposé l'ampoule sur le rayonnage. Elle qui ne manquait jamais de débusquer dans les cuisines de ses compagnes de lutte la nouvelle machine à laver Siemens camouflée tant bien que mal sous une pile de linge sale, pose aujourd'hui un œil plus clément sur ce petit péché « bien humain après tout ».

Il y a deux ans, Edelgard et Heike Mahlke sont allées à Munich remettre aux actionnaires de Siemens une pétition de 2 000 signatures. Heike Mahlke a prononcé un très beau discours sur la création du monde et sur les responsabilités morales de Siemens. Cette année, Heike Mahlke a fait des recherches. Elle a découvert que pendant la guerre Siemens employait de la main-d'œuvre gratuite puisée dans les camps de concentration. Siemens n'a jamais dédommagé ses travailleurs de force après la guerre. Edelgard et les Femmes de Gorleben sont allées se poster devant l'immeuble où siégeait le conseil d'administration de Siemens. Elles ont tendu leur banderole : « Siemens aime la tradition. » D'un côté une simple date : « 1933 ». De l'autre, le soleil antinucléaire. « Ce Colisée d'hommes dans toute leur splendeur a ignoré notre présence ! », enrage Edelgard.

Entre Siemens, les femmes et Edelgard, c'est une vieille histoire. Jeune fille, Edelgard a travaillé à la chaîne dans les usines Siemens de Berlin. Les plus belles années de sa vie : « Nous étions une bande de filles et nous travaillions 48 heures par semaine pour 36 Marks. Nous allions nager dans les lacs, danser. Nous nous partagions nos casse-croûte et nos hommes. C'est un sentiment très beau, très tendre que j'ai retrouvé dans la Résistance. Ce sentiment que nous veillons l'une sur l'autre. » Edelgard apprécie tout particulièrement le *frauenbewegte Landschaft* du Wendland. Je tournicote l'expression dans ma tête, à la recherche de la juste traduction. Littéralement : *un paysage composé de femmes en mouvement.* En clair : une région où les femmes sont émancipées. Edelgard propose une solution radicale au problème de l'atome : « Si les femmes s'unissaient, cela signifierait la fin du patriarcat et la fin du nucléaire. C'est beaucoup trop menaçant pour les hommes. Les femmes ont un côté pratique qui me plaît. Prenez mon amie Margarethe : elle est mère de famille. Elle qui fait des conserves depuis des années sait très bien que sur les trente bocaux qu'elle met sous vide, il y en a un qui va inévitablement fuir. Nous ne savons pas combien de temps les fûts de déchets nucléaires vont rester étanches. Les femmes ont une relation particulière à la vie. Elles la donnent. Elles ne pensent pas en termes techniques, mathématiques, comme les hommes. Elles suivent leur instinct. » Edelgard est intarissable sur la supériorité des femmes.

Edelgard a pourtant bien sagement essayé de vivre avec un homme. En 1966, elle s'est mariée. Elle avait 22 ans. C'était déjà très tard pour l'époque. Ça a tenu quatre ans. Elle a fait les courses, le ménage, la vaisselle, l'amour le samedi soir et a mis Norman au monde. A dire vrai, elle regrette un peu, bien sûr, de ne pas avoir eu une fille dont elle aurait pu faire une femme forte. Norman a aujourd'hui 31 ans. Il fait du business à Berlin. Il installe des distributeurs de cigarettes dans les bistros. Et Edelgard qui est contre le tabac ! Norman ferait mieux, pense-t-elle, de se convertir dans les distributeurs de préservatifs ! Elle lui a écrit une lettre d'ailleurs, la semaine dernière, à son Norman, pour mettre un peu les points sur les « i » tordus de leur relation.

Il y a 21 ans, Edelgard et sa compagne Marga ont acheté leur ferme. Marga est une petite femme trapue, la tête ronde posée à même le torse comme si le Divin avait, dans sa fébrilité à créer la femme, oublié de lui fabriquer un cou. Marga a les cheveux coupés au bol comme les petits moines florentins du Quattrocento. Elle passe et repasse pendant qu'Edelgard, volubile, raconte sa vie sous le cerisier du jardin. « Je sors la chienne ! », « J'ai garé la voiture devant le porche si tu en as besoin ! », « Je te laisse le portable parce que je m'en vais un moment. Si on téléphone, tu diras... ». Edelgard se laisse à peine distraire. Marga est technicienne en installation sanitaire et chauffage. En la regardant se hâter sur ses petites jambes vigoureuses, je me dis que ce métier a été taillé sur mesure pour elle. Edelgard et Marga ont voulu tout faire seules : retaper la maison, faire le jardin, couper le bois, élever des porcelets qu'elles pleuraient à chaudes larmes chaque fois que le boucher les chargeait dans sa camionnette pour les amener aux abattoirs. Un jour elles se sont retrouvées face à face au milieu de leur champ d'asperges, démoralisées, les reins brisés. Edelgard s'est écroulée en sanglots. « Est-ce la vie que tu m'avais promise, Marga ? »

Pendant les années terroristes, Edelgard a un peu fricoté avec la bande Baader-Meinhof : « Ils voulaient la révolution. Moi aussi. Nous allions forcément nous croiser un jour. » Elle appartenait à la nébuleuse mal délimitée des « sympathisants », fournissait des adresses sûres pour la livraison de paquets. Ça l'amusait beaucoup de « jouer les Robins des bois avec Ulrike[2] ». Un jour, la police a découvert un véritable arsenal livré à l'une de ces adresses. Elle a passé plusieurs semaines en prison. Elle ne savait pas ce que contenaient les paquets. Elle risquait gros : vingt ans au moins. Edelgard a eu très peur et l'impression de s'être fait avoir : « Ils auraient dû me demander si j'étais prête à prendre un tel risque. » Elle s'interroge souvent aujourd'hui sur ses illusions de ce temps-là, où elle vomissait la génération de ses parents, sur son aveuglement, sur son goût incontrôlé pour l'aventure qui l'a entraînée dans cette vilaine affaire. A sa sortie de prison, Edelgard a décidé de s'assagir. Elle est devenue membre d'une équipe de foot féminine et a ouvert un magasin de brocante à Berlin. Elle a retrouvé les activités de fouine, la vente, la revente, qu'elle avait apprises sur l'Alexanderplatz. Elle a réappris la compagnie des gens simples et sans idéologie. Échaudée par sa mésaventure avec la RAF, Edelgard s'est engagée à tout petits pas prudents dans la Résistance.

Au début, elle pensait que, tous ensemble, les opposants du Wendland arriveraient à faire rebrousser chemin aux Castor. Aujourd'hui, elle sait que, quoi qu'il arrive, ils viendront : « Mais ça ne fait rien. Lutter me fait du bien. Au moins je n'ai pas l'impression d'attendre les bras ballants, impuissante. Je déteste la passivité des Allemands qui pensent que de toute façon on ne peut rien y faire et qui délèguent leurs responsabilités à ceux qui sont au pouvoir. » Edelgard me montre les photos de ses manifs : Marga, les épaules affaissées sur un tambourin, tapote du plat de la main au milieu de la route. Les Femmes de Gorleben attablées devant le portail du centre de stockage de Gorleben – un petit déjeuner sur des nappes blanches, bouquets de fleurs, petits pains, Thermos de café et tricot. Pour « mettre son corps de femme en travers des Castor ! », commente Edelgard. Les pancartes portant les noms des villages du Wendland peintes en noir, pour que la police ne s'y retrouve pas. Une ruse qu'Edelgard a empruntée aux Français. Elle a lu que la Résistance avait, avant l'arrivée de Hitler dans Paris, badigeonné les noms des rues de la capitale. Nous rions de l'imagination déployée par les militants du Wendland. Edelgard appelle ça sa « joie de vivre ». Entre deux photos de manif surgit *Sternchen.* « Ma petite étoile ! » La voix d'Edelgard part en vrille. Elle contemple un petit garçon blond, le fils de Norman. Et s'attendrit de ce petit-fils qui se faufile partout. Elle oublie la Résistance. Elle me raconte comme une mère la naissance, les premiers mots, la course derrière l'escadron de canards jusqu'à la mare du jardin.

Le soleil a tourné. L'ombre est plus généreuse sous le cerisier. Edelgard pose deux énormes tasses de café au lait et un bol d'olives noires sur la table de jardin. Elle déteste le fanatisme : « Bio-ci, bio-là... tous ces gens ici dont la seule aventure dans la vie est de décider s'ils vont être végétariens ou végétaliens ! » Comme tous les Allemands du Wendland, Edelgard pratique l'autocritique avec raffinement et idéalise les Français : « Nous, les Allemands, nous sommes toujours en train de nous donner de la peine à l'ouvrage. Nous ne savons pas nous laisser aller. En France, vous avez le soleil, la nourriture et le vin. Vous mettez plus de légèreté à vivre. Chez nous, les plaisirs sont si rares qu'il faut protéger le peu que nous avons et empêcher que de tels dépôts atomiques viennent encore rétrécir notre espace de vie. » Edelgard sait que le Wendland est une région unique en Allemagne. Une réserve. Plus tolérante, plus fantaisiste, dit-elle : « En Bavière, j'aurais certainement fini mes jours en prison ! » Elle baisse la voix comme si elle avait peur que ses voisins macrobiotes ne la dénoncent. Elle hésite à me faire cet aveu : « Gorleben est une malédiction. Mais c'est en même temps une bénédiction pour cette région. Sans Gorleben, le Wendland serait une maison de retraite pour soixante-huitards. Ça sentirait l'inceste et la bouse ».

Frauenfrühstück berlinois

Chez Corinna.

En passant le seuil de l'appartement de Corinna, j'ai oublié de m'astreindre à une discipline contraignante. « Ne serais-tu pas plus à l'aise sans chaussures ? », suggère Corinna en faisant semblant de me laisser le choix et de n'être soucieuse que de mon bien-être. Sa petite voix faussement ailée ne tolère, je le sens bien, aucun écart de conduite. Se plier en deux avant même d'avoir retiré son manteau, s'agenouiller en équilibre précaire, enlever ses chaussures et les ranger dans l'axe sur le carré de paillasson prévu à cet effet exclusif dans l'entrée : c'est le premier geste rituel à accomplir quand on est invitée à un *Frauenfrühstück*, un petit déjeuner pour femmes à Berlin. Un cérémonial que Corinna sait légitimer : ne pas salir le parquet passé le matin même à la serpillière. Éviter que les enfants qui circulent à quatre pattes ne soient contaminés par les souillures et les bactéries transportées de la rue. Faire comme chez soi, sans embarras. Et comme je suis toujours là, debout, les bras raides, Corinna abat comme un joker son ultime argument, irréprochable car multiculturel : « Regarde donc le monde islamique. Là-bas aussi les gens se déchaussent pour entrer dans la mosquée. » Les Berlinoises vont toujours chercher chez les ethnies lointaines la justification à leurs principes. Car les *Naturvölker*, ces peuples primitifs qu'elles vénèrent, font forcément mieux qu'elles. Bien avisée qui les imite. Les Berlinoises portent leur bébé dans un grand foulard noué sur la hanche parce que les Vénézuéliennes les transportent ainsi pour aller aux champs. Si elles font dormir leur enfant dans leur lit, c'est parce que la méthode a été éprouvée par les femmes africaines. Elles maudissent les pull-overs et les manteaux de l'hiver berlinois qui entravent le corps à corps, le peau contre peau symbiotique entre le nourrisson et sa mère que pratiquent les Dogons sous le soleil africain. Ce qui est intuition et coutume ancestrale dans le désert et la forêt tropicale est érigé en dogme dans les appartements berlinois. Notre *Frauenfrühstück* ressemble souvent à un cercle d'ethnologues tout occupés à piocher dans d'autres cultures la sagesse qu'ils sont sûrs de ne pas trouver dans la leur. Tout ce qui est allemand étant, par principe et par définition, suspect.

Altruiste, hygiénique et surtout ouverte sur le monde, l'argumentation de Corinna est irréprochable. J'enlève mes chaussures. Corinna est une hôtesse attentionnée. Elle met à la disposition de ses invitées sa collection de pantoufles d'hiver. Une odeur aigrelette s'échappe du cagibi où sont rangés les babouches en feutre, les chaussons fourrés de laine de mouton et les grosses chaussettes de pure laine vierge qui démangent la cheville. Elles sont rarement à la taille de l'invitée, usées, pluchées, très vilaines, déjà portées maintes fois par des pieds inconnus, mais chaudes et confortables. Une fois seulement, une invitée a esquissé un mouvement d'insubordination. Sans talons, se plaignait-elle, elle se retrouvait en collants, avec des mollets de gouvernante anglaise, la démarche lourde. « On est entre femmes. Peu importe de quoi tu as l'air », l'a rassurée Corinna, indignée que tant de vanité individuelle puisse mettre en péril la sérénité collective.

Chaussées par leur hôtesse, les femmes se dirigent vers la cuisine en traînant le pied. Les bébés sont d'abord déposés sur le dos sur la couverture de patchwork que Corinna a étalée sur le carrelage et saupoudrée de jouets d'éveil en bois. Sur la table, chacune pose sa contribution au *Frühstück*. « Tu apportes les petits pains, Regina les fruits, Birgit le salami, Claudia le fromage. » Corinna a synchronisé la composition du menu la veille au téléphone avec chacune. Elle fournit la base : lait, beurre, confiture, muesli, café, tisane au fenouil stimulant la production de lait maternel et thé noir infusé dans ces longues chaussettes en coton qui tiennent lieu de passoire en Allemagne et que l'on voit pendouiller à un crochet au-dessus de l'évier, sèches et brunâtres comme des peaux de rats morts, vidés de leurs entrailles. Deux bougies scintillent sur la nappe blanche. Au centre de la table, un bouquet de fleurs fraîches et un bol de pot-pourri senteurs d'épices. J'ai l'impression d'être à Noël. Nous nous sentons bien, entre nous, les pieds au chaud… *gemütlich*. Un adjectif intraduisible entre le « bon enfant » français et le *cosy* anglais. Le lieu *gemütlich* par excellence, c'est la cuisine avec sa banquette en coin, le ronronnement du réfrigérateur, l'odeur persistante des oignons frits de la veille et la toile cirée qui ne craint rien. Les Allemands de gauche ont du mal à adopter cet adjectif, parce que sa connotation petite-bourgeoise et douillette leur renvoie une image bien… pantouflarde d'eux-mêmes.

Nous avons suivi, Corinna, Gerlinde, Gertrud, Birgit, Regina, Claudia, Marion et moi, un cours de yoga pour nous préparer à accoucher. C'est Gerlinde qui a tenu à doter d'une structure fiable les cafés que nous allions boire ensemble à la sortie du cours, épisodiquement et en ordre dispersé. Les petits allaient arriver l'un après l'autre. Nous allions toutes nous retrouver « accaparées, isolées, recluses entre la machine à laver et la table à langer ». Sinistre perspective. Alors Gerlinde a pris les devants : un *Frauenfrühstück*. C'est cela qui allait nous sauver de notre rude condition féminine. Le premier jeudi de chaque mois. A onze heures du matin. Alternativement chez l'une, puis chez l'autre. Pour que nous ne nous perdions pas de vue, pour que « le plafond de notre cuisine ne nous tombe pas sur la tête » (c'est l'expression qu'emploient les Allemandes pour illustrer le drame de la mère au foyer), pour échanger des conseils, pour que les bébés voient du monde, pour être entre femmes. Gerlinde a photocopié et distribué la liste des adresses qu'elle remet régulièrement à jour. Gerlinde est prof. C'est une grande belle femme au charme robuste. Impeccablement organisée, elle a réponse à tout et réfléchit aux choses comme si sa vie en dépendait. Gerlinde a l'humour décent et circonspect. Elle attrape toujours au vol mes piques d'ironie et les neutralise de son bon sens. Nous la redoutons un peu. C'est la cheftaine du *Frauenfrühstück*. Celle qui propose les modifications à l'ordre du jour : pourquoi ne pas décaler notre rendez-vous l'après-midi pour que celles qui ont recommencé à travailler le matin puissent venir ? Pourquoi pas un pique-nique le 1er Mai avec les pères, exceptionnellement, pour qu'ils ne se sentent pas exclus ? Ou une séance de troc de vieux vêtements qui permettrait à celles qui ne rentrent plus dans leurs pantalons depuis la grossesse d'échanger avec d'autres ? Gerlinde édicte les règles, planifie (en raison des préparatifs de l'Avent, le *Frauenfrühstück* du premier jeudi de décembre est annulé), initie un débat démocratique, accueille et note nos suggestions, téléphone. Il faut beaucoup de force pour lui résister, pour ne pas se laisser happer par le groupe.

Les Allemandes aiment vivre ainsi entre elles, se priver de la compagnie des hommes. Elles ont leurs cafés réservés, leurs agences de voyage, leur page hebdomadaire dans plusieurs quotidiens nationaux (elles n'y échangent ni recettes de cuisine ni conseils vestimentaires, mais y militent pour leurs droits), une collection réservée à leurs problèmes dans toutes les grandes maisons d'édition, leur chaîne de télévision, leurs hôtels où aucun homme n'a le droit de passer la nuit, leurs aires de parking réservées dans les garages et sur les autoroutes, leur dispensaire féministe qui organise des soirées de projection de diapositives (10 octobre : « clitoris »), de vidéos (3 décembre : « masturbation ») et d'exploration anatomique (2 décembre : « soirée d'autoexamination vaginale en groupe. Apprenez à connaître votre corps de femme »), leurs clubs de sport, leurs cours de tango et leurs bals exclusifs. Certaines songent depuis longtemps à créer, comme les Islandaises, leur parti unisexe. Dans chaque Land, dans chaque commune, une préposée aux questions féminines veille à la défense des droits des femmes. A Berlin, elles peuvent adhérer à de multiples organisations : Projet des femmes autonomes, Table ronde des femmes politisées, Femmes dans la force de l'âge, Initiative des immigrantes indépendantes, Chambre de commerce pour les femmes... Souvent, je trouve dans ma boîte aux lettres une brochure annonçant l'ouverture d'une agence de comptabilité, d'un nouveau centre de conseils financiers pour les femmes exerçant une profession libérale. Rebelle et longtemps excentrée, Berlin est encore le haut-bourg de tous les militantismes. Les femmes y sont plus libérées qu'ailleurs. Souvent je les observe, attablées entre elles le soir au restaurant. Une demi-douzaine d'amies provocantes. Habillées de velours noir, les lèvres flamboyantes, elles semblent avoir passé des heures devant leur miroir à se préparer pour un rendez-vous d'amoureuse. Elles fument des Gitanes, boivent de la bière et du gros vin rouge espagnol, rient fort et discutent sérieux. Les hommes ne leur manquent pas. Une détonation de rires m'apprend qu'elles s'en moquent. *« Ach, die Männer ! »*, soupirent-elles à tour de rôle. Plus tard, elles iront danser entre elles. Quand je demande à mes consœurs du *Frauenfrühstück* pourquoi elles aiment se retrouver entre elles, elles ont déjà mûrement réfléchi à la question. « La compagnie des hommes est pesante ! Allez, il faut oser avouer ce que chacune d'entre nous pense tout bas ! », décrète Birgit, de méchante humeur.

Birgit est souvent râleuse. C'est sa façon d'être. Elle râle pour nous faire rire, pour conjurer les soucis du jour, par coquetterie parce qu'elle sait que ce petit front plissé et cette moue boudeuse lui vont bien, pour se venger de « ses trois hommes » : un mari et deux fils. Elle aime partir en vacances avec ses copines et travaille exclusivement avec des femmes, parce que quand les hommes sont présents, il y a une certaine intimité qui s'éteint immédiatement. Birgit arrive toujours en retard avec une catastrophe à nous conter. La voiture emboutie. Le bébé qui n'a pas dormi de la nuit. Elle met sa vie en scène pour nous plaire. A la naissance de son premier enfant, elle a cherché un *Frauenfrühstück* : « Trois déconvenues », compte-t-elle en tendant l'index, le majeur et l'annulaire. L'index : « Elles m'ont fusillée du regard quand j'ai posé mon paquet de petits-beurre sur la table de la cuisine. C'était un *Frauenfrühstück* d'hyper-écolos. Elles ne mangeaient que du cru : des graines, des racines, des jus de fruit. Ni thé, ni petits-beurre. J'étais dans le mauvais film. Je ne suis pas revenue. » Le majeur : « Un groupe de femmes de la paroisse évangélique de mon quartier. Un public choisi de femmes de médecins et de notaires. Des pédagogues de haut niveau. Elles passaient leur temps à tricoter des théories au-dessus des têtes des enfants. J'ai craqué. » L'annulaire : « Les mères et les enfants faisaient la ronde en chantant. » Birgit a tout laissé tomber… avant d'être enceinte de son deuxième enfant et d'adhérer à notre *Frauenfrühstück*, presque libertin en comparaison.

Gertrud aussi préfère sortir le soir avec ses amies. Pour son dernier anniversaire, elle n'a invité que des femmes : « Quand on veut rire des mêmes choses, les hommes sont toujours à la traîne. » Gertrud ne lit d'ailleurs que des romans écrits par des femmes. Ce qu'écrivent les hommes, ce n'est pas vraiment son monde à elle. Le *Frauenfrühstück* ne connaît pas la concurrence sournoise des réunions entre femmes dans les pays latins. Libérées des rapports de séduction si contraignants – « un esclavage ! », disent-elles –, elles peuvent se décontracter. Au début, j'étais déroutée, parfois furieuse, habitée par ce sentiment gênant de m'être trompée de planète. « Je n'y retourne plus ! », ai-je juré maintes fois, au cours des premiers mois. Je suis encore souvent mal à l'aise. Mais j'ai appris aussi à savourer ce plaisir très allemand de la connivence féminine. J'aime la chaleur collégiale de nos jeudis matin, cette façon qu'a Birgit de nous envelopper toutes ensemble dans le même destin quand elle interpelle la tablée rieuse : *« Ach, Mädels ! »* (ah, les filles !). Une tendre apostrophe qui veut dire : « Nous sommes entre nous. Nous nous comprenons à demi-mot. Laissons les hommes penser ce qu'ils veulent. Nous sommes les meilleures. » Gerlinde se fait un devoir d'analyser, après mûre réflexion, ce rituel, dont elle est pourtant l'initiatrice volontariste. Elle y détecte un indice de la mentalité grégaire des Allemands, toujours pressés d'embrigader les rencontres fortuites, la sympathie spontanée et les intérêts communs au sein d'une association ou d'un groupe. Gerlinde souhaite que l'Allemagne associative respecte l'égalité des sexes. Les femmes ont toujours été dispersées, éparpillées, souvent isolées : « Si les hommes ont leurs clubs de quilles et leur jour fixe dans les bistrots, pourquoi les femmes n'auraient-elles pas leur *Frauenfrühstück* ? »

Chaque *Frauenfrühstück* finit toujours par se bâtir autour d'un thème central. Le nôtre est monocorde, obsessionnel, unique : nos bébés. Chaque premier jeudi du mois a sa préoccupation dominante, qui varie au fur et à mesure que les nouveau-nés avancent en âge. C'est juste avant la naissance que le débat atteint des sommets d'intensité. Accoucher : chez soi, dans un centre de sages-femmes, à l'hôpital ? Péridurale maléfique ou contractions à l'état brut qui permettent de faire pleinement l'expérience de la douleur ? Les gynécologues, ces monstres en blanc qui ne comprennent rien à cette affaire de femmes, les infirmières qui administrent en douce des biberons de glucose aux nouveau-nés dans les pouponnières sont les ennemis à combattre.

Quand les bébés sont là, commence l'interrogation sur la gestion des nuits sans sommeil et l'utilité controversée des vaccins. Puis vient une autre salve : la course aux allocations parentales, l'aménagement en bois bio non traité de la chambre d'enfants, le duel entre les Pampers jetables et les couches en coton avec service de ramassage à domicile plus économique, moins générateur d'ordures ménagères et d'intolérances cutanées. Les petits choix pratiques deviennent de gros cas de conscience. Au fil des mois, d'autres questionnements sont gravement mis à l'étude à notre table : N'est-il pas trop tôt pour confier son enfant d'un an quelques petites heures par jour à une personne bien intentionnée et qualifiée ? Doit-on autoriser le sucre au risque de gâcher les premières dents qui ont pointé comme des perce-neige sur les gencives rougies ? Chacune rivalise de science, déballe ses vérités exactes et ses petits principes. La névrose obsessionnelle est un dérèglement passager de l'humeur qui atteint chaque mère à la naissance de son premier enfant. J'ai tout de même l'impression que notre *Frauenfrühstück* en souffre particulièrement. Souvent je m'insurge, en rentrant chez moi, devant cette manie qu'ont les mères berlinoises d'appliquer leurs principes jusqu'à l'excès. Elles ont peu le sens du juste milieu, de l'approximation empirique et décontractée. Elles sont peu capables d'ambivalence. Elles ne rient pas souvent de nos égarements de mères inexpérimentées. Elles sont mères avec grand sérieux. Les bonnes choses sont appliquées sans modération. Le plaisir de l'allaitement redécouvert ces dernières années se mue souvent en concurrence effrénée à qui tiendra le plus longtemps son enfant au sein. Le recours au biberon et au lait industriel est condamné comme une trahison indigne. Pendant des années, les Allemandes n'allaitaient pas. Ce n'était pas moderne. Maintenant, elles en font une religion. « Le médecin qui me fera renoncer à allaiter n'est pas encore né ! », décrète Gerlinde. Je la crois sur parole. « Mais le lait maternel est, malgré tout, ce qu'il y a de meilleur ! » réplique Gertrud chaque fois que l'une d'entre nous a le courage de confesser qu'elle a sevré son bébé.

Gertrud s'arrange toujours pour que son verdict posé là, d'une voix pleine de compassion, vienne frapper les coupables de plein fouet. Corinna est la seule à s'être sentie un peu à l'étroit dans ce treillis de lois universelles. Elle avoue que, parfois, c'en était trop, et qu'elle a séché un jeudi.

Dès le premier rendez-vous de notre *Frauenfrühstück*, chacune s'est figée dans un rôle. Gerlinde gère la bonne marche de la collectivité. Claudia, qui est médecin, offre des consultations privées sur les rougeurs et les toux et mène une concurrence sournoise à Birgit, prêtresse de la médecine douce, qui ordonne les bains de siège de décoction d'écorce de chêne contre les rougeurs et les cataplasmes de purée de pomme de terre chaude contre la toux. Gertrud sait toujours tout : où l'on achète ces petits chaussons si pratiques. Qui vend un sac de couchage d'occasion. Où l'on peut s'inscrire pour suivre un cours de gymnastique mère-enfant. Regina ne se passionne que pour son bébé et n'écoute ce qui se dit que d'une oreille distraite. Et moi, je suis l'étrangère qu'elles n'arrivent pas très bien à situer, mais adoptée au fil des semaines. Ce porte-à-faux entre deux cultures m'évite bien des remontrances. Elles me laissent faire à ma façon. Mon avis ne compte pas vraiment. De temps en temps, pour la forme, elles me demandent comment se passent les choses en France. Elles s'épouvantent de ce peuple de bourreaux d'enfants qui abandonnent leurs bébés dans les crèches. « Comme en RDA ! » Ce qui est la pire condamnation qu'elles puissent prononcer. Dans l'Allemagne communiste, la grande majorité des femmes travaillaient. Elles amenaient à l'aube leurs bébés à la crèche et venaient les reprendre le soir. La disparition des crèches et le chômage des femmes à l'Est sont les points de cristallisation de la frustration de l'unification.

Chez Gertrud.

Un mois plus tard, c'est chez Gertrud que j'enlève mes chaussures. J'ai pris le pli. Même cérémonial : je pose d'abord mon bébé sur la moquette, puis une brioche sur la table. Gertrud s'est permis sans consulter personne un petit écart mercantile. Elle a invité sa voisine, démarcheuse en Tupperware. La jeune femme réclame le silence et commence sa démonstration. Nous prenons place, personne ne rit. Gerlinde et Regina prennent un air humble de fées du logis. Je m'enfonce dans le creux de mon fauteuil, gênée d'être là. La valse commence. Le grand Tupperware carré pour les biscuits à la farine complète, les petits ronds pour les raisins de Corinthe qui remplacent les bonbons, le gobelet avec un couvercle pour la tisane sucrée à la réglisse. Gertrud et Claudia ont mis un point d'honneur à faire passer directement leurs filles du sein au gobelet sans transiter par le biberon. « Pour éviter qu'elles ne s'abîment les dents en suçotant la tétine », justifient-elles. Gertrud apporte sa recommandation personnelle au clou de la matinée : le cylindre pour battre sans peine la chantilly. L'engin fait éclore dans la profondeur des fauteuils des gerbes de commentaires émerveillés. Gertrud pose les contrats sur la table basse. Ces dames passent commande.

Le Tupperware est une pièce maîtresse dans la panoplie des mères berlinoises. Avec le *rucksack*. Pas le petit sac à dos de cuir noir qui flotte léger sur l'épaule, mais le gros sac de montagne boudiné dans lequel elles entassent tout ce dont le couple mère-enfant a besoin en déplacement : couches et vêtements de rechange, linges pour essuyer les bavures, un petit jouet contre l'ennui, seau, pelles et râteaux en été, galettes de riz sans sel et, toujours prêtes, la banane bio et les quartiers de pomme. Je me demande comment elles peuvent chaque jour empaqueter un tel déménagement sans en oublier la moitié. Au pas de charge, elles arpentent les rues de mon quartier. Souvent deux par deux, les mères berlinoises observent une fusionnelle solidarité. De front, elles bloquent toute la largeur du trottoir. Aux passants de s'écarter. Quand on est mère, on a droit à tous les privilèges, sinon on râle bruyamment : portes ouvertes dans les magasins, voiture d'enfant soulevée dans les escaliers roulants du métro, une place délimitée dans le bus et un compartiment réservé dans le train. Les mères forment une guilde sévère qui sait protéger ses droits, toujours prête à dénoncer les « égoïstes » qui terrorisent l'univers de leurs petits : les fumeurs qui écrasent leur mégot dans les bacs à sable (« un seul mégot et je n'ai déjà plus envie que Lucas fasse des pâtés de sable ! » décide Regina. Sans appel. « Je suis pour le modèle californien. Interdiction de fumer dans les lieux publics ! » renchérit Gertrud), les clochards qui fracassent leurs bouteilles de bière sur les bancs des parcs, les propriétaires de chiens qui souillent les trottoirs, les chauffeurs de bus qui referment brutalement les portes automatiques, les voisines allergiques au bruit, les pédiatres qui veulent prescrire des antibiotiques à leur enfant malade, les belles-mères dirigistes, les amies sans enfants qui n'y comprennent rien. L'Allemagne tout entière est hostile aux enfants. « *Kinderfeindlich !* » Regina lâche le mot approprié et fait sa démonstration : « Dès qu'une femme devient mère en Allemagne, on la prend pour un monstre : elle est grosse, mal fagotée, idiote. Rien n'est plus comme avant. Les amis prennent la fuite. Les gens se plaignent. Leur enfant est un objet encombrant, bruyant, sale, semeur de chaos. » Et quand je leur dis que je trouve que les passants, les voisins, les commerçants et les chauffeurs de bus sont plutôt aimables avec mon petit, elles s'acharnent à me convaincre du contraire. « Les Allemands, m'explique Corinna, très soucieuse de me faire changer d'avis, n'ont pas ce rapport spontané et affectueux aux enfants qu'ont les Italiens ou les Russes. Ils ne connaissent pas cette culture joyeuse et attendrie de la maternité. » En Italie, le ventre bombé de Corinna lui attirait immédiatement la sympathie. Chez l'épicière, à la poste, elle avait droit à un tabouret et à un brin de conversation attentionnée : « Alors, c'est pour quand ? Un garçon ou une fille ? » De retour à Berlin, elle a eu l'impression d'être devenue transparente. Les Italiens et les Russes font tellement mieux que les Allemands. Cet autodénigrement constant m'exaspère.

Gertrud fait partie du Mutter Aktion Kreis de Schöneberg. Une députation de mères militantes qui, à défaut de changer le monde, se réunit deux fois par mois pour, au moins, révolutionner la vie du quartier. Dans ce pays qu'elles jugent trop ordonné et trop obsédé de productivité, elles bataillent pour donner une place au monde anarchique des enfants. Elles se réunissent une fois tous les quinze jours et consignent le fruit de leurs débats dans un grand cahier. Elles ont déjà mené plusieurs missions. L'action crottes de chiens : les mères furieuses de devoir racler les chaussures maculées de leurs enfants ont planté un fanion de couleur dans chacune des crottes de chien qui jonchaient un parc du quartier. Au bout de quelques heures, la pelouse et les allées ressemblaient de loin à une toile pointilliste. L'action magasins : fâchées que leurs enfants soient si mal accueillis dans les supermarchés, elles ont dressé un questionnaire exhaustif et établi un palmarès de l'amabilité commerçante. Les portes sont-elles assez larges pour laisser passer la voiture d'enfants ? Y a-t-il une table à langer ? Un petit coin sympathique pour allaiter ? Les enfants sont-ils incités à se rouler par terre de rage parce que les sucreries que leurs mères leur refusent sont exposées à la hauteur de leurs mains devant les caisses ? Gertrud est fière que le Mutter Aktion Kreis ait réussi à faire allonger la fréquence du feu rouge sur le passage clouté en face de la mairie de Schöneberg. Elle peut traverser tranquillement avec ses deux enfants. Quand je lui fais remarquer la multiplicité et la qualité des aires de jeux et des espaces verts dans notre quartier de Schöneberg, Gertrud hausse les épaules. Elle trouve médiocres les vastes bacs à sable et les constructions en bois où les enfants peuvent grimper, glisser, se balancer. J'imagine Gertrud sur un petit square étriqué de gravier, coincé entre deux immeubles parisiens. Gertrud cherche à donner encore plus de voix à sa frustration de mère allemande. Elle demande la création d'un salaire pour les mères au foyer. Une façon de reconnaître, en le rémunérant, le travail de mère.

L'activisme infatigable de Gertrud donne des complexes à Regina. Gertrud est membre dévouée de plusieurs groupes mère-enfant, elle milite pour les droits de la mère et c'est elle que l'on retrouve chaque après-midi, héroïque dans les crachins de novembre, sur l'aire de jeu, parce que les enfants ont besoin de bouger et de prendre l'air. Gertrud n'oublie pas de siffler la petite complainte obligatoire sur l'air pollué de Berlin. Ici, même l'atmosphère est *kinderfeindlich*. En hiver, au marché, j'identifie souvent de loin son équipage. Emmitouflée dans des superpositions de châles, elle pousse, Mère Courage bien plantée sur la semelle orthopédique de ses chaussures montantes et larges aux orteils, sa grosse voiture d'enfant fourrée de laine de mouton. Trois poireaux passent leur tête barbue hors du *rucksack*. Gertrud est pressée de rentrer préparer le déjeuner.

Gertrud est *Doktorin*, « doctoresse » en mathématiques, un titre universitaire très honorable qu'elle rougit de mentionner. Elle ne me montre le parchemin de son diplôme que pour me prouver que les féministes ont purgé la langue de ses règles patriarcales. Elles ont décrété qu'au pluriel c'est le féminin qui, dorénavant, l'emporte sur le masculin. Le mot *Fräulein*, équivalent de « mademoiselle », qui signifie si joliment « petite femme » et donne soudain aux femmes d'âge mûr une démarche guillerette de collégienne, a été banni du vocabulaire et dans les cafés berlinois les jeunes serveuses refusent de prendre votre commande si vous les interpellez en faisant usage de cet archaïsme sexiste. Gertrud a les paupières qui papillotent quand elle s'apprête à intervenir dans le débat. Réservée et très calme, elle prend toujours son temps avant de parler et n'élève jamais la voix. Gertrud a travaillé pendant plusieurs années dans l'industrie sidérurgique, le milieu le plus masculin qui soit. Elles étaient deux femmes chargées d'installer le système informatique d'une grande entreprise. Quand son deuxième enfant est né, elle a pris un congé parental.

Elle veut allaiter Marie pendant huit mois au moins, assister à ses premiers pas, entendre ses premiers mots et terminer aussi une formation de prof de yoga. Elle ne veut pas, comme sa mère qui a toujours travaillé à plein temps, renoncer à ces premières années de douceur. Gertrud fait le calcul : 10 % de sa vie à ne pas travailler, c'est peu pour élever deux enfants. Mais Gertrud sait qu'en dépit des lois qui ont verrouillé dans des textes solennels l'égalité des sexes en matière de droits fondamentaux, de salaires et de responsabilités, la réalité est tout autre. Elle aura du mal à réintégrer la vie professionnelle. Cette pause est un luxe qui risque de s'avérer coûteux. Il est quasiment impossible pour les femmes allemandes de conjuguer activité professionnelle à temps plein et éducation des enfants. Les crèches (municipales ou parentales) sont rares et chères. Le gouvernement avait promis à partir de 1996 une place de jardin d'enfants pour chaque enfant. Cette déclaration d'intention est restée décorative. L'école primaire et secondaire ferme ses portes en fin de matinée et les cantines sont quasi inexistantes. Le *hitzefrei* est un décret d'un raffinement pervers. Un imprévisible qui confine les mères à la maison. Quand il fait trop chaud en été, les écoliers sont renvoyés chez eux dès le matin. Il est d'ailleurs très mal vu d'envoyer son enfant de moins de trois ans à la crèche. Le spectre de la *Rabenmutter*, la marâtre indigne qui maltraite et abandonne ses enfants, ne rôde jamais bien loin pour donner mauvaise conscience à la mère qui travaille à temps plein. « Je n'ai pas eu un enfant pour m'en débarrasser chez quelqu'un d'autre ! », proteste Corinna. Souvent, il me semble que l'Allemagne pratique le culte de la mère omniprésente et survalorisée. *« Du wirst doch Mutter ! »* (mais tu seras mère !), réplique-t-on, offusqué, à la jeune femme enceinte qui s'inquiète un peu de savoir comment elle va organiser sa nouvelle vie. Berlin a sa pietà, la *Alleinerziehende Mutter.* Là où le Français voit une « famille monoparentale » où le père a encore une petite place, l'Allemand utilise cette expression exclusive : la mère éducatrice solitaire. Ce qui se passera, Gertrud le redoute déjà : « Je vais rester trois ans à la maison. Et ensuite mon employeur m'offrira un poste à temps plein. Mais mon fils rentre de l'école à midi et la crèche de ma fille ferme à quatre heures. Il me sera impossible d'accepter. Je serai confrontée à un choix terrible : démissionner ou jongler pour caser mes enfants de-ci, de-là pendant quarante heures par semaine. Et si j'opte pour le travail, je serai rejetée par ma famille et par les autres mères. » Le taux de natalité malingre de l'Allemagne inquiète les démographes. « Nous sommes en discussion », rétorquent les couples en plissant le front quand on leur demande s'ils ont envie d'avoir un enfant. Il n'y a que les Turques et les Russes pour mettre quatre enfants au monde.

Birgit pense que si le féminisme militant n'est plus tout à fait mort en Allemagne, c'est justement pour faire contrepoids à des pratiques sociales et à des mentalités patriarcales qui handicapent encore sérieusement les femmes : « Les Allemandes ne sont plus prêtes à monter sur les barricades comme dans les années 70. Mais elles sont imprégnées d'un certain esprit de rébellion qui leur fait dire : Ne nous laissons pas faire ! Agissons ! Soyons fortes ! Réaction nécessaire dans cette société où les femmes sont rangées dans des cases. » Birgit nous laisse finir ses phrases : « Quand une femme porte une minijupe, c'est une ?... putain ! Quand une femme porte une jupe longue à godets c'est une ?... mégère écolo ! » Elle se ressaisit : « Non. C'est un peu dégueulasse de dire ça. C'est une femme naturelle. » Birgit vient d'une petite ville du Nord de l'Allemagne.

Berlin la tumultueuse est encore bien lotie. Les féministes des années 70 y ont créé des *Kinderladen* (boutiques à gosses), des crèches parentales. Dans les arrière-boutiques obscures qui sentent le renfermé, on aperçoit le soir les parents réunis autour de grandes tables de bois en train de planifier l'organisation des activités de leurs enfants. Dans la petite ville où a grandi Birgit, une femme qui travaille est une mauvaise mère parce qu'elle confie ses enfants à quelqu'un et une mauvaise épouse parce qu'elle prouve au monde entier que le salaire de son mari ne suffit pas à nourrir la famille. Le fils aîné de Birgit avait deux ans quand il est allé pour la première fois au jardin d'enfants. Sa mère et ses cinq sœurs ont été horrifiées : « Chez nous, les choses sont simples : quand tu as un enfant, tu es mère, un point c'est tout. Dans ma ville, les enfants de quatre ans vont deux heures par jour au jardin d'enfants. Ce n'est pas obligatoire. Beaucoup restent à la maison jusqu'à l'école. J'ai essuyé tellement de critiques : "Le pauvre enfant !..." Ma mère avait son domaine à la maison. Elle n'était même pas capable d'aller toute seule à la banque. Et tout cela enrobé dans un catholicisme bigot. »

Gertrud ne peut pas expliquer ce tissu de contradictions entre un féminisme virulent dont la lutte s'est embourbée dans des combats idéologiques et une réalité si peu émancipée. D'un côté les manifs de pétroleuse, et de l'autre les démonstrations de Tupperware. D'un côté le droit de vote accordé dès 1918 par la République de Weimar, de l'autre une des lois sur l'avortement les plus rétrogrades d'Europe. D'un côté l'adoption par les partis politiques et par l'administration de certains Länder d'un système de quota donnant, à niveau de qualification égale, la préférence à la candidature d'une femme, de l'autre des statistiques qui prouvent que les Allemandes travaillent nettement moins que les Françaises et qu'elles accèdent plus rarement que les autres Européennes aux postes de responsabilité, dans les entreprises et la haute administration. Ce déséquilibre perdure. Ce n'est pourtant pas faute de réflexions sur la condition féminine. Pas un débat public, pas un talk-show télévisé sans qu'une femme prenne brutalement la parole pour présenter le thème abordé sous un jour féministe et forcer la controverse. Les universités allemandes proposent un cursus intitulé « études de femmes » et, devant les casiers de la bibliothèque nationale de Berlin, une affichette vante les effets d'un séminaire réservé aux femmes qui veulent en savoir plus sur l'épanouissement personnel et l'art de paraître sûre de soi. Chez Kiepert, le grand libraire de Berlin, un rayonnage entier est consacré aux essais féministes. Un îlot fréquenté avec assiduité entre la santé et la religion expose des manuels aux titres belliqueux : *Let's kill Barbie, ou comment transformer les petites filles en femmes fortes ; Les gentilles filles iront au ciel, les méchantes se faufileront partout, ou la gentillesse ne nous mène nulle part ; L'enfant qui prenait son père pour un samedi ; Le courage de la colère, ou comment vous libérer d'une relation violente ; Les enfants, le ménage et la profession ; Tous les hommes ne pensent qu'à une seule chose ; Qu'est-ce que vous leur trouvez aux hommes ?, ou 18 femmes et un seul thème.* Leurs auteurs sont américaines ou allemandes et ce sont souvent des best-sellers. A côté de la caisse est exposé *Emma*, la première revue féministe d'Allemagne et sans doute l'une des dernières d'Europe, plus de vingt ans d'âge. Sa fondatrice, Alice Schwarzer est la grande dame du féminisme allemand, auteur au début des années 70 d'un manifeste dénonçant l'exploitation sexuelle des femmes dépouillées de leur identité par les hommes et qui ne laisse aucune chance à la coexistence harmonieuse entre les sexes. Le best-seller a été traduit en quatorze langues, japonais inclus. Notre *Frauenfrühstück* le trouve un peu dépassé. Mais « la Schwarzer » reste un monument très célébré de la vie publique allemande, décorée de la croix du Mérite, invitée de tous les talk-shows, longtemps animatrice d'un jeu télévisé, auteur de biographies à succès de femmes contemporaines.

Birgit, Regina et Gertrud refusent le terme « féministe » qui ne leur va pas. Démodé et trop combatif, jugent-elles. Elles parlent d'un arrière-goût désagréable de frustration et de haine des hommes. Toutes entretiennent pourtant le mythe de la « femme forte », la *starke Frau*. Les femmes qu'elles admirent sont robustes, vitales, généreuses, instinctives, fidèles, marquant leur territoire. Tout le contraire de l'amoureuse diaphane ou de l'élégante courtisane. La grand-mère berlinoise de Gudrun était une de ces *Trümmerfrauen*, ces femmes des ruines qui déblayèrent la capitale de ses gravats après les bombardements pendant que les hommes purgeaient leur peine dans les camps de prisonniers. Ces maîtresses-femmes musclées qui affrontèrent l'adversité avec courage, et commandèrent leurs pâles maris cassés par l'expérience de la guerre, font l'objet d'un véritable culte.

Chez moi.

« Et si nous organisions un *Frauenabend* ? Si nous sortions toutes ensemble un soir sans les bébés pour prendre un verre ? » C'est Gertrud qui a lancé l'idée, un jeudi matin, alors que la conversation sur les normes de sécurité des sièges à vélo s'épuisait. Je m'en suis emparée. Je propose de les inviter chez moi à dîner pour leur poser quelques questions. Je téléphone à chacune. Regina est à nouveau enceinte. Elle ne s'attarde plus tard le soir et ne boit plus. Son emploi du temps est plus serré que celui d'une femme d'affaires. Elle consulte son Filofax bourré comme un gros sandwich : « Lundi, mon cours de yoga. Mardi, ma grand-mère. Mercredi, aider mon mari au magasin. Jeudi, le pédiatre. Non, cette semaine ça ne va pas. La semaine prochaine est aussi assez problématique. » Birgit sort de ses gonds : « Quoi, c'est ce groupe-là que tu as choisi pour représenter la femme allemande ? Mais tu n'y es pas du tout. Mes amies à moi travaillent et sont autrement émancipées ! » Je ne savais pas Birgit traîtresse à ce point. Elle n'aime pas du tout, dit-elle, cette nouvelle vague de femmes ouest-allemandes nées du courant alternatif, écologique et pacifique des années 80, qui ont choisi le retour à la maternité traditionnelle. Birgit estime qu'il s'agit d'un microcosme en voie de disparition. D'ailleurs ces femmes-là, on ne les trouve plus qu'à Berlin, vivier de la culture alternative. Et dans certaines couches sociales. Birgit est agacée. Elle ne viendra pas. Me suis-je trompée ? Suis-je tombée par hasard dans un milieu très particulier ? La dernière poche de cette culture alternative en voie d'extinction ? Notre *Frauenfrühstück* est-il représentatif des femmes ouest-allemandes ? Berlinoises, tardivement mères, Gerlinde, Gertrud et Corinna appartiennent certes à un milieu particulier, mais qui n'a pas d'équivalent en France. Marion m'avoue, en m'enjoignant la discrétion, qu'elle ne supporte pas le dirigisme de certaines et que ces occasions forcées lui pèsent. Je ne suis donc pas la seule à être mal à l'aise ? A rêver de faire claquer mes talons aiguilles inconfortables mais brutalement aguicheurs sur le carrelage de leurs cuisines ? A regretter sans mot dire la chaude présence des hommes et de leurs regards ? A avoir envie de parler du monde extérieur pour échapper un peu à ce cocon qui me prend l'air ? Mais pourquoi n'ont-elles rien dit ?

Gertrud et Corinna acceptent de venir dîner. Gerlinde se réjouit de discuter. Elle se fait un devoir de réfléchir à la condition de la femme allemande. A huit heures tapantes, un petit coup de sonnette pointu scie toute la longueur du couloir. Les Allemands arrivent rarement en retard quand on les invite à dîner. Il faut en être conscient et s'affairer à la cuisine dès l'après-midi. Le quart d'heure de politesse est ici une goujaterie. Gertrud arrive la première avec un bouquet d'œillets rouges. Quand elle s'est dépouillée de son casque à vélo, de son K-way et de la sacoche qu'elle porte autour de la taille, harnachée à un ceinturon – c'est l'annexe du *rucksack* où elle range ses clefs, un mouchoir, le porte-monnaie, la sucette de sa fille – Gertrud est transformée : un trait de pinceau léger sur les paupières, boléro de soie cintré et blouse blanche à jabot de dentelle. Elle a même mis des boucles d'oreilles bleu vif. Elle n'ôte pas ses escarpins, mais entre d'un pas décidé et chaussé dans le salon, saisit un verre de vin, s'assied bien droite sur le canapé, heureuse d'être de sortie. Gerlinde sonne trois minutes plus tard, une bouteille de vin palatin à la main. Elle demande – et je la soupçonne de ne me poser la question que pour la forme – si elle doit ôter ses bottines nouées sur des collants dont les striures multicolores s'enfuient sous sa minijupe. Corinna est en retard. C'est compréhensible : sa mère est espagnole et elle a vécu deux ans en Italie. Intègre, c'est la seule qui retire ses chaussures et vient se mettre à table en collants. Toutes les trois répondent à mes questions avec effervescence et grande application. Je les vois qui se donnent de la peine à réfléchir, à retracer leur histoire. Ça leur fait plaisir de parler des Allemandes.

Gerlinde a 37 ans. Gertrud, 33. Corinna, 36. Elles se moquent des féministes des années 70-80. « Tu ne peux pas imaginer, dit Gerlinde réjouie de m'informer, combien les femmes se sont acharnées sur la génération des hommes qui ont aujourd'hui entre 45 et 55 ans. Un amant plus âgé que moi me décrivait un jour les féministes militantes qui portent une minijupe et te giflent parce que tu regardes leurs jambes. Il me disait qu'il devait réapprendre à regarder les jambes des femmes et à être charmant. La galanterie était interprétée comme un signe de mépris : une femme n'est pas capable de se débrouiller toute seule. Elle a constamment besoin d'être assistée et protégée. » J'amorce le débat : pisser assis/pisser debout. « Un vieux combat fossilisé que plus aucune femme ne mène aujourd'hui. Tu te trompes. Ton livre est une caricature. C'est trop facile », m'avait-on mise en garde. Je lance l'hameçon. Pour voir. Elles mordent instantanément, laissent fuser un gloussement moqueur vite refoulé et se jettent dans la discussion. C'est un grave débat dont j'ignorais l'existence avant de vivre en Allemagne, mais qui continue à déchirer les couples au plus secret de leur intimité. Une ordonnance féministe, héritée des habitats communautaires où hommes et femmes nettoyaient la salle de bain à tour de rôle. Plusieurs études ont été effectuées, démontrant que l'homme qui pisse debout asperge le carrelage de la salle de bain sur un rayon important. Lasses de devoir passer l'éponge sur ces traces peu hygiéniques et malodorantes, les Allemandes émancipées ont décidé que leurs hommes devraient dorénavant – comme elles – s'asseoir sur la lunette de la cuvette pour pisser. Un sonnet en vers du genre : « Pisseur debout ? Pas chez nous ! » pendu au-dessus du couvercle ordonne aux machos de changer promptement de position.

Regina, raconte Gertrud, a eu l'air effarouchée la semaine dernière au parc quand le fils aîné de Gertrud, Leo (5 ans), est venu demander à sa mère l'autorisation d'aller pisser debout contre un arbre. Gertrud, très gênée, a concédé à mi-voix sa bénédiction maternelle à ce premier acte d'affirmation virile. Leo s'est exécuté avec volupté et est revenu tout fier en rajustant sa braguette. Regina est troublée par cette question fondamentale. Elle s'est procuré un livre qui aborde le problème « avec humour ». Dans le magasin d'informatique qu'elle tient avec son mari, des toilettes spéciales pour la direction – qui s'assied – ont été aménagées à côté de celles destinées aux clients, qui font comme ils veulent. Regina s'interroge déjà sur la ligne à adopter avec son fils Lucas qui, le bienheureux, pisse encore dans ses langes dans toutes les positions et sans mauvaise conscience. Gertrud reste sereine : « Pour le moment, ça n'a pas d'importance. Leo est trop petit pour éclabousser. Je lui apprendrai quand il sera plus grand et qu'il aura du mal à viser juste. » Gertrud a étudié la loi de gravité : plus l'écart vertical entre le pisseur-debout et la cuvette est important, plus la probabilité est forte qu'il pisse à côté.

Leo est donc un pisseur inoffensif. Un système très simple a fait fureur lors d'un salon de l'installation sanitaire. Il s'agit d'un entonnoir en papier, jetable et bon marché, qui canalise le jet et le guide droit dans la cuvette. Regina milite pour que chaque restaurant ait un distributeur d'entonnoirs.

Ce besoin forcené de gommer la différence m'intrigue. N'ont-elles pas le sentiment de les castrer un tout petit peu, leurs hommes ? Et ne trouvent-elles pas qu'un homme qui pisse debout et que l'on observe de dos est plus érotique qu'un homme de face, assis, le pantalon en accordéon sur les chevilles ? Et d'ailleurs, pourquoi ne pas les laisser pisser comme ils le souhaitent et leur demander plutôt de nettoyer la salle de bain ? Gertrud recommande à la ronde un petit livre qu'une amie lui a vivement conseillé et qui s'intitule : *Männer sind anders* (les hommes sont différents de nous).

Gerlinde voit dans le féminisme militant à l'allemande un phénomène de puberté collective d'autant plus violent qu'il s'agit de détruire un double modèle : celui de la parfaite ménagère de l'ère Adenauer que le miracle économique des années 60 avait rappelée à ses fourneaux, vêtue d'un tablier à volants noué sur une taille de guêpe, et celui de la femme nazie régie par les trois K : *Kinder-Kirche-Küche* (les enfants, l'Église, la cuisine). Gerlinde est un peu confuse que tout revienne toujours à « ça » en Allemagne. Le IIIe Reich a glorifié la mère aryenne que le Führer décorait de la Croix maternelle le jour de la Fête des mères, pour la féliciter d'avoir mis au monde autant de têtes blondes. La grand-mère de Gerlinde, sept enfants, a été décorée de la Croix d'argent. Celle de Gertrud, quatre enfants, a mérité la Croix de bronze. A partir de 1935, dans les écoles, deux heures de mathématiques et d'anglais avaient été rayées de l'emploi du temps des filles et remplacées par deux heures de travaux d'aiguille. Pour résorber le chômage, la loi nazie interdisait le double salaire aux femmes mariées. Fonctionnaires, avocates, médecins n'avaient plus le droit de travailler. Force de travail bon marché, les femmes émancipées de la République de Weimar qui avaient obtenu le droit de vote n'avaient été rappelées aux usines que pour faire tourner l'industrie d'armement pendant que leurs hommes étaient à la guerre.

Gerlinde se souvient d'un dicton que lui récitait sa mère :

Eigenkleid und Innenleben
absatzlos und Reif im Haar

Cette maxime qui date des Wandervogel, ces jeunesses éprises de nature du début du siècle, dépeint l'Allemande idéale : robe cousue par soi-même et vie intérieure riche, cheveux disciplinés dans un serre-tête et chaussures plates. Gerlinde s'en souvient : adolescente, elle refusait de mettre du parfum parce qu'elle ne voulait pas sentir la « droguerie », mais plutôt l'« être humain » et la « nature ». Sa mère ne mettait du rouge à lèvres et un trait hâtif d'ombre à paupières bleu strident que pour aller en ville ou pour sortir le dimanche. Il est important pour Gerlinde que les femmes assument leur physique et ne cherchent pas sans cesse des subterfuges pour le camoufler. Poussée à l'excès (et l'excès, c'est déjà un parfum trop envoûtant, des « mèches » dans les cheveux, un soutien-gorge, des jambes épilées, les ongles des orteils passés au vernis rouge ou une crème teintée les jours de brume), la coquetterie est une soumission dégradante au désir de l'homme et une trahison à l'égard des saines lois de la Nature. Avec son côté « fesse triste », le féminisme allemand a créé des rapports tendus et peu joueurs entre les sexes. La femme est sur la défensive, et l'homme, qui redoute d'être pris en flagrant délit de machisme, se retrouve souvent paralysé. Le jeu de regards et les flirts innocents se pratiquent peu dans les cafés berlinois. L'ambiance y est androgyne, vouée à la franche camaraderie et au respect mutuel. La quête d'égalité est triste. Le mari turc de Regina se plaint que, chaque fois qu'il fait un compliment à une Allemande, elle a le sentiment qu'il veut lui voler sa virginité. Elles l'attristent, toutes ces femmes en noir qui ne mettent plus en valeur leur féminité avec des chemisiers à fleurs et des corsages ajustés. Gertrud s'est maquillée pour la première fois à 28 ans. Choqué par son côté fruste, son oncle américain lui avait offert un trousseau complet. Avant d'être enceinte, elle n'avait jamais porté de soutien-gorge, un instrument de torture contre nature que beaucoup d'hommes n'osent pas juger émoustillant. « Il n'y a pas de choix ici ! », intervient Corinna. Je sens sa latinité piquée au vif : « Tout de suite, ce sont des modèles baroques en dentelle rouge et noire qui font putain ou des camisoles en coton naturel couleur chair qui font mémère. » Quand Corinna et ses sœurs rentrent d'un séjour prolongé en Espagne, elles ont l'impression de se retrouver au « pays des ours » tant les femmes ont encore souvent ici les jambes velues. Et, depuis que sa mère est de retour à Barcelone, elle s'est transformée. Elle est redevenue coquette, soignée. Toutes savent, et s'en étonnent, que Birgit est esthéticienne. Birgit leur a confié l'inavouable, un matin où elle se sentait forte, prête à affronter la réprobation ou le sarcasme : « J'ai dû, pendant cette formation, apprendre davantage que pendant toute ma scolarité, leur a-t-elle expliqué. Et qu'est-ce que les gens pensent en Allemagne quand tu dis que tu es esthéticienne ? Qu'on t'a amputée du cerveau. Que tu es bête, blonde et que tu as les ongles peints en rose bonbon. Dans les années 20, à Berlin, les femmes étaient très coquettes, et pendant la guerre tout a basculé. L'Allemagne est revenue à sa tradition prussienne, puritaine, rigide. C'est comme cela que mes parents nous ont élevées. Se maquiller, c'était devenir la putain du village. En Allemagne, on pense toujours que ce n'est pas l'apparence qui compte, mais les vertus intérieures. Alors les femmes se font transparentes. Les choses sont en train de bouger dans les jeunes générations, mais pour beaucoup de femmes de mon âge aller chez l'esthéticienne, au sauna ou chez le coiffeur est une mesure prophylactique pour éviter plus tard des problèmes de santé. Et les Allemandes doivent se libérer de ces mentalités. Ce n'est pas facile. »

« De toute façon, à quoi bon ! » C'est la voix lasse de Gertrud qui vient couper le flot des anecdotes et les prises de position. Un voile d'amertume passe dans ses yeux pâles qui lisent des romans d'amour, le soir, quand les enfants sont couchés : « Les femmes peuvent attendre longtemps avant qu'un Allemand fasse un compliment. Les Allemands sont très austères. Quand je travaillais, je n'avais pas le courage de mettre une jupe, j'avais peur de troubler l'atmosphère de travail. C'est si frustrant. Ils ne réagissent pas, même quand on fait un effort. Il faut tellement de courage en Allemagne pour oser être féminine. Tellement de courage… »

Gertrud a dit juste. Gerlinde et Corinna pensent que ce violent mouvement d'émancipation a perverti les rapports entre les femmes et les hommes. D'où leur vénération pour l'Italie et la France, pays qui honorent et respectent la féminité, disent-elles. « En Allemagne, soit une femme est jolie, soit elle est intelligente, décide Gertrud. Mais elle ne peut pas être les deux à la fois. » Entre la Barbie et le bas-bleu, entre la mère-poule et l'*Emanze*, l'émancipée obsédée par sa carrière, Gertrud ne voit pas de juste milieu. Les Allemandes ont du mal à harmoniser les rôles. Il n'y a pas en allemand d'adjectif délicat et valorisant équivalent au « féminin » français. Le mot *weiblich* sent l'encaustique et la graisse à traire, là où « féminin » sent Coco Chanel et la poudre de riz. Une *Weib* est une femelle tellurique et rusée qui lutte contre la domination des hommes.

Depuis un moment, je me suis adossée. J'ai cessé de diriger le débat, qui suit maintenant sa propre dynamique. Les femmes galopent loin devant moi. Je n'en crois pas mes oreilles. Je m'étais préparée à tout : à un manifeste féministe, à une apologie de la mère, à une déclaration de guerre aux hommes… à tout, mais pas à cela. Chez moi, la Française, elles s'octroient la liberté des regrets. Autour de leur *Frühstück* les Berlinoises rêvent de l'ordre courtois des pays latins.

Kosmetik Zalon

Quand Sengül parle de l'Allemagne, la pression de ses doigts s'intensifie. Elle pétrit avec vigueur, passe un ongle effilé dans l'arête du dos, étire avec la paume de la main la peau rougie de l'omoplate, roule serré un petit pli adipeux entre le pouce et l'index, malaxe, lisse et plisse. Le petit peuple des ressentiments cultivés avec soin et des susceptibilités maltraitées vient crisper ses mains agiles. Parfois, le corps terrassé sur la table de massage tressaute de douleur. Sengül mate la secousse d'une pression ferme de l'avant-bras et le corps retombe, inerte, sur la serviette éponge rose. Sengül est brutale quand elle parle de l'Allemagne.

L'Allemagne, voilà 26 ans que Sengül s'acharne à ne pas arriver à l'aimer. Depuis ce petit matin du mois de mai 1971. Elle avait 17 ans, une toute mini minijupe et un grand fantasme d'Allemagne plein la tête quand elle a atterri à Munich en provenance de son Ankara natale. Sengül était une des dernières à passer la porte encore grande ouverte de l'Allemagne. La grasse République fédérale était allée chercher ses *Gastarbeiter* – ses travailleurs étrangers « invités » à faire les sales besognes mal payées – en Italie, en Espagne, en Grèce d'abord et ensuite, massivement, en Turquie. En 1973, secouée par le premier choc pétrolier et la récession économique mondiale, l'Allemagne arrêtait le recrutement. Sengül, c'est Bosch qui est « venu la chercher » pour la faire travailler à la chaîne dans ses usines de

Baden-Baden. Sengül est flattée d'être l'élue d'une firme si prestigieuse. Elle signe un contrat d'embauche d'un an. Bosch lui paie son billet d'avion. Un aller simple Ankara-Munich. Son Allemagne à elle était une avant-garde européenne et accessible de l'éblouissante Amérique : futuriste, grouillante, cosmopolite, bariolée de néons et d'enseignes. Un marchepied vers la liberté pour une midinette qui rêvait la vraie vie comme une interminable surprise-partie.

Dans le compartiment du train qui la conduit de Munich à Baden-Baden, Sengül effeuille une à une ses illusions. L'Allemagne défile devant la vitre. Des maisons et leurs jardins. Des rues vides de foules et d'enfants. Pas de vie. Pas de crasse. Pas de chaleur. Et du vert, du vert, à perte de vue. Quand elle pose le pied sur le quai de la petite gare de Baden-Baden, son Allemagne est une ville de cure pimpante, serrée dans son écrin de campagne. Très aisée, très bien pensante, Baden-Baden n'est pas Metropolis. Elle ne s'amuse pas la nuit et les terrasses de ses salons de thé ne sont hospitalières qu'aux arthrites des couples de rentiers fortunés. Sur ce quai de gare, Sengül fait tout haut un serment qu'elle n'a jamais tenu : « Je rentre à Ankara ! ». Vingt-six ans plus tard, Sengül est toujours là. Mais le regret de sa grande ville orientale ne l'a jamais quittée, ni cet écheveau de désirs contradictoires qu'elle ne parvient plus à démêler. A son rêve d'Allemagne si vite cassé s'est substitué, au fil des années, le souvenir embelli de la Turquie où – elle le sait, et ça lui fait mal de se l'avouer – elle ne pourrait plus vivre. Sengül est bien consciente de sa condition d'apatride : « J'ai perdu ma *Heimat.* » Elle a adopté le mot allemand. Sengül n'est plus vraiment turque en Turquie, et pas du tout allemande en Allemagne. L'Allemagne est quasiment le seul pays au monde régi par le « droit du sang ». La loi datant de 1913 croit à l'origine ethnique. L'Allemagne n'accorde pas automatiquement la nationalité aux étrangers qui sont nés ou qui vivent depuis longtemps sur son sol, puisque seuls sont allemands de droit les enfants d'Allemands ou de « souche allemande ». C'est seulement en engageant une lente et coûteuse procédure qu'ils auront une chance de devenir allemands. Après 26 ans passés dans son pays d'adoption, Sengül n'a pas de passeport allemand. Pas plus que ses enfants nés à Berlin. Sengül n'a jamais déposé de demande de naturalisation : « Cette loi sur le nouveau code de la nationalité dont les Allemands débattent depuis des années et qui ne vient pas, c'est absurde. Un passeport allemand ne changerait rien. Je serai toujours étrangère ici. » De toute façon, elle n'a jamais songé à entrer dans la fonction publique, exclusivement réservée aux Allemands. Je ne la vois pas, c'est vrai, en postière ou en aubergine avec une casquette, une jupe droite couvrant les genoux et des mocassins plats. A 42 ans, Sengül n'a jamais voté de sa vie – ni en Allemagne, où elle n'en a pas le droit, ni en Turquie, où elle ne saurait plus qui choisir. L'Allemagne n'accorde pas non plus la double nationalité, la seule qui conviendrait à Sengül, car elle se sent double. Tiraillée entre deux cultures, deux loyautés, il lui faut une nationalité flexible. Elle ne sait plus très bien qui elle est. En Turquie, on la prend pour une Allemande. En Allemagne, on ne veut pas croire qu'elle est turque, avec son « allure moderne » et ses cheveux clairs. Sengül déteste ces compliments obliques que lui font ses clientes, d'un air de dire : « Tu es une Turque acceptable, assimilée, avalée par l'Allemagne. »

Sengül se moque des efforts que déploient les Allemands pour se montrer *multiculti*, une formulation magique et trop bien pesée, qui réalise dans la langue cette fusion harmonieuse que l'Allemagne n'accorde pas dans la loi. *Multiculti*, ça lui fait penser à une bouteille de jus de fruits multivitamines. On mélange toutes sortes de fruits exotiques, rares, rouges, jaunes et on secoue. Sengül s'amuse quand sa Turquie déteint sur la vie des Allemands. Les *Dönerkebab* vendus à chaque coin de rue font concurrence aux petits pains-saucisse de Francfort. La grande mode de la danse du ventre déferle sur Berlin. Recommandée aux femmes comme thérapie pour tous les maux logés dans le bas-ventre (grossesse difficile, ménopause, incontinence, constipation), la danse du ventre est au programme de tous les clubs de *fitness* berlinois. Sengül serre les lèvres : ces Allemandes si raides en survêtements ou en caleçons ! Les plus audacieuses nouent un foulard de soie autour de leurs hanches bien camouflées dans un ample T-shirt pendant que les danseuses turques en paillettes et strass, le ventre nu, ondulent sur les tables des restaurants turcs de Kreuzberg[1]. Sengül plisse joliment les ailes de son nez quand elle s'apprête à laisser tomber son dernier commentaire, glacé de dédain : « Les femmes ici n'ont pas ça dans le sang. Chez nous, la musique vous pénètre d'abord, et ensuite on se met à bouger. Moi, je danse parce que cela me donne de la joie. Ici, la musique passe d'abord par la tête. Il faut tout expliquer. Comment on bouge les seins et les fesses. Les femmes veulent apprendre à se mouvoir, à être féminines. Et ce n'est pas une mauvaise chose. Elles ont eu une éducation trop grossière. Souvent, elles ressemblent trop aux hommes. » Sengül aime dresser avec sévérité l'énoncé d'ambitieuses équations tautologiques : « Femme est femme et homme est homme. » « Turc est turc et Allemand est allemand. » « Les Turcs vivent pour vivre. »

Sengül, éduquée en fille, ignorait, en arrivant chez Bosch, de quoi était fait un moteur. Elle a encore du mal à décrire aujourd'hui la finalité technique du petit geste saccadé qu'elle accomplissait des dizaines de fois par heure : « Vérifier la pièce de moteur et coller un truc vert dessus. » Très vite, Sengül est tombée malade. Une allergie : « Quand les pompiers m'ont conduite à l'hôpital, j'ai compris que j'étais encore enfant. Que j'étais toute seule en Allemagne. » Sengül a dompté une fois pour toutes la grammaire allemande. Elle prive d'articles les mots dont elle ignore le genre et l'accord et rebâtit à sa façon l'acrobatique construction des relatives. Au lieu d'être exilé en fin de phrase, le verbe siège chez elle en plein milieu. Sengül préfère aussi transporter le passé au temps présent, c'est plus facile. Il résulte de toutes ces manutentions un édifice bringuebalant dans lequel seule Sengül circule à l'aise. Elle en a pourtant suivi, des cours du soir, à batailler avec la grammaire allemande !

Pendant un an, à Baden-Baden, Sengül vit dans un baraquement. Elles sont quatre filles par chambre. Quand son contrat expire, elle part rejoindre ses sœurs à Berlin. Nouvelle déception avec variation de couleur : « Tout était gris, gris, gris… avec des trous partout et tellement plus moche qu'Ankara. Berlin n'était pas comme aujourd'hui. Il n'y avait que des grands-mères partout. On nous traitait de “Turcs à l'ail” et de “Turcs de merde”. » On dit que Berlin est la troisième grande ville de la Turquie tant l'immigration s'y est concentrée. Berlin ne plaît pas à Sengül. Trop primitifs, les airs de bazar de Kreuzberg. Infréquentables, les mamas voilées de noir, ployant sous les cabas et les mômes. Les Turcs de Berlin viennent de l'Anatolie profonde. Ils ne sont pas modernes. Sengül est tour à tour femme de chambre, serveuse, petite-main dans une agence de voyages avant de décider une fois de plus de rentrer. Dans la salle d'attente du commissariat de police où elle cherche à faire prolonger son permis de séjour pour une dernière fois avant le départ, elle rencontre Ali. Bel homme, entreprenant, la moustache comme une balayette. Il l'invite à prendre un café. « C'est tout de suite le grand amour. Mon cœur battait jusqu'à la gorge. Tout mon corps était brûlant. » Sengül épanche enfin ces sentiments qu'elle cloîtrait dans son cœur de jeune fille romantique, glacé, pensait-elle, par la froideur allemande. Ils se marient. Ils font coup sur coup deux enfants. Ils s'aiment un temps. Il la trompe. Elle est malheureuse. Elle le quitte. Il lui en veut.

Sengül est aujourd'hui une grande dame qui fait tourner son institut de beauté du bout de la Fugger Strasse, au cœur du quartier chaud de Berlin. « *Kosmetik Zalon* », susurre-t-elle en inventant l'accent français quand elle répond au téléphone, d'une voix pointue qu'elle astreint à être chic.

Le mot « *Institut* » a quelque chose de trop clinique qui prive Sengül des images élégantes et parisiennes qu'éveille en elle le « *Zalon* ». Elle ne se laisse pas troubler par le voisinage des hôtels de passe et des bars de nuit à la réputation hasardeuse. La vitrine du Kosmetik Zalon passe presque inaperçue, ratatinée entre une salle de jeux électroniques et un brocanteur. Le même immeuble pelé loge un hôtel de passe et une pension aux mœurs étourdies. Sengül commente la fréquence des allées et venues dans l'escalier, s'amuse du crépitement pressé des pas à l'étage au-dessus. Dans la maison d'à côté se meurt un pub anglais dont les fenêtres embuées indiquent qu'il n'a pas été bien chauffé depuis longtemps. Dans cette Allemagne si bien léchée, Berlin est encore la seule ville à posséder ces fins de rues miteuses. La crasse des trottoirs salit un peu le rêve de Sengül. Elle protège la bonne réputation de son salon : « De la rue, on ne croirait jamais qu'il y a ici un *Zalon* de cosmétique ! » Elle aime se parer de sa clientèle exclusive : une ancienne Miss Germany, aujourd'hui vendeuse au rayon parfumerie du KaDéWé, le temple de la consommation ouest-berlinoise, un steward de la Lufthansa, un professeur diplômé et madame son épouse qui lui a fait cadeau d'un manteau à col en faux léopard trop court pour elle, plusieurs managers, une actrice célèbre « aux gros seins et très poilue », révèle Sengül, fière des petites indiscrétions qu'elle est en mesure de livrer en exclusivité à ses clientes. Sengül est devenue la copine de tous les gays du quartier auxquels elle prodigue des soins attentionnés. Et elle sait remettre à leur place les pères de famille égarés qui viennent frapper à sa porte avec de lubriques desseins. Elle leur explique, sans s'émouvoir, qu'ils se sont trompés d'adresse. « Aujourd'hui encore, me confie-t-elle parfois, gênée, un client a eu une émotion raide. » Et comme je ne comprends pas tout de suite cette formulation drapée de pudeur, Sengül glousse comme une jeune fille nubile et s'impatiente : « Mais allez ! Tu vois bien ce que je veux dire ! » Sans jamais nommer l'outrage. Quand la serviette de toilette qu'elle place sur le bassin de son client pendant la durée du massage se soulève et se gondole, elle rassure, toute maternelle, le monsieur confus : « Na, na. C'est normal, vous vous détendez. Allez, mettez-vous sur le ventre ! ». D'ailleurs les vieilles bigotes du quartier qui viennent, sans quitter leur chapeau, se faire raboter leurs cors aux pieds derrière un petit rideau tiré comme au confessionnal, apportent un certificat de respectabilité au Kosmetik Zalon.

Le Kosmetik Zalon est un boudoir, Sengül en régente les mondanités. En tailleur et blouse de soie, avec son collier de perles et ses lunettes de soleil piquées, même les jours de neige et de brouillard, dans ses longs cheveux auburn, Sengül observe la rue de son petit bureau, une antiquité façon Empire qu'elle a trouvée aux puces de l'avenue du 17-Juin. Sur un guéridon, une statuette érotique imitée de l'art nègre coudoie le samovar de tisane au thym et la jatte de miel qui attendent le client, avant la séance de soins. Sengül récite son herbier : le thym pour les rhumes et les bronches encrassées, la camomille romaine pour les nerfs, les boutons de rose pour la peau sèche, le basilic pour le foie, le pissenlit pour les reins. Son prénom semble pioché dans le livre des plantes qu'elle feuillette pour trouver remède à tous les maux. *Songül* signifie « la dernière rose ».

Je sens que Sengül s'apprête à me conter une histoire compliquée. Je la vois se frayer un chemin logique et efficace pour m'expliquer la méprise dont elle a été victime toute sa vie. Son père a été déclarer la petite Songül au bureau de l'état civil d'Ankara. Mais l'employé a mal compris. Il a noté S*e*ngül, « tu es une rose ». S'affronter à la bureaucratie turque pour rectifier l'erreur était une telle gageure que sa mère a préféré régler l'affaire à l'amiable : « Sur les papiers, tu es une rose. Pour nous, tu es la dernière rose. » Ses parents ne voulaient plus d'enfants quand cette petite fille est arrivée. Et elle ne fut pas la dernière… Après elle est arrivée Gülsen, « rose joyeuse », sa petite sœur. En hommage au grand-père herboriste qui cultivait de fabuleux rosiers dans sa vallée du Taurus, toutes les femmes de la famille portent un nom de rose : son autre sœur s'appelle Gülderen, « cueilleuse de rose », et sa mère Aygül, « rose de clair de lune ». Seule la sœur aînée déroge à la tradition familiale : le grand-père l'a prénommée Fatima, en l'honneur de sa femme, pour bien montrer qu'il n'était pas un monstre et qu'il préférait son épouse aux belles de sa roseraie. « Écris, écris, m'ordonne Sengül. Si tu veux raconter ma vie, il faut parler de mon grand-père. » Le grand-père du Taurus est le point de convergence de toutes les nostalgies de Sengül. Il l'envoyait à la cueillette des herbes. Sengül se souvient du rideau cristallin de la pluie entre les sapins. Dans son Zalon, au-dessus du radiateur, elle a accroché une aquarelle de paysage alpin dans un cadre doré. Il y a des sapins et des sommets escarpés. Un ruisseau et des neiges éternelles. C'est ce qu'elle a trouvé de plus ressemblant chez le brocanteur d'à côté. Quand sa fille est née, Sengül a décidé qu'il y avait assez de roses dans la famille. Elle l'a prénommée Yelis, « crinière blanche de cheval au vent ». Sengül se moque de la dureté virile des prénoms de femme allemands. « Mais comment peut-on appeler une femme Adelheid ! Ute ! Anke ! Metchild ! Erna ! Frauke ! Hilde ! Elke !… » A chaque prénom lancé, Sengül simule l'oppression. Elle porte la main sur son cœur, entrouvre les lèvres et fait mine de chercher de l'air.

Ce qui a attiré Sengül en Allemagne, c'est la propreté et les hommes. La propreté parce qu'elle est une personne soignée et qui aime l'ordre. Les hommes parce qu'un jour, à Ankara, en rentrant du lycée, elle avait surpris ses voisins, des gens cultivés qui avaient voyagé, en train de raconter à sa mère comment étaient les hommes, là-bas en Allemagne. Sengül a toujours eu un faible pour l'égalité entre les sexes : « En Turquie, ce sont les hommes qui décident pour les femmes – comme si les femmes avaient besoin d'être protégées. Moi, je voulais décider toute seule de ma vie. Et les voisins racontaient justement ce jour-là que les Allemands étaient très tolérants, qu'ils laissaient à leurs femmes la liberté de penser. Les voisins disaient aussi que si un homme aborde une femme à une terrasse de café, il suffit qu'elle lui dise « non » pour qu'il la laisse tranquille. En Turquie, elle peut lui dire cent fois qu'elle ne veut pas, il ne la lâche pas. Il se battra pour elle, qu'elle le veuille ou non. Je n'aime pas les manières primitives des hommes qui viennent des villages d'Anatolie. Ils pensent qu'ils peuvent tout se permettre avec les femmes de la ville. C'est la même chose pour trouver du travail. En Turquie, une femme doit donner quelque chose à son futur patron. Au moins aller dîner et flirter un peu. En Allemagne, pour entrer dans une banque, une femme doit faire ses preuves autrement qu'avec son corps. » Tant de correction dans les rapports entre les sexes lui laisse malgré tout quelques regrets qu'elle ose me confier parce qu'elle pense que je suis dans son camp. La France est le pays de l'amour. Elle le sait depuis qu'elle est toute petite. D'ailleurs, son premier amour était un soldat français en garnison à Baden-Baden : « En Turquie, il faut que je me protège des hommes. Ici, c'est moi qui dois les séduire. En Allemagne, flirter avec une femme est un crime puni par la loi. Les hommes ont peur. »

Je vois souvent un petit monsieur pâle, assis mal à l'aise sur le rebord d'un fauteuil crapaud capitonné. Il fait sa cour silencieuse à Sengül. Affairée à trier les papiers parsemés sur son bureau, elle l'ignore. Elle fait ses comptes, organise ses rendez-vous, bavarde en turc avec ses enfants au téléphone. Cinquante roses blanches étouffent la pièce exiguë. Sengül a calé la gerbe monumentale dans un des vases en cristal qu'elle entrepose, prévoyante, sous l'évier de la cuisine, dans son arrière-boutique. Elle l'a posée en équilibre précaire sur son bureau. Cette frondaison élégiaque l'empêche de suivre le spectacle du trottoir. Elle joue l'exaspérée. Lasse, elle saisit trente roses et flanque cette brassée débordante dans mon panier. Je proteste. Je fonds de pitié pour le petit monsieur figé sur son crapaud. La générosité de Sengül est intraitable : « Tiens, prends-les ! Je t'assure, ça me débarrassera ! » Et je n'ose ni refuser ni regarder dans les yeux le soupirant humilié d'être surpris par une étrangère avec son hommage disproportionné. Il reviendra la semaine prochaine avec des lys.

Sengül plaît aux Allemands. Sa féminité resplendissante les fascine. Quand nous allons boire un capuccino du matin au café Bério, Sengül me prend le bras, s'appuie contre moi et se tord en riant. Je sens la goutte de parfum qu'elle vient d'appliquer d'un geste triple et précis derrière le lobe de chaque oreille, sur le pouls du poignet, dans le lit du décolleté. La crème nourrissante fait luire la peau de ses pommettes rondes. Toute petite, elle danse à mes côtés, dans ses bottines de Mary Poppins lacées sur la cheville. Les hommes se retournent. La fixent. Quand elle s'est fait voler sa bicyclette pour la troisième fois, son marchand de vélos l'a invitée à dîner pour la consoler. Sengül garde dans son portefeuille – entre la photo de sa fille en bikini sur la plage de Susanoglu et celle de son beau-frère moustachu – le cliché Polaroïd de ce dîner. Lui, en gilet de satin, la mange des yeux. Elle sourit, posée là comme une princesse. Sur la table, trois roses rouges et une bougie. Il lui a écrit un poème qu'elle me fera lire. « Gentil, mais pas assez sportif ! » Elle peut se permettre d'être difficile. Pour qu'on ne le lui vole pas, Sengül gare maintenant son vélo tout neuf – son amoureux lui a permis de l'emporter tout de suite et de payer plus tard – sur la moquette bleu nuit de son Zalon, entre le secrétaire Empire et le crapaud.

Je me demande, quand je la regarde imprimer la trace en croissant de lune de ses lèvres carmin sur le rebord de sa tasse, ce qui attire tant les Allemands en elle. Est-ce cette gorge démesurée qui la complexe et qu'elle comprime sans succès en la corsetant ? Ou possède-t-elle tout naturellement ce que tant de Berlinoises émancipées n'ont pas : manucurée, parfumée, coquette, ronde, gracieuse, c'est une fleur bleue d'un autre âge qui prend des airs de femme fatale. Sengül sait flirter à l'orientale, accueillir le regard qu'elle sent posé sur elle depuis un long moment, le repousser, y revenir, feindre de l'ignorer pour mieux le captiver, s'en offusquer quand il devient trop insistant et s'en aller, la taille ondoyante, tout habillée de ce compliment. Sengül trouve qu'en Allemagne le code est moins raffiné. Si la femme fixe en retour c'est « oui », si elle détourne les yeux avec un battement de cil agacé c'est « non », et l'intéressé n'insiste pas. Les Allemands ne sont pas joueurs. Ils n'ont pas le sens de l'érotique. Les voisins d'Ankara avaient raconté qu'en Allemagne les femmes pouvaient se promener dans la rue sans que personne ne les regarde. Mais depuis qu'elle est arrivée à Baden-Baden, Sengül se sent observée. Jeune fille, elle débarquait d'une grande ville, jolie, maquillée et si court vêtue que les passants apercevaient sa petite culotte. « Moderne et soignée, quoi ! s'insurge-t-elle. Les Allemands n'arrivaient pas à imaginer des Turques comme ça. Ils s'attendaient à des femmes voilées jusqu'aux yeux. Je les croyais plus cultivés. »

Réflexion faite, Sengül trouve les Allemandes peu émancipées. Elle n'est pas à une contradiction près : « En Turquie, ce sont les hommes qui portent leurs femmes sur un piédestal. Ils paient leurs soins. Ils admirent leur beauté. » Sengül condamne les largesses que la libération des mœurs a octroyées aux Allemandes : « Chez nous, une femme honnête ne trompe pas son mari. Les femmes turques ne sont pas conscientes de leur propre valeur. Elles savent que les hommes exploitent toujours les femmes. Aucun homme, même ton oncle préféré, ne dira "non" s'il s'agit de sauter au lit avec toi. » Après tout ce temps passé en Allemagne, sa vision des êtres et des choses a fini par être mâtinée de théories féministes. Avoir confiance en soi, se réaliser, s'émanciper des hommes… Non, elle ne se soucie pas de l'avis des autres quand elle a envie de s'habiller et elle défend sa sœur que son mari turc trouve insolente. Elle l'incite à la rébellion. Quand sa fille adolescente a voulu porter le foulard, Sengül a vu rouge : « Une toquade d'adolescente ! L'influence de mauvaises fréquentations à l'école. La minijupe lui va si bien. »

Derrière le petit salon coquet qui donne sur la rue s'ouvre un antre voluptueux et parfumé. Les deux cabines de soins sont isolées par une fine tenture. Un lampadaire à trois abat-jour jaunes éclaire faiblement la pénombre, tandis que sur un magnétophone grésille une musique planante. Quand la bande s'est interrompue d'un claquement sec, elle repart automatiquement dans l'autre sens. Sengül fait alterner la musique méditative et les tubes turcs du dernier été. L'arrière-boutique du Kosmetik Zalon est un voyage en Orient, loin de l'Allemagne un peu glauque au fond de la Fugger Strasse. Un lieu d'intimité moite et chaud où les hommes neutralisés sur la table de massage se plaignent des trop rares tendresses de leurs femmes. Chacune de leurs plaintes est pour Sengül une nouvelle preuve formelle de la dureté des Allemandes. Les Allemands de Sengül sont toujours les pauvres victimes des Allemandes : « Avec moi, ils trouvent ce qu'ils n'ont jamais connu. » Quand les femmes, les jambes surélevées, le visage irrigué par un fin crachin de vapeur tiède, parlent de leurs malheurs avec les hommes, Sengül passe trois gouttes d'huile sur les petits fronts soucieux. Ses clientes sont sympathiques et Sengül se vante de les dépouiller de leur germanité. Accoucheuse de la confession, elle promet la guérison des peines grâce aux vertus de trois ampoules vitaminées, d'un onguent malodorant mais efficace. Sengül aurait aimé être psychologue diplômée. Elle ajoute l'adjectif avec respect. Elle voulait travailler « l'âme et le corps de l'être humain ». Dans le café où elle était l'autre soir avec sa copine Fatima, la conversation s'est engagée avec le voisin de la table d'à côté. Un blond bien né et bien peigné, un peu efféminé et très malheureux. Abandonné par sa femme qui avait emmené leur fils avec elle, il cherche le mariage avec une femme orientale. Il n'est pas pour elle. Trop faible. Ces Allemands, avec leur manie d'inverser les rôles ! Comme Sengül a le cœur large, elle essaie d'arranger les choses avec sa copine Fatima.

« Un Allemand ? Plus jamais ! », a-t-elle pris l'habitude de clamer quand je m'enquiers de ses amours. Sengül a été tant de fois définitive. Avec les Allemands, ça ne marche jamais. Elle vogue de déconvenue en semi-drame. Elle jure qu'elle ne s'y laissera plus prendre. Et à notre prochain rendez-vous au café Bério, la voilà qui fait la timide, laisse battre ses cils peignés au mascara, roucoule et sautille d'excitation en tapant des mains. Elle couve un grand secret. Non, non, elle ne dira rien. J'insiste et ça lui fait plaisir. Non, vraiment. J'insiste encore. Elle raconte quand même, une bribe, puis l'autre, puis toute la vérité. Les résolutions de Sengül sont emportées par la valse de Vienne que lance le haut-parleur. Chaque fois que le mouvement de la valse s'amplifie, Sengül s'élance dans un nouvel épisode de son aventure comme dans un tour de piste. Il l'a invitée à dîner aux chandelles. Il lui a offert des roses. Il n'est pas comme les autres. Pas son genre au premier coup d'œil, mais pas macho et très galant. Une âme sœur. Il est fou d'elle. Il veut l'épouser. Ils se connaissent depuis deux semaines. Sengül perd sa sagesse et ses principes. « Alors, il s'appelle comment ? » Je demande pour la forme. Sengül a complètement oublié sa promesse et la germanité honnie de Günther. Elle prend grand soin, jure-t-elle, de passer les jambes et le pubis de ses amants allemands à la cire d'abeille avant de succomber. Elle n'aime que les Allemands imberbes à la peau de nourrisson. Elle ne supporte que les hommes soignés : *gepflegt*, encore une fois, c'est son adjectif fétiche. Et les Allemands ne le sont pas à ses yeux. De grands gaillards un peu rustres qui ne connaissent que l'eau et le savon et ne savent pas faire la différence entre un gant de toilette et une serpillière. Des barbares sans culture qui lavent leurs pieds et leurs pommes de terre dans la même eau. Sengül prend plaisir à décrire les secrets peu ragoûtants de la cabine de soin : les pustules, les pellicules de crasse et de peaux mortes, les odeurs. Elle force le trait, tisse sa caricature avec cette mauvaise foi renversante qui venge les mille blessures de sa vie d'immigrée.

Le portier silencieux

Sur une feuille de papier quadrillé, la dame du troisième a aligné à la main treize noms et leur bref destin : date de naissance, date de déportation. Trois choses les unissaient : ils étaient juifs. Ils sont morts dans un camp. Ils habitaient la même maison. Locataires disparus de la dernière maison avant que ma rue ne rebondisse sur un cul-de-sac. Avec méthode, la dame du troisième a organisé les rubriques et classé par ordre alphabétique :

Vers Auschwitz :
Hedwig Bachmann 20.7.1900 – le 1.3.1943
Emma Lewy 23.4.1892 – le 1.3.1943
Marianne Lewy 30.4.1923 – le 19.4.1943
Gerhard Winter 18.7.1887 – le 3.3. 1943
Else Winter 6.10.1901 – le 3.3.1943
Rudolf Winter 17.3.1924 – le 3.3.1943.

Vers Theresienstadt :
Jaque Nahaum 21.9.1894 – le 10.3.1944
Alfred Wachsmann 12.12.1881 – le 11.9.1942
Jenny Wachsmann 19.4.1864 – le 10.7.1942.

Vers Riga :
Karl Gotthelf 17.4.1868 – le 25.1.1942
Sofie Guttmann 21.2.1897 – le 19.10.1942.

Vers Sachsenhausen :
Alfred Fürst 28.10.1903 – jour du décès 25.5.1942.

La dame du troisième a voulu réveiller la mémoire. Quand les noms s'effacent, il ne reste plus rien. Elle s'est procuré la liste des anciens locataires juifs de sa maison. Sous le IIIe Reich, la Gestapo prenait grand soin de communiquer à la direction générale des finances de Berlin le nom des Juifs dont elle avait confisqué les biens. Les fichiers, méticuleusement documentés, sont aujourd'hui les seules traces des habitants d'alors. Un matin, la dame du troisième a punaisé sa liste dans l'entrée. Le soir même, elle n'y était plus. Quelqu'un l'avait arrachée. Faisait-elle désordre ? Était-elle collée là sans autorisation ? Ou réveillait-elle de mauvais fantômes ? Alors elle l'a recopiée de sa large écriture triangulaire et l'a repunaisée. Au même endroit. Le soir même, elle a retrouvé sa liste chiffonnée en boule sur le dallage. Elle n'a pas insisté, mais elle a écrit une lourde circulaire qu'elle a glissée dans les boîtes aux lettres de ses colocataires : « Personne dans cette maison ne m'a soutenue, aidée, ou ne m'a au moins proposé sa collaboration. Cela m'écœure de vivre dans une maison où il a été possible d'envoyer treize Juifs à la mort grâce au soutien ou à l'indifférence de leurs colocataires. Cela m'écœure de vivre dans une maison où je suis entourée de voisins qui vivent et agissent dans l'héritage direct des sbires nazis et fascistes. Cela m'écœure de vivre dans un pays où la vie d'un être humain peut être détruite, où sa réputation, son honneur, sa santé, sa patrie peuvent être détruits. Les Allemands n'ont pas changé. » Personne n'a pris garde à cette dénonciation exaltée. « Encore la toquée du troisième qui fait des siennes ! », ont piaillé les colocataires. On n'a jamais su qui avait arraché la liste dans l'entrée.

La maison au bout de ma rue est un de ces immeubles berlinois où le temps semble avoir calé là, brusquement, après la guerre. C'est la seule à avoir résisté aux bombardements. Une rescapée entre deux cubes fonctionnels mis bout à bout à la va-vite dans les années 50 pour boucher la trouée des bombes. Écornée par les éclats d'obus, la dentelle Jugendstil de la façade a été enduite d'un crépi de ciment noir, rugueux maquillage qui l'enlaidit. Ce vilain paquet est rendu plus morose encore par les rideaux opaques qui interdisent les intérieurs aux regards de la rue. Les jardinières de bruyère racornie pourrissent en hiver sur le rebord des fenêtres. En été, la composition des balcons apporte un indice précis sur l'identité des locataires : garde-à-vous serré des pétunias, chaise longue et parasol (sans doute une maniaque du ménage au second). Fouillis vaporeux de feuillages et de fleurs des prés (celui du premier doit être bohème, sa végétation s'épand, grimpe le long des gouttières, ruisselle sur la balustrade). Au troisième, ils se fichent de cultiver un bout de nature infestée de pucerons dans un bac à fleurs. Leur balcon est nu et leurs fenêtres sont fermées. Au rez-de-chaussée ils aiment sûrement les bêtes. Ils ont suspendu un cabanon pour les moineaux à côté de leur porte-fenêtre.

Je ne me serais sans doute jamais postée sur le trottoir d'en face à jouer au petit jeu du : « A qui appartient ce balcon ? » si le *Petit Messager de Schöneberg*, la gazette gratuite de mon quartier, n'avait pas consacré quelques lignes et une photo à l'histoire à la fois triste et consolante que la maison venait de vivre. De la fenêtre en encorbellement de mon appartement, j'ai souvent observé la maison enveloppée dans les bourrasques glacées de l'hiver berlinois. Et, quand la neige s'apaisait, j'allais parfois gravir les escaliers gémissants et fouiner dans l'arrière-cour. De profondes lézardes ont tracé un lacis veineux sur les murs. Sous un auvent, une batterie de poubelles impose son ordre militaire aux ordures ménagères. Trois conteneurs – verre blanc, verre vert, vert brun – invitent à une discrimination obsessionnelle. Pour ne pas assourdir les locataires qui ont fenêtre sur cour, un strict horaire règle le rythme des vidanges. Les bouteilles ne peuvent être jetées dans les poubelles qu'entre 7 heures et 13 heures et de 15 heures à 20 heures. Le dimanche et les jours fériés, la prohibition est totale. Un macaron, petit mais strident, rappelle aux oublieux que les récipients de verre doivent auparavant être débarrassés de leurs couvercles et nettoyés. Un autre autocollant fait une rime moralisante : « Moins d'ordures ménagères, ça aère ! »

Les brouilles de bon voisinage et les petits secrets de palier crépitent d'un étage à l'autre. La guirlande de lumières clignotantes que Wagner et Treichel, les concierges homos de l'arrière-cour, ont suspendue à leurs carreaux pendant la période de l'avent éblouissait le locataire d'en face. Le râleur a déposé une lettre anonyme dans la boîte aux lettres des concierges, leur ordonnant de cesser sur-le-champ cette célébration aveuglante « digne d'une verroterie de grande surface ». Vexés, Wagner et Treichel ont fourré une circulaire dans toutes les boîtes aux lettres conseillant au courageux anonyme, dont ils soupçonnaient bien entendu l'identité, de tirer ses rideaux et de baisser ses volets. La querelle a tenu la maison en haleine jusqu'à la fin du mois de janvier. Pour se venger du plaignant, Wagner et Treichel ont tardé à ranger leurs illuminations. Parfois un « silence » rugissant transperce l'arrière-cour quand les élèves du cours de yoga du rez-de-chaussée bourdonnent des textes sanscrits avec un fort accent allemand. Une maison très folle où chacun vit pour soi et personne ne se connaît. Où certains ne voient jamais la lumière du dehors. Où les veuves austères vous souhaitent « bon appétit » à dix heures du matin. Où l'on glisse des lettres rageuses dans les boîtes aux lettres. Où les circulaires et les mises en garde font des entrechats d'un étage à l'autre. Ces potins de voisinage si drôles dont j'ai accompagné le dénouement au fil des semaines ont un peu atténué la tristesse qui me prenait au ventre chaque fois que je traversais ma rue pour aller rencontrer les locataires de la maison d'en face.

Seul Arvid Erlenmeyer, le psychanalyste bavarois du premier, a été touché par l'appel de sa voisine d'en haut : « Jamais je n'avais pensé à ceux qui avaient vécu dans mon immeuble. Et pourtant, je me suis beaucoup préoccupé de l'holocauste. C'était si simple. J'ai pensé que cette femme nous montrait la voie. Et qu'il fallait s'en occuper. » Arvid Erlenmeyer a pris les choses en main. Il a écrit lui aussi une lettre circulaire, amicale mais ferme, à tous les locataires, leur enjoignant de ne plus arracher la liste et leur proposant d'apposer une plaque commémorative à leur immeuble. Il ne fallait pas les brusquer, les culpabiliser, mais les amener au projet avec précaution. Un mardi soir à huit heures, il a convoqué toute la maison au Lithos, le restaurant grec au bout du trottoir, pour réfléchir ensemble à un moyen de préserver le souvenir des anciens locataires déportés.

Sur les quarante locataires, quatre seulement sont venus : Wagner (ou Treichel ?), la dame du second (ou était-ce celle du quatrième ? les autres participants ne s'en souviennent plus) et Jacqui et Andrew Strutton-Smith, les deux jeunes danseurs du corps de ballet de l'Opéra national. Ce mardi-là était jour de relâche. Elle est australienne. Il est anglais. « Nous trouvions que c'était une bonne idée. Ce qui s'est passé dans notre maison n'est pas uniquement un problème allemand. Le but de cette initiative n'était pas de culpabiliser les Allemands, mais de rappeler pour que personne n'oublie. Ça nous a vraiment touchés. Nous sommes tous concernés. En Australie aussi bien qu'en Allemagne. » Les deux étrangers se sont joints tout naturellement à leurs voisins allemands.

Dirk Wagner est persuadé que le docteur du premier est juif. « Il a ses raisons pour se donner tant de peine. Avec un prénom pareil… et de toute façon, les psychanalystes, c'est bien connu ! » L'héritage paternel d'Arvid Erlenmeyer est encombré de responsabilités. Son père avait combattu comme jeune soldat pendant la Première Guerre mondiale.

Mathématicien et physicien, son père est devenu membre du NSDAP[1] dès l'arrivée des nazis au pouvoir. En 1934, il enseigne à Budapest. Il rencontre sa future femme, fille d'avocats et petite-fille d'un général bavarois. Quand la guerre éclate, il rentre de son plein gré en Allemagne pour participer à l'effort. Il devient météorologue au sein de la Luftwaffe, l'armée de l'air nazie, puis il repart pour Budapest. Au début de la guerre, il est en France, ramène des livres de mathématiques achetés chez les bouquinistes et raconte de joyeux souvenirs à sa famille. Arvid Erlenmeyer raconte sobrement le grand secret de famille qui ne lui avait jamais été révélé : « Mon père n'a jamais voulu parler de son séjour à Budapest. La génération de nos parents est une génération de muets. Il y a trois ans, j'ai découvert, en lisant les lettres qu'il envoyait à ma mère, qu'il était en Hongrie un an avant la fin de la guerre, en 1944 déjà. Du haut de son avion, je suis sûr qu'il a observé les déportations. La Luftwaffe était toujours mieux informée que les autres. Il a certainement assisté à ce qui se passait en ville. Le ghetto, les wagons bondés de Juifs hongrois qui partaient pour Auschwitz, affrétés par Adolf Eichmann assisté par les miliciens des croix fléchées, le Parti nazi hongrois, les centaines de milliers d'exécutions, les terribles massacres. J'imagine qu'il devait savoir ce qui se passait dans les camps. Dans une lettre du 15 novembre 1944, jour de mon premier anniversaire, il écrivait à ma mère : "Le ghetto juif est évacué. Nous redoutons un soulèvement comme à Varsovie." » C'est la seule fois qu'il mentionne les événements terribles qui se déroulaient en Hongrie dans les derniers mois de la guerre. Arvid Erlenmeyer s'est effondré. Il ne s'épanche pas sur ces mois douloureux où il allait dans les librairies compulser les livres sur l'histoire de la Hongrie pendant la Seconde Guerre mondiale. Il est tombé malade et s'est retrouvé chargé d'une « hypothèque morale ».

Deux autres rencontres ont eu lieu au Lithos. Dirk Wagner, qui n'ose pourtant pas trop exposer en public son gros accent berlinois, a pris son courage à deux mains pour donner son avis au docteur du premier. Wagner et Treichel, Berlinois de l'Est, sont venus s'émanciper dans cette rue qui jouxte les quartiers de nuit licencieux des homosexuels de Berlin-Ouest. Après la chute du Mur, Dirk Wagner a eu son « coming out », comme il dit en accentuant à l'allemande la première syllabe et en faisant claquer contre son palais le « t » final. Sur le balcon de sa loge, il a planté le drapeau à bandes multicolores, signe de reconnaissance des homosexuels berlinois, et piqué un faux diamant dans son oreille droite. Éduqué dans la croyance à l'égalité des classes, il a réfléchi. Il aurait préféré une plaque anonyme fixée à l'extérieur de la maison pour que chaque passant la remarque : « C'était une maison bourgeoise, mais les gens avaient sûrement du personnel, juif lui aussi. Et ce n'est pas correct que leurs noms à eux ne soient pas mentionnés. Il y a tellement de monuments à la mémoire des Juifs. Mais ils ne sont pas les seuls à être morts dans les camps. Ça me dérange qu'on ne pense jamais aux homosexuels. Il y en avait sûrement dans cette maison. Parfois je pense que j'aurais pu subir le même sort que les Juifs. » Dirk Wagner n'a pas oublié l'excursion annuelle à Buchenwald organisée par la brigade du combinat où il travaillait. Pour lui, Frau Ernsthaft, la très vieille dame juive du deuxième étage, seule survivante, est certes une « dame allemande ». « Après tout, elle vit ici », concède-t-il. Et sans transition, sur le ton de la confidence, il dit son couplet sur les mauvaises expériences qu'il a faites avec les étrangers. Ceux qui roulent en BMW même quand ils sont au chômage comme lui. Ceux qui ne savent pas se plier aux usages de leur pays d'adoption, comme il le ferait, lui, s'il vivait à l'étranger.

Les autres locataires racontent que les Pankow, de l'arrière-cour, « sont systématiquement contre tout et auraient de bonnes raisons pour rester à l'écart ». Les Pankow auraient quand même objecté, au détour d'un bavardage de palier, qu'une plaque à l'extérieur mettrait tout le monde en danger. Ils redouteraient les graffitis des néonazis, un incendie criminel, un sabotage antisémite. Le danseur de variétés d'avant-guerre, muré chez lui depuis 40 ans avec ses infirmiers, n'a pas compris de quoi il s'agissait. En collants à quatre heures de l'après-midi, Herr Tieg, quatrième, répond en refermant sa porte qu'il n'a « pas le temps à l'instant même de s'occuper du passé ». Frau Horst, la retraitée du premier étage, n'a pas voulu s'en mêler, même si Frau Ernsthaft est depuis des dizaines d'années une agréable fréquentation de palier. Plusieurs locataires ont donné leur accord de principe, mais oublié de s'engager personnellement ou d'apporter une contribution financière. D'autres ont objecté qu'un geste symbolique ne doit pas coûter trop cher. Frau Ernsthaft et les yogis du rez-de-chaussée ont tout de suite fait un don. Peu à peu la question du financement a disparu des circulaires d'Arvid Erlenmeyer. Au bout du compte, ils se sont retrouvés à treize : onze Allemands, une Australienne et un Anglais. Treize locataires d'aujourd'hui, pour ne pas oublier les treize locataires juifs de la maison au bout de ma rue.

Ils se sont mis d'accord pour quelque chose de simple et de bon marché. « Si cela avait été ma maison, songe encore Arvid Erlenmeyer, j'aurais incrusté les noms dans le marbre de l'entrée, dans le corps de la maison. Mais peut-être cela aurait-il été trop esthétique, trop pompeux ? » Les treize n'ont pas voulu non plus d'une plaque légendée. Un petit texte pathétique exprimant la consternation aurait été dérisoire. Alors, ils se sont décidés pour un *stiller Portier*, un portier silencieux. Dans le hall d'entrée des immeubles berlinois qui ne connaissent pas les loges de concierges, un panneau recense étage par étage le nom des locataires pour guider les livreurs. Arvid Erlenmeyer est allé passer commande au menuisier Siegfried Suin de Boutemard. Siegfried parce qu'en mars 1942 c'est Hitler qui dictait la mode dans le choix des prénoms des nouveau-nés. Suin de Boutemard parce que son ancêtre français, Armand, fut le comédien favori de Frédéric le Grand, roi de Prusse, qui invita le nobliau de Chalon-sur-Saône à prendre résidence dans son château de Rheinsberg. Siegfried n'est pas fier de son ancêtre, dont le portrait – « une peinture à l'huile dans un beau cadre » – était suspendu avant la guerre dans une antichambre du château de Charlottenburg, jusqu'à ce que les Russes l'emportent. « C'étaient des cochons, dit-il de ses ancêtres. Ils étaient continuellement bourrés avec plusieurs femmes dans leurs lits. Et en plus ils étaient pédés. » Pour réparer les débauches de leur scandaleux aïeul, le grand-père et le cousin de Siegfried sont devenus pasteurs. Siegfried Suin de Boutemard porte mal son nom éblouissant. Il s'en excuse en passant un pull-over taché de gras pour cacher les boursouflures de son ventre. Sous les tubes de néon de son atelier situé au sous-sol, il boit sec un flacon de schnaps après l'autre, en alternant de temps en temps avec une gorgée tiède de vin blanc. Le psychanalyste d'à côté est son meilleur client. Il s'en réjouit : « J'ai fait des étagères et des petits travaux pour tous les psychanalystes de Berlin. C'est une clique et ça rapporte ! » Quand Arvid Erlenmeyer vient lui exposer son projet, il se sent concerné. La première fois et la seule – il avait treize ans – que Siegfried demande à sa mère de lui raconter ce qu'elle a fait sous le IIIe Reich, elle lui jette une serpillière trempée en pleine figure et s'écroule en sanglots.

Siegfried Suin de Boutemard déterre, dans l'éboulis de son atelier, une porte d'acajou massif qu'il s'était mise de côté pour une grande occasion. Il en fait un cadre : « plus beau que ça, vous ne trouverez pas ! », et conseille à Arvid Erlenmeyer une vitre en Plexiglas : « C'est plus cher que le verre, mais ça résiste mieux aux vandales. » Siegfried Suin de Boutemard essuie du revers de sa manche ses yeux rougis. « Elle a au moins pleuré, ma mère ! La plupart des Allemands n'ont même pas ce courage-là ! » Je ne sais pas si c'est le souvenir de l'odeur rance de la serpillière qui s'abattit un jour sans prévenir sur son visage d'enfant curieux ou l'incessant ballet des flacons de schnaps qui le met dans un tel état d'émotivité. L'histoire de la maison d'en face l'a accompagné pendant tout l'automne. Pour écrire les treize noms au pochoir, il a refusé d'être payé. C'est sa contribution à lui : « Parce que j'ai honte de cet État de merde. Il ne s'agit pas d'accuser qui que ce soit. Et pas non plus de pleurnicher sur le passé. Mais de faire quelque chose pour que ces gens ne soient pas oubliés. Un boulot de chien de recopier tous ces noms ! » Siegfried Suin de Boutemard s'est tant appliqué qu'il a écorché l'orthographe du « Jaque » de Theresienstadt.

Grimpé sur une échelle, le concierge Wagner a fixé le « portier silencieux » dans le vestibule tapissé de marbre clair, à côté de l'ascenseur paralysé depuis la guerre. « Un peu trop haut pour qu'on puisse le lire facilement », pinaille Schneider, le kiné du rez-de-chaussée. Un dimanche matin de novembre, l'inauguration a eu lieu. Cinquante personnes se sont serrées entre les tables de massage repoussées le long des murs du cabinet de kinésithérapeutes, un ancien bordel de luxe où venaient jadis s'ébattre, dit-on, les hauts fonctionnaires de la mairie de Schöneberg. La dame du troisième est restée chez elle. Elle ne veut plus parler de cette affaire qui l'écœure. Elle a entamé une procédure pour être déchargée de la nationalité allemande et fait une demande pour obtenir le passeport français. Dirk Wagner, qui « n'aime pas se mettre en avant », n'a fait que passer, devancé par Tino, le chien-loup, pour contrôler que tout se déroulait dans l'ordre. Me Deuble, avocat-notaire et propriétaire de la maison, a transmis son accord et ses bons vœux et regretté de ne pouvoir assister à la cérémonie. Siegfried Suin de Boutemard est venu admirer son œuvre. Frau Ernsthaft, encadrée de deux solides matrones et coiffée d'un petit chapeau coquet, toute guillerette d'être de sortie, se demandait ce qui se passait de si inhabituel ce jour-là. « Mais est-ce que quelqu'un sait ce que nous attendons tous ensemble dans ce couloir ? », a-t-elle interrogé d'une voix forte au moment le plus émouvant de la cérémonie. Les autres ont étouffé un rire gêné. Erna Proskauer, ancienne locataire émigrée en Palestine en avril 1933, était ce jour-là, pour la première fois depuis son retour à Berlin, après la guerre, revenue dans la maison de sa jeunesse. Elle a refusé d'entrer dans le cabinet du Dr Erlenmeyer. C'est là qu'elle s'est mariée en 1930. Elle n'a pas eu la force de revoir les pièces vidées de meubles et pleines d'images de jadis. Elle a fait trois pas dans l'école de yoga où habitaient ses amis juristes, émigrés avec elle à Haïfa. Parce qu'elle est très bavarde, elle a raconté une poignée d'anecdotes en passant d'une pièce à l'autre : « J'ai emménagé jadis dans un appartement meublé par ma belle-mère. Je suis si petite que j'ai été obligée de scier tous les meubles. Et mon mari se moquait de moi : “Voilà encore Erna qui vient couper quelque chose !” Elle n'a pas reconnu les noms inscrits sur le portier silencieux et en a déduit que les Juifs qui habitaient la maison en même temps qu'elle avaient probablement réussi à s'enfuir. Depuis son retour, Erna Proskauer, la plus vieille avocate de Berlin, ne s'est plus jamais sentie chez elle en Allemagne. La maison de Schöneberg est un souvenir dont elle ne veut pas s'émouvoir. Erna Proskauer, 93 ans, a fixé de ses gros yeux pochés Lilli Ernsthaft, 94 ans : « Elle ne se souvient plus de moi. Je ne me souviens plus d'elle. »

Un voisin est venu chercher l'inspiration pour faire la même chose dans sa propre maison. Dans sa tête, Siegfried Suin de Boutemard faisait déjà le calcul : plus de 6 000 juifs ont été déportés dans ce quartier. Cela fait au minimum 20 à 30 portiers silencieux. S'il en fabriquait plusieurs en série, il serait même en mesure de proposer un prix de gros. Deux dames de la mairie de Schöneberg ont dit quelques mots de circonstance. Arvid Erlenmeyer a déposé une gerbe et prononcé un discours qui le rapprochait de sa propre histoire : « Nous espérons que les gens qui regarderont le panneau commémoratif apposé dans cette maison, peu importe de quel côté se trouvait leur famille sous le IIIe Reich, seront à nouveau capables de penser, de sentir, de se mettre à la place des victimes, de poser des questions. Nous espérons que ce panneau contribuera à entreprendre un travail de deuil salutaire. »

Certains locataires ont été agacés par le tour trop officiel et thérapeutique donné à cette « petite cérémonie ». Ils auraient préféré quelque chose de plus discret. Entre soi. Nikola Rudolph, la bibliothécaire du quatrième, a trente ans et ne se sent pas directement responsable du crime commis il y a cinquante ans : « J'en veux un peu à Herr Erlenmeyer de s'être accaparé cette histoire. C'est bien sûr très confortable qu'il se soit occupé de tout à notre place. Mais c'est aussi dommage. Je n'aime pas cette façon qu'il a de nous forcer la main en sous-entendant : "C'est justement parce que vous êtes allemands que vous devez le faire !" Ça donne un tour très lourd à cette modeste initiative. » Nikola Rudolph souffrait ce jour-là d'une peine d'amour perdu le matin même. Elle qui ne se sentait pas vraiment le cœur à déclamer, elle a lu à voix haute les treize noms dans l'entrée. Deux journalistes ont fait des photos. Et tout le monde est allé boire un coup au Lithos. « C'était un peu la même ambiance qu'après un enterrement. Une étrange veillée mortuaire, sans que nous soyons vraiment tristes. Nous avions l'impression d'avoir fait du bon travail », se souvient Andrew Strutton-Smith. « La mémoire avait pris une forme plastique », dit Bernd Schneider. Les profs de yoga, ex-militants de toutes les nobles causes soixante-huitardes, ont été soulagés aussi : « Ça a été étrange de réaliser que des choses si terribles se sont passées dans la pièce si harmonieuse où nous donnons nos cours. Ce panneau a quelque chose d'apaisant, de réjouissant presque : après tant d'années, ce qui s'est passé dans cette maison a été exposé au grand jour. Un sentiment que justice a été faite. Enfin ! »

La maison porte maintenant la marque de son passé. Le double des habitants de jadis fait face au panneau portant le nom des actuels locataires. La cérémonie n'a pas vraiment rapproché les locataires. Ils ont repris leurs vieilles habitudes, se chicanent en douce et se saluent proprement dans la cage d'escalier. Comme si presque rien ne s'était passé. Siegfried Suin de Boutemard se plaint de l'avarice des Allemands, « ces maîtres du refoulement et de l'impénitence ». Seuls deux immeubles du quartier ont copié l'initiative. Le menuisier noie sa déception dans un fleuve de schnaps et de métaphores tonnantes : « Un feu de paille, cette cérémonie ! », « Le poison des parents coule encore dans les veines des gens de ma génération ! », « Pourtant, quand Hitler parlait au palais des Sports, à deux pas d'ici, la salle était pleine comme un œuf ! ». L'autre jour, Jacqui et Andrew Strutton-Smith, qui rentrent en Australie cet automne, ont filmé le portier silencieux avec leur caméra-vidéo. Un souvenir de Berlin pour la famille de Medindie Gardens. Nikola Rudolph raconte que les amis qui viennent la voir lui demandent la signification du panneau : « On en parle un peu. C'est important de ne pas oublier. Dans ma bibliothèque, un jeune est venu me voir la semaine dernière. Il voulait un livre sur le IIIe Reich. Je lui ai donné un livre qui s'intitule *Les Juifs et le Nazisme*. Il a fait les yeux ronds et m'a répliqué que je m'étais trompée d'époque. Il ne savait pas que c'était la même chose. Je me suis dit : reste calme, Nikola, et explique-lui tranquillement. Maintenant que le portier silencieux est là en bas de l'escalier, je me demande souvent qui a vécu dans mon appartement. C'est une idée qui me rend très mal à l'aise et j'essaie de ne pas trop m'imaginer ce qui s'est passé chez moi. C'est comme un film d'horreur. L'histoire commence de façon idyllique dans ce beau quartier si calme et se termine dans l'épouvante absolue. Auschwitz est quelque chose de tellement horrible que j'ai du mal à faire un lien avec ma propre vie. Six millions de Juifs, c'est une statistique. Mais quand je m'imagine ce qui s'est passé dans ma maison de Schöneberg, soudain l'histoire des Juifs devient très présente. »

Au début, cette idée de portier silencieux m'avait agacée. J'y voyais encore un signe de la lourdeur des Allemands, le résultat crispé de cette mauvaise conscience permanente qui les pousse si souvent à des commémorations de mauvais goût. L'insoluble conflit des Allemands avec l'Allemagne. Tout ce que la République compte de chroniqueurs n'est-il pas déjà en train de s'entre-déchirer depuis des années sur la nécessité d'ériger sur la Potsdamerplatz à Berlin le premier monument national à la mémoire des victimes de l'holocauste ? Ils ne sont d'accord ni sur le nom à donner au monument (monument national aux victimes de l'holocauste ou monument commémoratif aux Juifs exterminés d'Europe ?), ni sur l'emplacement (la Potsdamerplatz, en plein cœur du nouveau Berlin, n'est-elle justement pas trop centrale ?), ni sur la dimension (une gigantesque plaque de marbre ou quelque chose de plus discret ?), ni sur l'architecture, ni sur les victimes à honorer (les Juifs seulement ? les Tziganes et les homosexuels aussi ? et les communistes et les sociaux-démocrates ?), ni sur le financement. Je m'attendais au même débat en miniature. J'imaginais une maison divisée en deux camps : les moralistes rongés par la culpabilité s'efforceraient d'expier la faute allemande, avec cette manie exaspérante de toujours vouloir « bien faire » qui bien entendu les conduit à faire forcé et tarabiscoté. Et les refouleurs professionnels qui, eux, me refermeraient leur porte au nez en me jetant un « pas au courant » agressif. Mais petit à petit, au fil des visites dans la maison d'en face, je me suis sentie touchée par la simplicité du geste. Et je me suis posé, de retour dans mon immeuble, les mêmes questions que Nikola Rudolph : qui s'est baigné là dans ma salle de bain ? Qui tremblait le soir dans la cuisine parce que les cousins, les amis avaient déjà été arrêtés ? Combien ont été rassemblés dans l'arrière-cour au petit jour ? Et si ce n'était pas une famille juive qui vivait dans mon appartement ? Les locataires étaient-ils alors membres du parti, antisémites ardents ? Ou suiveurs planqués ? L'holocauste prenait une terrible dimension quotidienne.

Dans mon quartier, 6 069 Juifs ont été déportés de 1941 à 1945. Le recensement est précis, fiable, consigné dans de lourds registres. Dans une maison sur deux, la Gestapo est venue les chercher. D'autres se sont suicidés pour ne pas partir. Certains ont réussi à se cacher ou à émigrer à temps. 16 000 juifs vivaient avant la guerre dans le quartier de Schöneberg, dans ce Bayerisches Viertel, le quartier « bavarois », bien fréquenté et huppé, construit tout de neuf au tournant du siècle. Dans les hautes maisons aux pâles façades couleur de sucre d'orge, enguirlandées de moulures en stuc et de balcons ronds portés à bout de bras par de vigoureuses caryatides, vivaient médecins, avocats, notaires, industriels, intellectuels. La bourgeoisie juive assimilée pesait lourd parmi les notables de la capitale. Ces « Juifs de trois jours » qui n'allaient à la synagogue que trois fois par an et se proclamaient *deutschnational*, bons patriotes allemands, ont mis longtemps, beaucoup trop longtemps, à tirer les conséquences des brimades que leur chère Allemagne leur infligeait. Dans les arrière-cours fétides, à l'autre bout de la ville, autour de la grande synagogue de l'Oranienburger Strasse, les « nouveaux » Juifs de l'Est, pauvres et pratiquants, avec leur fort parler yiddish et leurs petits métiers, avaient surnommé le beau quartier la « Suisse juive » – avec une pointe d'envie et l'espoir fou d'aller y vivre un jour. Les locataires de la maison au bout de ma rue s'enorgueillissaient d'un illustre voisinage. Wilhelm Reich était un voisin jusqu'à son départ pour la Norvège en 1933 : il avait son cabinet quelques maisons plus loin dans la même rue. Son collègue Erich Fromm exerçait, lui, sur la Bayerischer Platz. Billy Wilder a vécu pendant un an sur la Viktoria-Luise-Platz avant d'émigrer aux États-Unis, et Walter Benjamin dans la Kurfürstenstrasse avant de s'exiler à Paris en 1933. Albert Einstein a vécu au numéro 5 de la Haberlandstrasse, en face de chez Gisèle Freund. Une bombe a soufflé sa maison. Sur le mur de l'immeuble neuf reconstruit après la guerre, une plaque rappelle que le savant a vécu là de 1918 à 1933 avant de profiter d'un voyage à l'étranger pour ne plus jamais revenir.

Lilli Ernsthaft est trop petite et trop myope pour lire les noms moins illustres portés par le portier silencieux. Elle connaissait pourtant l'otorhinolaryngologiste du rez-de-chaussée, disparu du jour au lendemain, et le salon de modiste de sa belle-mère, dans l'appartement du dessous, qu'occupe aujourd'hui Frau Horst. Leur nom n'est pas inscrit sur la liste. Ont-ils émigré ? Quand, à petits pas hachés, elle fait le tour des trois grands salons en chapelet qui composent son appartement, les souvenirs distendus par le temps se resserrent et remontent en brusques hoquets. En 1942, son appartement a été réquisitionné de force pour loger les familles juives expulsées de leur appartement « aryanisé ». La Gestapo les regroupait là dans cet « appartement juif » en attendant la déportation. Les divans damassés et les buffets d'acajou sont imbibés de souvenirs. Le portier silencieux a fait renaître les noms que Lilli Ernsthaft avait oubliés. Dans le fumoir logeaient une mère et sa fille. Emma Lewy avait 50 ans et sa fille Marianne 19 ans. Dans le salon de musique vivaient Gerhard et Else Winter. Elle croit se souvenir, mais elle n'est plus très sûre des noms. Leur fils Rudolph dormait dans la chambre de bonne, tout au fond du couloir de 11 mètres qui appartient aujourd'hui à l'appartement d'à côté. La porte du couloir a été murée (les vieux appartements berlinois sont trop spacieux pour les maigres familles d'aujourd'hui. Ils ont été coupés en deux). A côté du vestibule, dans la petite pièce, transformée aujourd'hui en cuisine, vivait un vieux monsieur de plus de 70 ans, Karl Gotthelf. Lilli Ernsthaft, son mari et son fils se sont retrouvés confinés dans la *Berliner Zimmer*, cette grande pièce qui fait l'angle et relie les pièces d'apparat de l'avant aux chambres des domestiques et à la cuisine à l'arrière. Arvid Erlenmeyer a bien essayé de recomposer l'histoire des treize locataires : où habitaient-ils avant d'être parqués ici ? Combien de brimades et de pertes avaient-ils déjà connues ? Mais il n'a glané, en recoupant les dates, que peu d'informations et beaucoup de questions. Karl Gotthelf a été déporté vers Riga le même jour qu'Ida Lewinsky. Étaient-ils parents ou amis ? Marianne et Rudolph, les deux jeunes gens de la maison, étaient-ils amoureux ou déjà fiancés ? Quand Marianne, la fille, est arrivée à Auschwitz un mois et demi après Emma Lewy, la mère, celle-ci était-elle déjà morte ? Quand sont-« ils » venus les chercher ? A quelle heure du jour ou de la nuit ? Arvid Erlenmeyer n'a retrouvé aucun témoignage, et Lilli Ernsthaft ne s'en souvient plus.

Lilli et Heinrich Ernsthaft ont eu de la chance. « C'est un miracle que nous ayons survécu, » dit Lilli Ernsthaft avec la voix chevrotante des presque-sourds. De temps en temps son récit vacille, s'éteint presque dans un chuchotement rauque. Elle reprend brusquement son élan et freine à nouveau, quelques phrases plus loin, pour happer une bouffée d'air, la bouche entrouverte, les veines du cou saillantes. Seule la constance de son regard bleuté apaise les spasmes de sa voix : « Mon mari était beaucoup plus âgé que moi et très malade. Nous avions un affidavit pour l'Amérique, mais mon mari n'a jamais voulu émigrer. Il était allemand. Il n'a jamais voulu croire que ses compatriotes allaient un jour le persécuter. Le Doktor Goebbels a décidé que 250 Juifs, vieux et malades, auraient le droit de rester à Berlin. Je me suis toujours demandé pourquoi. C'est sans doute la seule bonne action qu'il ait jamais accomplie de sa vie. Je suis donc restée auprès de mon mari à l'hôpital juif de Berlin. Au début, nous allions tous les jours lui rendre visite. Mais comme les Juifs n'avaient pas le droit d'emprunter les transports en commun, nous faisions deux heures et demie de marche. Un jour, je suis allée à la police pour demander si nous pouvions prendre l'autobus. J'ai eu droit à un "non" catégorique. Comme tous les jeunes Juifs, mon fils a été obligé de quitter l'école et de travailler. Il est devenu éboueur. »

« On ne savait pas tout. Mais la vie était déjà assez terrible comme ça. Interdiction d'aller au cinéma, au théâtre, de s'asseoir sur un banc public. Un jour, un homme est venu nous chercher. Je lui ai montré la dispense qui nous avait été délivrée. Et je me suis mise à trembler. Il a ri. Et je lui ai dit que j'aimerais bien savoir s'il rirait encore si, en rentrant chez lui ce soir, ses parents n'étaient plus là. Nous étions tellement nerveux. Tous les jours on entendait des histoires terribles. Un jour mon fils a été interpellé dans la rue. On l'a parqué avec d'autres Juifs à la gare de la Lehrter Strasse. Alors mon fils s'est dit : “Maintenant tu tentes ta chance.” Il s'est enfui et a couru jusqu'à la maison où ses valises étaient déjà bouclées. Il est venu nous voir à l'hôpital juif où je travaillais alors comme réceptionniste. Le cousin de mon mari, dont la fille était élevée chrétiennement, a caché mon fils pendant une semaine. Mais cela devenait trop dangereux. Pendant les bombardements, Harry ne pouvait pas descendre à la cave parce qu'il n'était pas enregistré dans la maison. Une bombe a arraché le lit de sa chambre. » Lilli Ernsthaft a caché son fils Harry chez son ancienne gouvernante, Fraulein Grete, à la campagne : « Elle a fait preuve d'un courage colossal ! » En tendant un à un ses doigts dont les ongles portent encore le reflet déteint d'un vernis rose, elle compte les étapes de la vie des siens. Pendant deux ans et demi, Harry a vécu dans un grenier. Heinrich Ernsthaft est mort en 1947, quelques jours avant leurs noces d'argent. Et Harry est mort en 1978 d'une leucémie aux États-Unis, où il avait émigré après la guerre.

« Prenez donc un carré de chocolat pour vous fortifier ! » Lilli Ernsthaft casse brusquement son récit pour donner un ordre offusqué et simuler l'étonnement : « Mais vous n'aimez pas grignoter ? » Elle raconte sa minceur passée, lisse de la paume de la main sa robe vert d'eau en s'attardant sur ses hanches osseuses, s'affole de sa propre gourmandise, joue la coquette. C'est sa façon à elle de reprendre courage avant de buter sur la tristesse qui ne s'est pas asséchée au fil des années : « C'est dans ce grenier humide et glacial où il s'est caché qu'il a trouvé sa mort ! » Lilli Ernsthaft s'est rendue à New York pour chercher les cendres de son fils. Dans l'avion qui la ramenait en Allemagne, elle a posé l'urne sur ses genoux et l'a serrée très fort contre son ventre. A Berlin, elle a enterré Harry aux côtés de Heinrich, au cimetière juif de Weissensee, à Berlin-Est. « A mon mari tant aimé et si bon père », a-t-elle gravé sur la tombe. A leurs côtés Elsbeth Doller, sa mère, a été enterrée virtuellement. Elle est morte à Theresienstadt, quatre jours après son arrivée dans le camp. Lilli Ernsthaft ne sera jamais sûre de la date. Son corps n'a pas été retrouvé, mais Lilli Ernsthaft a un jour confié à Arvid Erlenmeyer que pour l'anniversaire de sa mère, le 27 janvier, le même jour que l'empereur Guillaume, elle avait envoyé un gâteau à Theresienstadt et n'avait jamais eu de réponse. Elle en déduit aujourd'hui que sa mère était déjà morte. Quand Lilli Ernsthaft a vu à la télévision une séquence montrant une femme en chemise de nuit en train de sauter de la fenêtre d'un baraquement de camp et se laisser tomber dans l'eau glacée, elle a eu le sentiment que c'était comme cela que sa mère était morte.

La sonnette en bronze de la porte d'entrée porte l'initiale commune aux deux prénoms qui lui sont chers, « H. Ernsthaft ». H comme Heinrich. H comme Harry. Comme s'ils vivaient encore un peu là, près d'elle. Voilà 74 ans que Lilli Ernsthaft habite la même maison. Elle est née à deux pas, dans la Motzstrasse. Elle est allée au lycée Chamiso pour jeunes filles sur la Barbarossaplatz au bout de la rue. Un graffiti bave aujourd'hui sur la façade de l'école : *« Nazis raus ! Uberall ! »* (nazis dehors ! Partout !) Lilli Ernsthaft a emménagé dans la maison de Schöneberg en épousant le chanteur d'opérette Heinrich Ernsthaft, premier locataire de la maison neuve construite en 1902. « Quel âge avais-je… il faut que je calcule. 22 + 92 - 4. Oui, cela doit être ça. 24 ans. Ou bien plutôt 20 ? Avec les dates je ne me débrouille plus tout à fait. » Souvent Lilli Ernsthaft s'interrompt pour reprendre cette pénible arithmétique dont elle seule saisit la logique. Toute gracieuse et douce, elle s'est mariée là et accompagnait tous les jours son chanteur d'opérette sur le piano à queue Bernstein aujourd'hui désaccordé. Il sert de reposoir aux bouquets de dahlias qu'elle reçoit en cadeau de ses visiteurs. Les partitions sont encore empilées dans une commode. Quand Lilli Ernsthaft ouvre les deux battants de la porte vitrée, une odeur de papier flétri se jette dans la pièce.

Berlin, frivole, ne pensait alors qu'à s'amuser. Heinrich chantait *La Chauve-Souris*, dirigé par Johann Strauss, et chantonnait les airs libertins de Friedrich Hollaender et de Walter Kollo, son voisin d'en face. Lilli Ernsthaft allait écouter Caruso à l'Opéra d'Unter den Linden. L'Allemagne avait encore le cœur léger. Lilli Ernsthaft aime se souvenir de ces temps-là. « Berlin était tellement plus beau qu'aujourd'hui. Pas si turbulent. Pas autant de voitures. Nous allions beaucoup au théâtre, au Deutsches Theater, au Wintergarten, au Metropol. Nous faisions de beaux voyages à Paris. J'étais très, très heureuse. Mon mariage était une vraie réussite. J'ai rencontré mon mari dans la Traunsteiner Strasse. Quel numéro ? Je ne me souviens plus. C'est la maison qui est en train d'être rénovée. On la voit de la fenêtre de ma cuisine. Huit jours plus tard, nous nous sommes retrouvés par hasard à l'arrêt de bus. Et pendant des mois nous avons fait le trajet ensemble. J'étais dactylo, il était devenu gérant d'une brasserie. En chemin, il chantonnait pour moi toutes les opérettes qu'il connaissait. Il s'est glissé dans mon cœur en chantant. J'avais 17 ans. Ou 18 ? Mon mari était plus âgé que moi et déjà marié. Nous avons dû attendre. Nous nous sommes mariés en 1922. En 1924 est né notre fils Harry. »

Lilli Ernsthaft se tient bien droite sur le rebord de son fauteuil trop profond pour elle. Jadis, dans les bonnes familles prussiennes, on enseignait aux jeunes filles qu'il est mal élevé de s'adosser. Le café de l'après-midi est son dernier cérémonial. Sur la nappe brodée, Lilli Ernsthaft a disposé le service de porcelaine avant mon arrivée. Elle manque de s'ébouillanter avec l'eau chaude qu'elle verse sur les grains de café soluble dans nos deux tasses. Quand elle rajuste sa chevelure duveteuse, les manches papillon de sa robe battent joliment de l'aile. Le nom si lourd que lui a donné son mari (*ernsthaft* signifie « sérieux », « grave ») ne va pas du tout à ce prénom aigu qui lui ressemble. Lilli... une jeune femme insouciante dont le nom annonce les sombres brumes qui vont venir voiler sa vie. Au-dessus du divan couvert de coussins où elle passe ses courtes nuits, elle a accroché la photo de Harry, petit garçon joufflu en marinière de velours et collerette de dentelle blanche. Il chevauche les genoux de son père un peu guindé. Lilli Ernsthaft préfère se souvenir de ces jours légers où elle était heureuse. Les camps ? Les brimades contre les Juifs dans le Berlin des années 30 ? Sa mémoire fait un crochet. « A la télévision, ils se sentent obligés de réchauffer tout cela tous les jours. Et chaque fois cela réveille mon chagrin. Tous les gens dans cette maison ont été tués. En Pologne. Tous. Ça a eu lieu et il ne sera jamais possible de les remplacer. » Lilli Ernsthaft ne nomme jamais les camps par leur nom. Elle parle de « la Pologne » comme d'une banale destination de voyage. L'ellipse rend la douleur plus supportable.

Un toasteur, une cuisinière, la télévision et le téléphone sont les seuls intrus de la modernité dans ce musée des années 20. L'échelle des ondes du poste de TSF est encore à la dimension du Reich, quand l'Allemagne allait de Breslau à Magdebourg. Sur le bureau de son mari sont déposés deux petits souliers d'enfants coulés dans du bronze. C'était la mode, en ce temps-là, de conserver ainsi les premières chaussures des enfants. Sur le vaisselier du fumoir, elle montre la photo des amis chers. La famille Kutschera, qui tenait la pâtisserie-confiserie à la mode sur le Kurfürstendamm. Une « bonne fréquentation », dont Lilli Ernsthaft est encore fière aujourd'hui. Dans un allemand élégant (elle parle l'allemand de la République de Weimar, s'amusent ses colocataires), elle aime raconter les dimanches après-midi dans la vaste villa des Kutschera aux bords du Wannsee. Quand Harry courait avec Karin et Gert dans le parc et que les hommes jouaient au billard, Lilli et son amie babillaient sur le canapé du salon. Lilli, en robe de velours noir, un bouquet de fleurs épinglé à la bretelle gauche, entourant d'un bras délicat l'épaule de son amie. Lilli Ernsthaft montre dans un cadre ovale en émail la photo de Karin, un ruban noué autour du front. « Pologne », traduit-elle. Quand elle voit à la télévision les images de skinheads défilant dans les rues allemandes, la vieille dame a peur que tout recommence.

Lilli Ernsthaft est toujours d'humeur égale. Elle n'a pas la méchanceté soudaine des vieux. « Il n'y en a plus pour longtemps », prévient-elle à chaque visite, mais elle se réjouit toujours de parler un peu de Harry, de Heinrich, de montrer ses albums de photos, et par-dessus tout de prendre mon bébé dans ses bras : « Un bébé, chez Ernsthaft ! Ils doivent en faire une tête, les voisins ! » Alors ils m'oublient tous les deux, tout occupés à piailler avec leurs petites voix aiguës si semblables et à se regarder. Lui voit ce visage plissé un peu effrayant qui s'avance tout près du sien. Elle caresse de sa joue la peau si douce qui vient de naître. Cela fait si longtemps que Lilli Ernsthaft n'a pas tenu un bébé contre elle. Harry n'a pas eu d'enfants. Une fois seulement, je l'ai surprise qui murmurait « Harry ! Harry ! » dans le cou du petit. Une assistante sociale de la communauté juive vient lui rendre visite une fois par semaine pour la conduire en voiture chez l'ophtalmologiste et le dentiste. Deux fois par semaine, un repas chaud lui est livré. Le jour de son anniversaire, Lilli Ernsthaft dresse de sa plus belle dentelle la table basse du salon de musique et reçoit. Les hommes parlent politique et affaires du jour dans le fumoir autour de boulettes de viande berlinoises, tandis que les femmes bavardent dans le salon de musique devant l'éponge rose vif d'un biscuit aux fraises. La réception d'anniversaire est chaque année une épreuve. Trois jours avant, Lilli Ernsthaft ne dort plus la nuit. Le jour même, elle est abasourdie, posée dans un fauteuil trop grand pour elle. Elle se laisse embrasser, tourne mécaniquement la tête quand un « Joyeux Anniversaire, tante Lilli ! » jaillit de derrière un bouquet de roses et demande, quand tout le monde est parti et que seule sa nièce s'affaire encore à la cuisine, si quelqu'un sera auprès d'elle quand son heure sera venue. C'est le seul jour de l'année où la lumière du salon de musique reste allumée tard après la tombée de la nuit. Le reste du temps, elle vivote seule dans ses souvenirs.

Quand elle a quitté son poste de sténotypiste et de réceptionniste à l'hôpital juif, en mai 1945, son supérieur hiérarchique lui a remis un certificat louant « sa rapidité d'exécution et le travail honnête, soigné, sérieux et correct » qu'elle venait de fournir. Lilli Ernsthaft est fière de cet hommage si marqué par son époque. A la mort de son mari, Lilli Ernsthaft est revenue habiter avec son fils son appartement de Schöneberg. Elle est tout de suite allée se faire enregistrer au commissariat de police de fortune installé dans la maison d'en face. Pendant les 6 ans de guerre, l'appartement était resté enregistré au nom de Heinrich Ernsthaft. Les fenêtres n'avaient plus de vitres et le parquet était délabré. A-t-elle jamais songé, après la guerre, à quitter l'Allemagne ? La question lui semble saugrenue. Elle ne se l'est d'ailleurs jamais posée : « Je suis quelqu'un de très conservateur. Je veux vivre là où je suis née et où j'ai toujours vécu. Je suis allée une fois en Israël, mais c'est à Berlin que je veux vivre. » La seule mention du mot « maison de retraite » la fait toussoter de terreur : « Dans ma vie je n'ai habité que trois appartements. Mon Dieu, faites que je puisse rester chez moi jusqu'au dernier moment. » L'appartement miraculeusement sauvé est tout ce qui lui reste du temps passé. Depuis la guerre, Lilli Ernsthaft va régulièrement à la synagogue : « Pour remercier Dieu de m'avoir épargnée. » Qui, des voisins, était plus ou moins nazi ? Qui a dénoncé ? Qui s'est réjoui ? Qui s'est tu ? Qui a détourné les yeux pour ne pas avoir à s'en mêler ? Lilli Ernsthaft n'a jamais voulu le savoir : « Personne ne nous a jamais fait de mal dans le quartier. Je suis en bons termes avec les voisins. » De la guerre, plus personne n'en a jamais parlé avec elle. Pas de remarques désobligeantes. Pas de regrets contrits. Pas de gêne démonstrative. Ils ne savaient même pas, les colocataires, avant la cérémonie d'inauguration du portier silencieux, que la vieille dame aux bonnes manières du second était juive.

Aller-retour

Derrière les rideaux de tulle blanc gonflés par le vent d'été comme des jupons de première communiante, les voyageurs regardent filer les plans saccadés du décor de leur enfance. Une forêt pâle striée de bouleaux blancs. Une mer ondulante de roseaux. Les petites gares de brique rouge. Un vol d'oies sauvages sur les tourbières fendillées par la sécheresse d'août. Une formation triangulaire de canards plonge dans la mare. Un bœuf tirant sa charrue, attelage moyenâgeux, remonte lentement la nervure du sillon. Les meules de foin font la roue dans l'immensité des champs. Et les nuages dodus comme les angelots des paradis de Tiepolo culbutent dans le ciel bleu pur. Ils retrouvent ce lieu mythique. Les *Lieder* de la chorale paroissiale et les poésies mièvres qu'ils apprenaient par cœur à l'école ne leur avaient pas menti : la Prusse-Orientale est une très grande beauté triste.

Le wagon-restaurant du rapide Berlin-Kaliningrad ressemble à un bordel dont l'apparat flétri n'envoûte plus la clientèle. Les globes safran des appliques dessinent des ovales clairs sur les banquettes de velours rouge sang. Sur chaque table, le même arrangement essaie de faire oublier la laideur profane du Formica : trois roses en plastique piquées dans une flûte de porcelaine sur une nappe de dentelle rose vif. La serveuse polonaise trop fardée ondule de table en table. Elle serait presque aguicheuse. Mais l'illusion est gâchée, au-dessous du genou, par des sandales montantes lacées sur des socquettes blanches jusqu'au mollet poilu. Elle sert des brochettes de porc épicées dans des barquettes en carton. L'odeur de graillon imprègne le capitonnage des banquettes. « Heiligenbeil ! », « Gross Hoppenbruch ! », « Ici, ici, Ludwigsort ! »... De temps en temps, un passager rugit le nom d'une localité identifiée. Son cri étouffe la lambada que grésille le haut-parleur suspendu au-dessus du bar. A l'approche de chaque village, le train ralentit, avance au pas. Un gang de gosses russes se suspend un moment aux portières des voitures. D'autres courent le long du train et fourrent dans un sac en plastique les barres de chocolat et les chewing-gums que les *Tourist* leur lancent des fenêtres. La même volée émerveillée de mômes qui découvrirent les GI's lorsqu'ils débarquèrent, perchés sur leurs camions, dans la France libérée. Les gosses se roulent sur le sol, se battent dans la poussière et retournent se percher, avec leurs petites têtes rasées et leurs nuques brûlées par le soleil, sur le remblai qui longe la voie ferrée. Le train passe. *« Guten Tag ! Guten Tag ! »* Leurs rires broient le salut brutal qu'ils hurlent comme un juron aux voyageurs flattés.

Une tablée bruyante joue à un difficile jeu de piste. Ils croient reconnaître. Ils ne sont pas très sûrs. Hésitent. Avalent une gorgée de Königs Pilsener pour irriguer leur mémoire. Se contredisent. « Brandenburg ! » « Non, non, pas du tout. Nous avons à peine passé la forêt ! » Ils retrouvent l'école, l'église, les fermes trapues. Ces repères ont survécu. Ils s'y agrippent pour redonner sa configuration d'antan à ce paysage décomposé par le temps. Un retraité en bermuda a l'œil soudé à l'objectif de sa caméra-vidéo depuis le lever du jour. D'autres, les traits tirés par la mauvaise nuit de couchette, sont inquiets de revenir pour la première fois depuis tout ce temps. Un couple de vieux, face à face, pleure, les mains nouées en travers de la table. Un monsieur sentencieux a déplié côte à côte sur la dentelle de la nappe deux cartes d'état-major : la région de Königsberg, 1937. L'Oblast de Kaliningrad, 1991. Passe un alignement touffu de jardinets, le mince filet d'une clôture en bois, des murs couleur pastel. Derrière les rondeurs légères du tulle qui se bombe et retombe, défilent la corde à linge, les cousines aux tresses blondes, le chemin de l'école, la balançoire sous le tilleul du jardin. Certains ont préféré rester dans le couloir. Devant les vitres baissées, ils s'enlacent pour se donner de la force. La houle des rails berce leur étreinte.

Ils se sont retrouvés hier soir sur le quai de la Bahnhof Zoo de Berlin. Avec leurs sacs à dos parés d'écussons, « Alpes bavaroises », « Tyrol », « Canton d'Appenzell », trophées d'autres randonnées dans le monde germanique, leurs valises à roulettes et leurs cannes, ils formaient un petit groupe nerveux, serré au bout du quai. Sous leur chemise écossaise, une enflure à hauteur de poitrine dénonce la pochette pendue à une cordelette autour de leur cou. Ils y mettent à l'abri leur passeport, leur contrat d'assurance-rapatriement et leurs Marks. « Le Russe est voleur », ont-ils appris. Ils ont des histoires abominables de pickpockets et de mafiosi plein la tête. A côté de l'Intercity Berlin-Hambourg qui glisse sur le quai d'en face, le Berlin-Kaliningrad fait figure de vaisseau à remonter le cours de l'histoire allemande. 700 kilomètres, en traversant la Pologne. Cinquante ans de machine arrière. Depuis que Moscou a décidé, le 1er janvier 1991, d'ouvrir aux étrangers la zone militaire de Kaliningrad, hermétiquement fermée depuis 1945, ces Allemands que les Russes ont baptisés pour s'en moquer, parce qu'ils trouvent burlesque tout cet étalage de mélancolie, les « touristes de la nostalgie », reviennent arpenter en troupes disciplinées les rues de cette cité si longtemps interdite où ils sont nés et qui les a chassés.

Le 2 août 1945, les accords de Potsdam partagent la Prusse-Orientale allemande entre la Pologne et la Russie. Le Nord de cette région, où l'âme allemande s'est en partie forgée, est rattaché à l'URSS. Königsberg, la ville d'Emmanuel Kant et de E. T. A. Hoffmann, est désormais soviétique. La totalité de la population allemande est expulsée, forcée d'abandonner ses biens et sa terre. L'Armée rouge procède au nettoyage systématique de la région. Les derniers expulsés quittent la Prusse-Orientale en 1948. Beaucoup périssent en chemin. Les nouveaux habitants sont amenés de toute l'URSS. La grande majorité sont des Russes. Il y a aussi des Ukrainiens, des Biélorusses et quelques Lituaniens. Moscou fait de Baltijsk (ancienne Pillau), port libre de glaces toute l'année, la base navale qui abrite la flotte de la Baltique. Certes, les Allemands de Prusse-Orientale ont refait leur vie dans la Ruhr ou le Schleswig-Holstein, mais ils n'ont jamais oublié Tilsit, Insterburg, Gumbinnen, Cranz et Tapiau, les bourgades de leur jeunesse. Le mal du pays perdu n'a jamais cessé de les tenailler.

Ils reviennent. Le directeur d'une petite agence de voyages de la Forêt-Noire, passionné par la vie du rail, n'avait pas oublié l'existence de la « voie du Reich », une voie ferrée centenaire dont les Russes limitaient l'usage à de rares convois militaires et au transport de marchandises. Il a surmonté avec obstination les chicaneries des bureaucraties polonaises et russes. Au début, les autorités polonaises ne voyaient pas d'un œil très rassuré ce cordon ombilical reconstitué entre la Prusse-Orientale du Nord, sevrée de force par les Alliés, et Berlin, la mère de la nouvelle Allemagne unifiée. Avant, les trains faisaient un ample détour par le poste frontière polonais-biélorusse de Brest pour se rendre à Kaliningrad. Le fou du rail a obtenu une dérogation spéciale pour emprunter la voie directe. Depuis 1994, une liaison régulière a été établie. Le train de nuit quitte la Bahnhof Zoo tous les soirs à 22 heures. Au bout du voyage, les babouschkas et leurs paniers d'amulettes d'ambre et de cartes postales écornées attendent l'arrivée de l'équipage venu de la lointaine Allemagne. Les enfants tendent des bouquets de chrysanthèmes aux dames. Elles posent un pied hermétiquement chaussé dans la poussière russe.

A l'hôtel Jaïka, les Allemands sont logés exclusivement entre eux. La villa allemande, dans le quartier résidentiel d'Amalienau épargné par les bombardements et rebaptisé quartier d'Octobre, est un îlot de luxe et de confort réservé aux Allemands. Les camaraderies de voyage se scellent à grands coups de chopes de bière entrechoquées. Les complicités se tissent de table en table, les clans se forment. Ils vivent la même aventure, ils viennent du même pays, ils ont connu la même tragédie. Ils fraternisent, ils s'interrogent sur la qualité des matelas trop courts, trop mous, affaissés au milieu, crevés sur le côté. Ils rient des défaillances de la tuyauterie que l'on entend gronder dans la nuit à tous les étages. Hier soir, ils se sont lavés à l'eau froide : ils avaient manqué l'eau chaude qui ne coule qu'entre 7 et 10 heures le matin. Ils s'épouvantent des gaz salés de l'eau minérale avec laquelle ils se brossent les dents parce qu'ils ont peur du plomb que contient l'eau du robinet. Ils racontent le crissement du tramway qui les a tenus éveillés toute la nuit. Ils font mine de s'affoler de la faiblesse du rouble et sont éblouis par la titanesque puissance de leur Mark. Ils s'étonnent que les communications téléphoniques locales soient gratuites et que le tortillard qui les conduit aux stations balnéaires de la Baltique soit si bon marché. Avec une délectation chaque matin renaissante, ils comparent les prix « chez eux/chez nous », « chez nous/chez eux »... sans jamais se lasser, avec cet acharnement du nanti qui l'a échappé belle. Et ils maudissent *Der Russe*, ce Russe malpropre et paresseux qui leur a cassé leur pays.

Devant la porte de l'hôtel Jaïka, une armada de « guides » – des chômeurs russes qui bredouillent trois mots d'allemand et qui ont transformé leur Lada en taxi – font le guet et attendent d'être choisis par « leur Allemand ». Très vite, chacun choisit son guide préféré et adopte un ton paternaliste. « Notre Sascha est si serviable », « Notre Sergej est toujours ponctuel », « Notre Anatoli connaît la région comme sa poche », « Notre Aljoscha, un ancien officier de la flotte de la Baltique, nous a invités à prendre le thé chez lui. Vous ne pouvez pas imaginer : six personnes vivent dans un trois-pièces… et les toilettes… Je n'ai pas osé m'asseoir ! » Apitoyés par leur gentil Russe, ils lui offrent, en plus de son salaire journalier en Deutsche Marks, un paquet de Jakobs Kaffee. Du vrai café allemand, moulu, conservé sous vide dans un emballage flamboyant. J'aimerais peser un jour les tonnes de Jakobs Kaffee que les Allemands ont saupoudré dans les tasses de l'Oblast de Kaliningrad.

Les Allemands reviennent par escadrons généalogiques. Le grand-père, son fils et son petit-fils. La vieille mère flanquée de ses deux filles. Les frères et sœurs encore vivants, en excursion familiale pour la première fois depuis l'enfance. Le pasteur qui traîne de force son fils exaspéré. Hilde est venue toute seule, comme chaque année. Les hôtes ne connaissent que son prénom, et les grelots de son rire envahissant. Institutrice à la retraite, elle est le boute-en-train de l'hôtel Jaïka. Quand elle est à Königsberg, Hilde retrouve son visage de petite fille en état de perpétuelle extase. Les pommettes hautes, la peau fraîche et les cheveux blonds et frisés, elle rajeunit. Elle ne vient pas seulement pour voir, mais pour aider. Avant elle était la marraine d'une bonne œuvre en Afrique, maintenant elle prend chaque été la route de Kaliningrad. Armée d'une grande valise (« 30 kilos de surcharge ! » triomphe-t-elle en posant son bagage devant la réceptionniste de l'hôtel), elle part à la traque aux nécessiteux. C'est tout simple : elle débarque dans les villages, se pose sur la place et demande à la ronde : *« Sprechen Sie deutsch ? »* Car Hilde n'aide que les Allemands. Les Allemands de la Volga, arrivés là d'Asie centrale. Pour eux, Kaliningrad, c'est presque l'Allemagne. Hilde est tout émue quand elle pénètre dans leurs maisons : « Typiquement allemand. Propre et soigné. Les enfants sont bien élevés, les petites filles ont des rubans dans les cheveux. Il y a des fleurs sur la nappe blanche et ils m'ont invitée à prendre le thé et des mûres au sirop. *Herrlich !* » Hilde a remarqué que les hommes se privaient de manger pour qu'il y en ait assez. En récompense, elle donnera deux paquets de Jakobs Kaffee supplémentaires. Chaque matin, elle s'en va dans la Lada de Sascha. Ce voyage annuel à Kaliningrad est le couronnement de toute une année d'efforts pour remplir sa valise. Dans la Ruhr où elle habite, Hilde a organisé son réseau. Elle collecte, nettoie, repasse, classe, ordonne. Hilde récupère tout : vêtements pour adultes, pour enfants, layette pour bébés, stylos à bille, gommes, chaussures, jouets, réveils à pile, tubes d'aspirine, Bibles de poche, barrettes et pinces à cheveux. Sa dernière acquisition : quatorze brosses à dents raflées pour elle par le mari d'une amie qui effectuait un voyage d'affaires en première classe sur la Lufthansa. Au bout d'un an, Hilde a fait le plein et repart à Kaliningrad avec sa grosse valise et son grand cœur. Hilde n'a connu la giclée aigre de la jalousie qu'une seule fois dans sa vie de dévotion. Quand Helmut, un mineur de la Ruhr, a coordonné le financement de pissoirs pour son ancienne école. Une prouesse humanitaire qui a laissé Hilde mortifiée : 40 000 Marks de lavabos, tuyauteries, robinetteries, vis et boulons acheminés d'Allemagne. La valise de Hilde ne pesait tout à coup plus bien lourd. Et les écoliers russes honorent la mémoire de leur bienfaiteur : « Je vais chez Helmut ! », annoncent-ils, quand ils vont asperger leurs urinoirs tout neufs.

Hilde en pince pour le pianiste géorgien de l'hôtel Jaïka. Il a un côté Elvis Presley pour thés dansants, avec sa chemise mauve à large col, ses pantalons évasés et sa chevalière en toc. Les fox-trot et les rumbas rappellent à Hilde le bal du bac, sa robe de satin bleu et ses anglaises, son air de gourde et la peur de faire tapisserie toute la soirée. C'est chaque soir le même rituel : d'un dodelinement de la tête, le beau aux cheveux gominés sur les tempes signifie à Hilde que les *Lieder*, il ne les joue que pour elle. *Es dunkelt schon in der Heide* (Quand le jour se couche sur la lande), *Änn-*

chen von Tharau (Annette, la petite gardeuse d'oies de Tharau), *Das Wandern ist des Müllers Lust* (la randonnée fait le plaisir du meunier). Les ballades sentimentales allemandes chantent l'angélisme de la nature, la bonté divine et la fidélité à la *Heimat* souvent délaissée. A chaque saison son motif : les trilles des petits oiseaux du joyeux mois de mai. Les moissons blondes de l'été. Le tapis de feuilles mortes de l'automne. Les sapins couverts de neige en hiver. Hilde est la première à reprendre le refrain. Elle entre en transe. Les autres la suivent : *« Nun Ade, du mein lieb Heimatland.* (Adieu mon pays bien-aimé. Je pars vers des rivages étrangers. Accompagne-moi, fleuve tant aimé. Mon pays bien-aimé, adieu. Sois triste que je prenne la route. Sur la pierre couverte de mousse, dans la vallée boisée, je te salue une ultime fois. Cher pays, adieu.) Les soirs de grande exaltation, les tablées se regroupent et entonnent un canon à trois voix.

Tard dans la nuit, sur le palier du troisième étage, Hilde et le petit groupe des anciens qui se retrouvent chaque année enjolivent leurs souvenirs d'enfance, pendant que les belles de nuit russes mises à la disposition de la clientèle par la direction de l'hôtel se faufilent dans certaines chambres. Le fils du pasteur est attentif aux disparitions soudaines : « Tiens, tiens, Horst s'est éclipsé. J'ai vu une longue chevelure rousse qui s'engouffrait avec lui dans la chambre 25. » Il préfère encore tendre l'oreille à ces bruissements de couloir et écouter les litanies des anciens sur le palier que de lire Kant aux côtés de son père, dans la chambre. Hilde est la reine de ces veillées entre deux étages. Elle s'est mise à l'aise dans ses chaussettes blanches en éponge, comme à la maison. Elle rince et range chaque matin, sur le rebord de la baignoire de sa chambre, les petits verres à liqueur qu'elle pose le soir sur la table basse du palier. Avant de partir, elle a glissé dans sa valise trois bouteilles de schnaps. Elle reprend chaque soir depuis le début le récit de l'exil qu'elle avait pourtant achevé la veille. En 1945, son père – « oublions sa profession », nous ordonne-t-elle pour parer à toute demande d'explication indiscrète – organise la fuite de la famille par le chemin de fer, via le Danemark. Un privilège inouï. Par la fenêtre, Hilde voit les colonnes de réfugiés qui avancent au pas sur les routes gelées. Quand elle se sera bien assurée de la bienveillance de son auditoire, Hilde avouera un soir que son père était fonctionnaire, membre du parti, puis SS. La famille va s'installer dans la Ruhr. Hilde a toujours fait la différence : « La Ruhr c'est chez moi, c'est là que j'ai ma maison. Mais ma *Heimat*, c'est la Prusse-Orientale. » Je n'ai jamais aussi bien senti tout le raffinement du mot *Heimat*. Un grand mot si exclusivement allemand qu'il est intraduisible. Gonflé de regrets et d'intimité, il évoque à la fois l'innocence perdue de l'enfance, la chaleur du foyer, l'adoration maternelle et les odeurs du terroir. Un mot porteur de racines, un paradis perdu, un lieu aimé et protecteur, le seul où Hilde se sente chez elle, en paix. Un mot qu'il faut oser tant il est lourdement chargé. *Heimat* appartient encore au lexique des mots tabous, souillés par le national-socialisme. Un mot dévalorisé, à condamner moralement ou à balayer d'un sourire narquois. Trop sentimental, trop kitsch, il parle d'alpages et de culottes de peau, de tresses blondes et de cours de ferme.

La première fois qu'elle est revenue à Königsberg, dès l'ouverture des frontières, Hilde n'a pas osé entrer dans sa maison. Elle n'a vu, à travers les grilles rouillées, que les lambeaux du jardin de sa mère. La mauvaise herbe poussée à hauteur d'homme avait défait la belle ordonnance du plant de salades et du carré de fleurs. « *Ach*, a pensé Hilde, mieux vaut que la Mutti ne voie pas ça. » Hilde reprend, dès qu'elle descend du train, son accent de Prusse-Orientale, à peine émoussé. Elle s'est offusquée de ce que « le Russe » ait transformé la Luisenkirche, où elle a été confirmée, en théâtre de marionnettes. L'église d'Amalienau a pris le nom de Louise, reine de Prusse et épouse de Frédéric-

Guillaume III. Hilde raconte les carrousels déglingués et les escarpolettes en fer forgé rouillé de la triste fête foraine à l'emplacement du cimetière. Elle condamne aussi la Juditter Kirche qui s'est parée d'icônes et reconvertie à l'orthodoxie. Hilde refuse par principe d'appeler Königsberg Kaliningrad. Le nom russe lui reste en travers de la gorge. Chaque soir, elle pleure sur les fraises au sirop de sa mère qui, en ce temps-là, avaient encore du goût ! Et les baignades dans le Haff de Courlande, le long de ce ruban de sable fin qui relie Kaliningrad à Klaïpeda la lituanienne, jadis Memel l'allemande. Thomas Mann et ses enfants passaient leurs vacances dans une maison perchée sur les dunes. Le fils du pasteur me promet que, dans une minute, Hilde va évoquer ses après-midi de patins à glace. Et Hilde enchaîne : « Et sur le fleuve Pregel gelé tout l'hiver nous allions... »

Hilde et sa clique ressuscitent les galettes de pommes de terre à la compote de pomme – *« Ach Kartoffelpuffer mit Apfelmus ! »* –, les harengs marinés dans une crème aigre au goût de vache, le *Marzipan*, la pâte d'amandes de Königsberg, et les *Klopse*, ces boulettes gélatineuses de pain rance et de viande nappées d'une sauce épaisse aux câpres. L'*Ostpreussenblatt*, la feuille hebdomadaire à laquelle ils sont abonnés en Allemagne, leur donne la météo de là-bas et bataille contre les hommes politiques ouest-allemands, vendus de l'*Ostpolitik*, qui n'ont rien fait pour récupérer leur pays sacrifié sur l'autel de la réconciliation germano-russe. Furieux qu'en ancrant la RFA à l'Ouest Konrad Adenauer ait provoqué la dérive du centre de gravité de l'Allemagne vers la France et les Pays-Bas, les expulsés découpent encore l'Allemagne dans ses frontières de 1937. La RDA n'est pas l'Allemagne de l'Est, mais leur « Allemagne centrale ». La vraie Allemagne de l'Est, ce sont les territoires perdus en 1945 : Poméranie, Prusse-Orientale, Silésie. Ils n'ont pas vraiment pardonné au chancelier Kohl d'avoir, au lendemain de la chute du Mur, reconnu une fois pour toutes la frontière Oder-Neisse[1]. Les faire-part de décès publiés par l'*Ostpreussenblatt* portent, au-dessous du nom des enfants et des petits-enfants en grande tristesse, une épitaphe vibrante d'amertume : « Ils sont morts loin de leur *Heimat*. »

Les bombardements, les baluchons empilés dans les poussettes et les carrioles de ferme, l'accouchement sauvage de la mère sur le chemin de la fuite, le viol de la grand-mère tenu secret pendant toute une vie, les brutalités des *Rotarmisten* dans les villages pillés et décimés, la tante arrivée de Prusse-Orientale avec ses cinq enfants et logée dans le salon pendant des mois nourrissent la chronique de bien des familles allemandes. On estime à plus de 2,5 millions le nombre d'Allemands expulsés en 1945. Ils gardent une haine féroce pour *Der Russe* rouge et brutal, le couteau entre les dents. Ce voyage dans la Kaliningrad vaincue de la guerre froide vient pour la première fois saper ce fantasme. La gentillesse de Sergej, l'amabilité d'Anatoli les surprennent. Devant l'hôtel Jaïka, des femmes sans formes et sans âge vendent pour quelques roubles des bouquets d'œillets fatigués, cinq pommes, des cigarettes américaines à la pièce. Les nids-de-poule des rues d'Amalienau ont un mètre de profondeur et les villas s'effritent chaque hiver un peu plus. Ça sent la mauvaise essence, la pisse de chat et le produit désinfectant. « Et si nous étions restés... », pensent les touristes en silence devant le délabrement d'Amalienau. Je réalise combien cette Prusse-Orientale est une pièce maîtresse pour reconstituer le puzzle éclaté de l'identité allemande. Bien que, depuis le traité de Versailles, la Prusse-Orientale ait été physiquement séparée de l'Allemagne par le corridor de Dantzig, ses habitants se sont toujours sentis profondément allemands. Les Junkers, ces grands propriétaires terriens de vieille noblesse allemande, ont participé étroitement, de Bismarck à Hindenburg, à la vie politique du Reich. « Ce sont aujourd'hui des orphelinats ou des pensionnats pour enfants handicapés », annoncent les

Russes devant les façades néoclassiques mitées de leurs châteaux. Comme si cet usage caritatif justifiait l'expropriation. Ce culte de la patrie qu'entretiennent les expulsés de la Prusse-Orientale n'a jamais été très bien vu par l'Allemagne repentante et effrayée d'elle-même. Ceux qui osent afficher publiquement leur mal du pays risquent de se faire traiter de revanchards. Leur club, l'Association des expulsés, a d'ailleurs la réputation d'être un vivier de l'extrême-droite aux desseins expansionnistes.

La Prusse-Orientale fait peur à tout le monde : aux Polonais qui voient avec effroi la Russie et l'Allemagne se tendre à nouveau la main au-dessus de leurs têtes, et redoutent un nouvel anéantissement. Aux Russes, ambigus : attirés par le gain, ils ont trop besoin du capital allemand pour se payer le luxe de faire les difficiles. Mais ils craignent aussi que l'Allemagne ne décrète un *Anschluss* économique sur cette enclave lointaine coincée entre la Pologne et la Lituanie. Aux Français, qui voient une région en voie de regermanisation rapide, déjà asservie économiquement à la puissante Allemagne qui fomente le vilain projet de la ravir aux Russes. A l'ouverture des frontières, les rumeurs les plus folles avaient circulé. Le gouvernement russe aurait offert à Hans-Dietrich Genscher, ministre allemand des Affaires étrangères de l'époque, de racheter le territoire de Kaliningrad à un prix avantageux. Bonn avait démenti, et Boris Eltsine rappelait que cette terre était russe et le resterait. C'était l'époque où Friedrich-Wilhelm Christians, alors patron de la Deutsche Bank et enfant de Königsberg, bataillait dur pour faire de la région une « zone franche ». La comtesse Marion Döhnhoff, fondatrice de l'hebdomadaire *Die Zeit*, et fille d'une vieille famille d'aristocrates de la Prusse-Orientale, revenait au pays avec, dans ses bagages, la statue en bronze de Kant destinée à l'université de Kaliningrad. Dans un étonnant plaidoyer, la comtesse rouge proposait la création d'un condominium Königsberg. La souveraineté serait exercée, par exemple, par la Russie, l'Allemagne, la

Pologne et la Lituanie. L'Allemagne pouvant, si cette combinaison faisait naître trop de craintes, être remplacée par la Suède.

Chaque matin, les touristes s'en vont essayer de reconstituer dans les rues défigurées de Kaliningrad la topographie de Königsberg. Pendant que Hilde disparaît avec sa valise, Ellie Schmidt s'en va à pied dans sa ville natale. Elle a un peu peur de ne plus s'y retrouver. A 70 ans, elle a quitté son pavillon de la banlieue de Bonn et revient, pour la première fois depuis la fuite, au pays de son enfance. Elle a cherché longtemps un accompagnateur pour la protéger pendant ce voyage chez le Russe. Et puis Ellie Schmidt s'est mariée, il y a trois mois. Son alliance n'a pas encore la patine des années. Son très vieux mari prend le rôle de chevalier servant qui lui a d'emblée été assigné. Le retour à Königsberg est leur voyage de noces. Ellie Schmidt a les jambes couleur saumon boudinées dans l'épaisse maille de Rilsan d'un bas de maintien. Elle s'appuie sur une canne.

La majestueuse capitale de la Prusse-Orientale allemande est méconnaissable. La « perle de la Baltique », copieusement bombardée par l'aviation britannique en août 1944, prise par l'Armée rouge le 10 février 1945, et recluse pendant plus de quarante ans derrière le rideau de fer, est devenue le 4 juillet 1946 Kaliningrad, du nom du fidèle officier de Staline. Le petit père des peuples a fait rebâtir une cité socialiste modèle, un lacis d'immeubles gris serpillière et de zones industrielles. Les carrés de béton de la ville soviétique ont poussé sur les décombres de la vieille ville hanséatique, opulente, cultivée. Les chevaliers teutoniques y construisirent une place forte, les rois prussiens y furent couronnés et Kant ne la quitta jamais. De 700 ans d'histoire, il ne reste plus rien. Königsberg a été cassée, brûlée, bombardée, aplanie, dépecée, broyée, écrasée, rasée. Écrit à l'imparfait, le guide que feuillette Ellie Schmidt conseille de fermer les yeux et d'imaginer le décor d'avant 1945. On dirait que le négatif de la vieille Königsberg est projeté sur la nouvelle Kaliningrad, et que l'image en noir et blanc apparaît en transparence sous la ville moderne. Sous l'immeuble anodin au bord de l'eau, Ellie Schmidt devine le Park Hotel où elle a dansé sa première valse. Maïakovski, notent les guides russes, y passa une nuit. Sous la discothèque où la jeunesse russe vient danser, le week-end, la Vieille Bourse bleu pastel. Sous le musée de la capitulation de Königsberg, le dernier bunker du dernier commandant de la forteresse Königsberg, le général d'infanterie Otto Lasch, qui abandonna le combat le 9 avril 1945. Sous le fin gazon des jardins publics, les cimetières allemands rasés. Les Russes ont préservé le tracé des rues, mais elles ont été rebaptisées. Chaque rue porte donc un double nom, inséparable tandem qui associe le Leninprospekt au Steindamm, le Gwardejskiprospekt au Deutschordenring, le Prospekt Mira à la Huffenallee. Sous les Russes, les guérites qui abritaient les toilettes publiques de l'Empire sont devenues des postes de police. Cela amuse beaucoup Ellie Schmidt. Il n'est pas rare de voir des dizaines d'Allemands sortir en trombe de leur autocar pour prendre d'assaut les bureaux devant les policiers russes médusés. Les maisons hanséatiques du centre-ville ont disparu. Reste un théâtre, le palais de justice où l'avocat Karl Liebknecht défendit neuf fonctionnaires sociaux-démocrates accusés de sympathiser avec les idées de Lénine. La statue de Schiller, légendée en caractères cyrilliques, est une pièce maîtresse de ce douloureux repérage. Soucieux de gommer toute trace du passé allemand, Brejnev a fait dynamiter le château, « symbole de la Prusse, du fascisme et du revanchisme ». A sa place trône maintenant un monstre de béton, en travaux depuis plus de vingt ans, que les habitants de Kaliningrad exaspérés ont affublé de maints sobriquets : « maison des Soviets », « bouffeuse d'argent », « ruine de l'investissement », avec cet humour triste que mettent les Russes à se peindre eux-mêmes dans l'adversité. Le 1er avril, le gouvernement de l'Oblast a proposé aux propriétaires de datchas de venir se servir et d'emporter gratuitement le matériel. Les stratèges de Kaliningrad rêvent toujours d'en faire un centre international de *bisiness* – ils articulent chaque syllabe avec grand respect. Les pans de mur de la cathédrale gothique n'ont dû leur survie qu'à la tombe de Kant enterré là, seul rescapé de cette russification forcenée.

Sur la place Kaiser-Wilhelm, rebaptisée place de la Hanse, rebaptisée place Adolf-Hitler, rebaptisée place des Trois-Maréchaux (Shukow, Wassiliewski, Rokossowski), rebaptisée place des Vainqueurs, la statue de Lénine est toujours là, vissée sur son socle. Le journal local polémique depuis des années sur la nécessité d'un déboulonnage. Les parades militaires du 1er Mai se sont tues sur cette esplanade immense. Lénine supervise les grèves de la faim des minorités ethniques, les attroupements autour des disciples de Krishna et les coups de gueule démocratiques des paysans et des enseignants. L'immeuble qui abritait jadis le quartier général de la Gestapo est devenu le siège du KGB et les forts militaires ont troqué la *Svastika* contre l'étoile rouge, puis le drapeau russe. Les officiers de l'Armée rouge tuent le temps en déambulant par grappes désœuvrées, le képi serti d'un liseré rouge relevé sur le front. De plus en plus débraillés, ils s'agglutinent autour des marchands ambulants qui vendent des bombes de laque, des flacons de vernis à ongles, des T-shirts pseudo-Chanel et des insignes « American Navy ». Les officiers se laissent aller à cette enivrante initiation aux joies de la consommation. Ellie Schmidt a du mal à déceler le spectre du *Rotarmist*. Seuls les beaux marins en uniforme bleu et blanc de la flotte de la Baltique qui viennent manger une glace, tenant leur fiancée endimanchée par la main, ont encore un reste de panache.

Ellie Schmidt est désemparée. Ce voyage qu'elle espérait tant est trop douloureux. Devant la gare centrale, qui fut jadis l'une des plus grandes gares d'Europe reliant Berlin à Saint-Pétersbourg et Riga à Varsovie, son visage s'illumine enfin. Elle raconte, comme si les années n'avaient pas compté : « J'étais ici pour la dernière fois le 1er novembre 1944. J'ai accompagné ma patronne au train qui partait pour Berlin. » Elle se rappelle que l'élégante épouse du propriétaire terrien pour lequel elle travaillait comme fille de ferme avait, dans la précipitation, trébuché sur le carton à chapeau dont elle avait obstinément refusé de se séparer. Quelques mois plus tard, en février 1945, l'hiver est rigoureux. La jeune Ellie et son maître fuient devant l'arrivée de l'Armée rouge. « Je me souviens que la charrette sur laquelle était assise une femme avec ses trois enfants a été brusquement engloutie dans la mer glacée, en traversant l'estuaire. En trois minutes, plus aucune trace. La glace s'était rompue sous leur poids. C'était horrible. Notre patron nous a crié : "Courez, les filles, aussi vite que vous pouvez !" » Alors elles ont couru pendant plusieurs jours, jusqu'à Swinemünde.

Le lendemain, Ellie Schmidt prend un guide. Volodia la conduit dans son village natal de Domnau, dans la belle campagne. Elle revoit les cigognes, les allées de chênes, les marronniers sur les places des villages, les champs de tournesol et de blé cultivés à l'ancienne, et cette plaine vertigineuse qui prend la fuite vers l'est, sans qu'aucun obstacle ne vienne freiner sa course jusqu'à la Sibérie. Le taxi traverse Swetlogorsk (Rauschen), station balnéaire tchékhovienne tapie dans la pénombre d'une forêt sablonneuse de hauts bouleaux et de pins. Sur les vérandas des villas en bois couleur abricot, les hommes lisent le journal au soleil. La chaleur matinale monte doucement, flétrit la fougère des sous-bois et fait jaillir, par bouffées acides, l'odeur de pisse de chat. Des dictons très allemands et très pieux sont encore gravés dans la charpente des façades. A l'entresol des villas des colonies de vacances russes, j'aperçois les capelines blanches des cuisinières qui touillent la soupe aux choux malodorante du midi. Ellie Schmidt désigne d'un index approbateur la tentative des Allemands de ramener un peu d'ordre et de civilisation dans cette grande désolation russe.

Au bord d'un sentier, je découvre le même triumvirat de poubelles que dans mon arrière-cour berlinoise : la grise, la jaune, la bleue, alignées là par une firme allemande prise de pitié. Mais le Russe a l'âme rebelle. Ellie Schmidt est horrifiée par les débris de bouteilles vides et les épluchures répandus autour des poubelles.

Quand la voiture arrive à Domnau, Ellie ne voit plus qu'un grand trou de ciel bleu sur le talus où se dressait jadis l'élégante demeure de ses maîtres. L'Armée rouge, pressée d'éliminer toute trace de l'ancien maître des lieux, allemand et capitaliste de surcroît, l'a rasée dès 1945. Une fermière ukrainienne bat son linge sur un lavoir. « Rien n'a survécu », dit-elle : aucun meuble, aucune pièce de vaisselle, pas même les deux lions de plâtre qui rugissaient au bas des marches du perron. Ellie Schmidt fourre dans un sachet plastique du supermarché de Bonn une poignée de terre : « Pour ma cousine, trop âgée pour faire le voyage. » L'église de brique rouge a été transformée en silo à grains. Ellie Schmidt jure que, de retour à Bonn, elle fera un don à sa paroisse qui collecte le dimanche pour la renaissance des lieux de culte de Prusse-Orientale. Le kolkhoze a converti la fabrique en appartements. Quelques pas plus loin, l'imposant monument aux soldats de l'Armée rouge tombés dans la lutte contre le IIIe Reich. Une statue représente deux *Rotarmisten* savourant le repos du guerrier, appuyés sur leurs armes. Ils veillent sur un arc de cercle de plaques de marbre noir. Dans chaque village, les touristes sont confrontés au marbre où est gravée leur faute.

Ellie Schmidt a beaucoup pleuré durant cet éprouvant voyage. Elle a retrouvé chaque soir avec soulagement la compagnie des siens dans la salle à manger de l'hôtel Jaïka. Le zèle de Hilde l'a réconfortée. Elle a abondamment pesté contre *Der Russe*, qui lui a tout pris. Les compagnons de l'hôtel Jaïka mènent encore leur petite guerre froide, entre eux, le soir, sur le palier du troisième. Ellie Schmidt reconnaît – bien sûr – que Hitler « et sa bande » n'étaient que de « sinistres voyous » et qu'ils ont provoqué la guerre. Quel gâchis ! Mais les Allemands ont tellement souffert : elle sait qu'elle n'aura pas le courage de revenir à Kaliningrad. Elle rentre chez elle à Bonn. « Ce voyage, confie-t-elle à Hilde dans un moment de désarroi, n'aura servi à rien. » Ellie Schmidt a envoyé quelques cartes postales avec le même commentaire atone : « Bons baisers d'une excursion dans le passé ! »

Le nombre de touristes de la nostalgie n'a cessé de décliner. Le fou du rail de la Forêt-Noire a cédé son train à une autre agence. Pas assez rentable. La plupart des touristes de la nostalgie ne viennent qu'une seule fois et repartent résignés. Personne ne songe à récupérer sa maison, quand par miracle elle tient encore debout. L'état de délabrement russe est dissuasif. Les Allemands ont déjà eu tant de mal à accepter une mince réduction de leur train de vie pour aider la RDA, qu'on ne les imagine pas se priver pour retaper ce tas de ruines. Ellie Schmidt a refait sa vie en Allemagne. Elle ne gardera de ce voyage démystifiant qu'un collier d'ambre de la Baltique (« c'est tout ce qu'il y a à acheter à Kaliningrad ») et une poignée de terre dans un sachet de supermarché. Et elle retournera passer ses vacances en Autriche ou à Majorque. Comme avant, sur l'autre versant de l'Europe. Le sien.

Tête de pont, plaque tournante, Hong-Kong de la Baltique, Eldorado… Thomas Hendel ne s'est pas résigné. Il s'est fabriqué un autre rêve. Il déplie comme un prospectus mensonger son lot de métaphores grandiloquentes. Elles taisent le bourbier économique dans lequel patauge Kaliningrad. Ces formules magiques font sonner les mots anglo-saxons du nouveau lexique de l'Empire soviétique morcelé : Deutsche Marks, marketing, *joint-venture*, *bisiness*… Thomas Hendel ne cultive aucune nostalgie. Il construit l'avenir. Il a 28 ans, il n'a pas connu la guerre. Il est responsable de la filiale que la Chambre de commerce de Hambourg a ouverte à Kaliningrad en 1994, dans une vieille villa allemande qui fut pendant cinquante ans un jardin d'enfants russe. Les lourds radiateurs de fonte datent de l'époque allemande. Par la fenêtre au double vitrage, je reconnais ces mêmes villas cossues que les architectes wilhelminiens construisirent à Strasbourg, au tournant du siècle. Les corniches, les moulures et les vitraux Art déco du temps où l'espace germanique allait de la Meuse à la Memel, de l'Alsace à la Prusse-Orientale. Exposés avec respect sur le comptoir des cahutes de tôle plantées à chaque coin de pâté de maisons, les produits de l'Ouest tant désirés sont allemands : bière, médicaments vendus sans ordonnance, bombes de crème fouettée et *Küsschen*, les « petits baisers », friandises de chocolat drapées dans du papier d'argent. Dans le sombre étalage des choux et des betteraves, oranges, kiwis, bananes, ananas, nectarines, ces fruits interdits sous l'ancien régime, forment des petites flaques d'opulence acidulée. Le kiosque vend un hebdomadaire en langue allemande, édité à Kaliningrad.

Thomas Hendel est un de ces nouveaux pachas allemands installés à l'Est. Un conquistador à la bedaine naissante et à l'assurance-vie contractée à Hambourg, avant de partir. Il ne se déplace pas sans sa Range Rover qui flotte, silencieuse et spacieuse, dans les longues avenues ombragées d'Amalienau. Il a son chauffeur russe, ses secrétaires jolies et dévouées, deux appartements, l'un à Kaliningrad, l'autre à Saint-Pétersbourg. Une fois tous les six mois, il rentre à Hambourg via la Finlande pour charger sa voiture de matériel informatique. A Kaliningrad, Thomas Hendel est l'« Allemand », le tout-puissant, le très riche. Celui qu'on repère de loin. Celui que les filles courtisent et rêvent d'épouser pour sortir de ce trou pourri. Il a un fax, une ligne satellite reliée à l'Allemagne, un ordinateur, une photocopieuse, des meubles Ikéa, un téléphone portable et un répondeur automatique guilleret qui vous invite à patienter sur un tralalariou de boîte à musique tyrolienne. Il possède surtout cet attribut suprême de la virilité commerciale : une carte de visite portant son nom polychrome et en relief, qu'il tend du bout des doigts, feignant la négligence, à ses partenaires russes honteux de se définir en retour par un carré de mauvais carton grisâtre. Quand l'« Allemand » ne les voit pas, les gamins russes caressent de la paume de la main le capot de sa voiture. Et en hiver, les vieilles admirent l'étoffe pure laine de son loden.

Thomas Hendel est un de ces gros garçons industrieux que les entreprises allemandes ont dépêchés à l'Est, dès la tombée du Mur. Dans les hôtels des capitales de l'Est, je les côtoyais le soir, attablés entre eux, l'haleine lourde et les ailes du nez rougies d'avoir enfilé toute la journée les petits verres de vodka offerts par leurs partenaires slaves. Décliner un cul-sec risquait de compromettre une affaire en germe et de faire passer les Allemands pour des femmelettes. En bras de chemise, penchés sur les contrats, ils plantaient des épingles à têtes multicolores pour délimiter sur les cartes les zones stratégiques à conquérir. Ces nouveaux colons portent des chaussettes blanches, un costume couleur moutarde lustré aux coudes, une chemise en soie, un imperméable à martingale, une pince en plaqué or sur la cravate à motif Mickey Mouse que leurs enfants leur ont offerte à Noël. Mais cette vulgarité de marlou est trompeuse. Dès 8 heures du matin, les salles du petit déjeuner sont désertées. Les commis voyageurs de l'économie allemande sont des lève-tôt consciencieux. Ils se vantent de savoir se débrouiller, alors que les autres Européens n'arrivent que quand le marché est stable, propre, sûr. Ils appliquent le bon gros principe du premier venu, premier servi. C'est celui qui fait le planton devant la porte qui décroche le marché. Thomas Hendel dresse le palmarès des partenaires économiques de Kaliningrad : les Polonais en tête, talonnés par les Lituaniens, les Biélorusses, les Allemands et très loin derrière par les Américains. Et ce sont les petites et moyennes entreprises allemandes qui viennent tenter leur chance à l'Est. L'Europe de l'Est est faite pour les pionniers. Il faut avoir beaucoup de patience, prendre le temps, ne pas se plaindre à tout bout de champ, supporter le manque d'infrastructures et se montrer débrouillard. Thomas Hendel décline l'art de faire des affaires avec les Russes. Quand le mot passe au pluriel, il se vide de l'énergie haineuse que lui insufflent les vieux nostalgiques de la patrie perdue : « Nous, les Allemands, nous sommes là. Nous restons là. Même si cela nous coûte de l'argent, nous ne laissons pas tomber. Nous tissons des liens de confiance et nous établissons la continuité. Nous préparons le terrain et nous sommes en position d'attente. En Russie, si je vais dans une firme qui ne me connaît pas, on ne m'accueillera pas et on me demandera de rappeler. Les Russes ont besoin d'être rassurés. S'il faut deux ans pour signer le premier contrat, le second sera conclu en quinze jours. La confiance est née. On se connaît. » Thomas Hendel cite l'exemple de cette entreprise finlandaise, qui depuis dix ans vend de la vodka à la Russie. Arrive un concurrent qui casse les prix. Les Russes préfèrent travailler avec les Finlandais, qu'ils connaissent, qu'avec des nouveaux venus qui proposent des prix deux fois moins cher. Les Russes sont de grands sentimentaux en affaires. Les Allemands sont de grands rationnels. Les deux se complètent.

Thomas Hendel joue les maîtres de maison, ravi de se montrer grand seigneur avec la voyageuse solitaire que je suis. Il me fait conduire à l'autre bout de la ville par son chauffeur, organise mes rendez-vous, met sa secrétaire à ma disposition, m'indique les longues plages de sable blanc où je peux me baigner, apparaît le soir à l'hôtel Jaïka avec la photocopie d'un document qui devrait éclairer ma recherche. Je sens qu'il se félicite intérieurement à chaque démonstration de galanterie. Il est fier de son éducation, plus encore de sa puissance. Grâce à lui, tout est possible. Il louvoie, très à l'aise dans la pagaille russe, fait céder d'un coup de téléphone aimable les refus les plus catégoriques, ne perd jamais son calme. Il n'accepte ni merci ni reconnaissance. Il est toujours un peu nerveux, très pressé, occupé à téléphoner à celui-ci (« Vous m'excuserez une petite seconde ? »), à recevoir celui-là (« J'en ai juste pour un moment ! »). Quand nous marchons côte à côte, il fait tinter son trousseau de clefs dans la poche de son pantalon. Il est chez lui à l'Est. Citoyen de feu la RDA, il a vécu douze ans à Brazzaville. Son père était conseiller économique auprès du gouvernement congolais. En 1981, de retour à Berlin-Est, il dépose une demande pour aller étudier à Paris. On lui impose Leningrad. Quand le Mur tombe, il saisit sa chance et fait jouer son expérience russe. La Chambre de commerce de Hambourg est séduite : Thomas Hendel connaît le russe, les mentalités de l'Est et les rouages de l'économie planifiée. De nombreux citoyens de l'ex-RDA qui travaillaient à l'Est avant l'unification ont ainsi été embauchés par les firmes ouest-allemandes. Thomas Hendel sait mieux que ses collègues de Hambourg évaluer sans paniquer les difficultés sur le terrain et contourner les écueils. A moins de faire jouer une « relation », il faut des années à Kaliningrad pour obtenir une ligne de téléphone. Il y a un art de cohabiter sans heurts avec la mafia et de démêler sans s'arracher les cheveux la meule des règlements de l'administration russe.

Thomas Hendel est persuadé que les Allemands sont bien meilleurs que les autres. Ils sont ponctuels, fiables, leurs méthodes de travail sont efficaces, ce qu'ils construisent est solide. Il soigne la mythologie de la puissance allemande qui séduit les Russes et terrasse les réticences historiques. Il pense que les Russes et les Allemands se ressemblent et se fascinent. C'est une affaire de famille. Le conseil d'administration de Siemens lui rappelle le Politburo. La Russie est la caricature de l'Allemagne : « Vous fermez les yeux et vous imaginez le pire en Allemagne et voilà, vous avez la Russie ! » Les Allemands chassés jadis, tout le monde semble les attendre à Kaliningrad. Le sentiment anti-allemand s'est-il évaporé avec le temps ? Les Russes ne se lassent pas de rappeler que les liens commerciaux entre la Russie et l'Allemagne sont traditionnellement florissants et qu'il est grand temps de les renouer. Les tsars ont toujours eu des conseillers économiques allemands et Catherine II était une princesse allemande. On appelle ça la « renaissance prussienne ». Dans les bureaux de l'Aeroflot, un manuel ronéotypé propose un « lexique sur l'art de recevoir nos amis allemands ». Et le gouvernement allemand a déployé un formidable activisme diplomatique pour rassurer ses voisins de l'Est. L'Allemagne unifiée retrouve le rôle naturel qui lui a longtemps échu, celui de puissance centrale européenne. Il est dans son intérêt d'aider au relèvement économique de l'Est, au risque de subir la première le contrecoup de l'effondrement. Les Allemands connaissent mieux ce terrain que la plupart de leurs concurrents. La proximité géographique est un atout. Pourquoi faire deux heures d'avion pour aller au Portugal ou en Grèce, terres inconnues dont on ne parle pas la langue, lorsqu'on peut en une nuit de train relier les liens avec ses voisins de toujours ? Kaliningrad s'est d'ailleurs trouvé, pour appâter les Allemands, une solution qu'elle espère miraculeuse : Moscou a décidé, en 1990, la création d'une zone franche. Exonérations fiscales et possibilité de rapatriement des capitaux devaient attirer les firmes étrangères et faire de ce port délabré le « Hong-Kong de la Baltique ». Un rêve qui s'est quelque peu effrité. Thomas Hendel envisage l'avenir avec plus de réalisme et soupèse les risques de façon nuancée. L'oukase de Boris Eltsine, prononcé à la surprise de tous en mars 1995, a refroidi les ardeurs. Le président russe décidait d'abolir la zone franche. « Un choc, s'insurge Thomas Hendel. Tous les avantages fiscaux, douaniers, dont bénéficiaient les firmes étrangères ont été annulés du jour au lendemain. En l'espace d'un mois les prix ont augmenté de 100 %, car il a fallu payer les taxes douanières. Le chiffre d'affaires des firmes occidentales chutait considérablement et nombreuses sont celles qui ont plié bagage. » Ce genre de retournement de situation imprévisible refroidit considérablement les Allemands, de plus en plus réticents à prendre des risques. Début 1996, nouveau rebondissement. Une loi transformant la région en zone économique préférentielle est votée par la Douma[2]. Thomas Hendel est soulagé, mais pas surpris. Il connaît la façon dont les Russes font les affaires et la politique. Il sait qu'il faut à tout prix garder son sang-froid. Un contrat bouclé en une matinée à Hambourg se peaufine ici pendant plusieurs semaines, parfois plusieurs mois. Le « non » qu'un Allemand prend au sérieux n'est ici qu'une invitation à patienter encore un peu. L'affaire doit être rediscutée. Le petit groupe de négociateurs noyés dans la fumée de leurs cigarettes s'échauffe, promet, tape du poing sur la table. Ils s'observent, ils se taisent et repartent de plus belle. Au bout de quelques jours, ils sortent une nouvelle bouteille de vodka. C'est la bonne ! Ils se lèvent. S'étreignent. S'embrassent. Le « non » s'est métamorphosé en « oui ». Tout est devenu possible.

Le marché de Kaliningrad n'est pourtant pas facile à dompter pour les Allemands. Thomas Hendel est jeune et ne s'encombre pas de mauvaise conscience. Mais les rancunes historiques sont tenaces au sein des anciennes générations, et certaines forces politiques jouent sur le sentiment antigermanique. Ces partis brandissent des images humiliantes : Kaliningrad, arrière-cour de l'économie allemande, nouvelle colonie. Une hégémonie qui cacherait de sombres arrière-pensées politiques ? Dans les relations entre l'Allemagne et la Russie, Kaliningrad, alias Königsberg, reste toujours un tabou dont on parle prudemment. Il n'y a pas de consulat général d'Allemagne à Kaliningrad. Le gouvernement russe a freiné. Pour obtenir un visa, les habitants de Kaliningrad doivent aller à l'ambassade d'Allemagne à Moscou.

Thomas Hendel s'astreint à un code de conduite sobre : parler le russe, rendre des petits services appréciés, ne pas oublier de rapporter des médicaments à ses partenaires en affaires et un flacon de parfum à sa secrétaire quand il revient d'Allemagne. Sans cadeaux, l'économie russe ne fonctionne pas. Il doit surtout faire preuve de doigté, car l'Allemand est toujours perçu comme l'ennemi historique : ne pas employer un ton maître d'école qui rappelle de mauvais souvenirs. Et surtout ne pas oublier l'Histoire et éviter la gaffe fatale de dire Königsberg à la place de Kaliningrad. L'insoluble polémique autour du nom de la ville témoigne de ce tiraillement, parfois irrationnel, des habitants de Kaliningrad entre le passé allemand et le présent russe. Mikhaïl Kalinine, qui a donné son nom à la ville, était un communiste pur et dur, bras droit de Staline, président du présidium du Soviet suprême et détesté des habitants. Les Russes racontent que Kalinine n'est jamais venu dans la ville qui porte son nom, que sa femme a passé huit ans au goulag sans qu'il lève le petit doigt pour la sortir de là. Un mauvais souvenir qu'il faut effacer. Même quand les bouches prononcent Kaliningrad, les têtes pensent Königsberg. Mais redonner officiellement à Kaliningrad son ancien nom allemand est trop lourd de symboles. Alors, certains ont imaginé « Königgrad » ou « Kantgrad », des solutions mâtinant avec tact dans une même syntaxe le passé et le présent, l'Allemagne et la Russie, la nostalgie et le *bisiness*.

La morale de Volker

10 novembre 1989

Volker s'est réveillé avec la tête cotonneuse des lendemains de mauvaise cuite. Sous ses fenêtres, un martèlement inconnu et persistant.

Oderberger Strasse, la rue où il habite, est un corridor sans échappée qui bute sur le Mur, un bras mort habituellement silencieux et désert. Quand Volker s'est penché à la fenêtre, il a cru à un mauvais rêve. Des milliers de gens, cabas de commissions à la main, faisaient du surplace sur le trottoir, au petit matin. Volker a compris alors tout ce que l'alcool avait distillé de sensations cette nuit-là : le roulis des grues tard dans la nuit, le staccato des pioches, les « hourras », les projecteurs. Ivre mort, il s'était endormi sans réaliser que le Mur était tombé au bout de sa rue. Alors Volker, fou furieux, a dégringolé les escaliers. Il a couru jusqu'à la bouche bâillante dans le Mur en hurlant : « Partez, partez, laissez mon Mur là où il est ! » Les gens l'ont regardé en souriant. Ils n'ont pas bougé.

Volker est rentré chez lui, titubant. « Je suis foutu, foutu. Oderberger Strasse est foutue, la RDA est foutue. » Il a mis à fond sur son tourne-disque un air de jazz hongrois pour masquer le battement des pas sur le trottoir, puis il est monté sur son toit pour regarder Berlin. A ses pieds, l'Oderberger Strasse a mis des guirlandes à ses fenêtres. Sur la gauche, Berlin-Est, exsangue. Tout le monde a passé le Mur. Sur la droite, l'Ouest et cette grande verrière au loin, où l'on donne des concerts en été. Pour Volker, pour ses copains peintres, graphistes, qui écrivent un peu, qui revendent des vieilleries déglinguées au marché aux puces, qui font un peu de musique, un peu de tout et pas grand-chose, le monde s'effondre.

Oderberger Strasse, dans le quartier de Prenzlauer Berg, est un de ces endroits où l'on ne travaille guère, où l'on discute beaucoup. On y vivote. On y fait souvent la fête. On y a des enfants très jeune. Ça fait passer le temps. A Prenzlauer Berg, on vit en vase clos. En argot berlinois, on appelle ça le « Kiez », le nid, le cocon. Bien en marge d'une société sclérosée, fliquée, on vit en parallèle. « Maintenant tout ça c'est fini. » Volker voit la vie en noir. « Les copains vont vouloir voyager. Pour voyager, il faut de l'argent, il faut travailler et devenir agressif. Nos rapports vont s'espacer, nous allons perdre cette connivence née de l'immobilisme et de la répression de l'État. » La brèche, taillée au bout de la rue sur le quartier ouvrier de Wedding à l'Ouest, met fin à cette intimité apaisante. La vie est pourtant si facile à Oderberger Strasse. Au mois de juin, Volker achète des maillots de corps de coton blanc. Il demande à un copain de lui dessiner un motif et va le faire imprimer, pour quelques pfennigs. Avec un ami, ils passent ensuite le mois d'août à faire les marchés dans les stations balnéaires de la Baltique : « Ça se vend comme des petits pains et on fait un bénéfice énorme. Après, plus besoin de gagner de l'argent pendant toute l'année, je peux me consacrer à mes activités créatrices. »

Dans une valise en carton, Volker a rangé tout ce bric-à-brac kitsch qu'il vendait à prix d'or aux enfants des plages : barrettes de strass pour les cheveux, écussons, peignes, serre-tête, miroirs de poche, oursons en gélatine et billes de chewing-gum rose vif. « Tout ça, c'est terminé. Maintenant, il va falloir que je travaille, que je devienne quelqu'un de sérieux. » Volker est dépassé par l'importance de l'événement : « Je ne sais plus ce que tout cela signifie. J'essaie seulement de rester calme, de ne pas céder à l'hystérie générale. Mais je sais que ma vie va changer. J'ai peur que ceux qui sont trop faibles se laissent complètement envahir par l'Ouest, qu'ils craquent et qu'ils oublient très vite la RDA. Comment pourront-ils de nouveau vivre ici ? C'est si calme, si terne, si provincial à côté de l'Ouest. Moi je veux changer de vie tout doucement. Je ne veux pas me ruer comme les autres de l'autre côté du Mur. Je n'ai pas le temps, il faut que je continue à faire ma vie ici. » Volker ne veut pas que la vague le brise.

Volker n'a jamais eu envie de partir. Jamais la tentation de la fuite par la Hongrie ou la Tchécoslovaquie ne l'a effleuré. Il a loupé le coche cet été. Il est rentré de ses vacances en Bulgarie, via la Hongrie, sans savoir que les frontières venaient de s'ouvrir. « Je n'avais pas la radio dans la voiture et je ne lis pas le hongrois. C'est seulement de retour à Berlin, quand j'ai tourné le bouton du poste de radio, que j'ai compris que j'avais raté la chance de ma vie. Pour obtenir un nouveau visa, il faut compter six semaines. Pour la première fois de ma vie, j'aurais pu décider de mon avenir. Et le pire c'est que je ne sais toujours pas ce que j'aurais fait si j'avais su. Peut-être aurais-je totalement paniqué, incapable de prendre une décision aussi grave en quelques heures seulement. Mais maintenant, je suis content d'être resté. »

Aujourd'hui, il a décidé qu'il n'ira pas à l'Ouest. Les gens de l'Oderberger Strasse sont descendus dans la rue en pyjamas, le manteau jeté sur les épaules. Penchés sur leurs balcons, les voisins du bout de la rue à l'Ouest ont fait de grands signes de la main : « Venez ! Mais venez donc ! » Ils ont bercé dans la nuit métallisée d'étoiles la flamme frêle de leurs bougies. Les habitants de l'Oderberger Strasse ont pour la première fois regardé leur rue de l'autre côté, à l'envers. Elle semblait tout à coup la rue la plus longue du monde. « Le premier soir, la fête était si belle, songe Volker comme s'il se souvenait d'un passé très lointain.

Mais maintenant, ça sonne déjà faux. On devrait fêter, fêter jour et nuit, et qu'est-ce qu'ils font tous ? Ils vont acheter. Ça m'écœure, ces processions de gens qui reviennent avec leurs sacs en plastique. Pendant des années, ils ont fermé leur gueule, et maintenant ils vont se battre dans les caisses d'épargne pour toucher les cent Deutsche Marks que l'État ouest-allemand leur offre en cadeau de bienvenue, et puis ils iront faire la queue devant les sex-shops et les peep-shows. Et les Allemands de l'Ouest rugissent parce que ces intrus viennent empester l'atmosphère avec leurs voitures sans pot catalytique. Cette meute dégueulasse qui en plus reçoit du fric ! Si j'étais Berlinois de l'Ouest, je serais parti en courant. Les Allemands ont toujours eu de bons révolutionnaires, mais ils n'ont jamais fait la Révolution. Ils savent penser, planifier, réfléchir au pourquoi du comment, discuter sans fin, mais ils oublient de passer à l'acte. Pendant que les pasteurs et les intellectuels théorisent, les gens de la RDA ont fait deux ou trois manifs, puis ils sont allés se ruer sur les bananes de l'autre côté du Mur et ont assouvi l'envie qui leur rongeait le ventre depuis quarante ans. »

Volker est incorruptible. Il sait que cette ruée hystérique vers l'Ouest va casser son univers, sa rue, son nid. Au bout de l'Oderberger Strasse, la vie s'est déjà organisée autour de la trouée. Une pissotière réservée aux gardes-frontières a été parquée devant les deux moignons de murs cimentés. Les Berlinois font la queue sur le trottoir, devant le bureau où trois gardes-frontières en uniforme gris délivrent le tampon libérateur qui seul les autorise à aller de l'autre côté. Près du gros poêle en faïence, les gardes-frontières comparent trait pour trait le visage mal à l'aise penché au-dessus d'eux au sourire ahuri de la photo sur la carte d'identité. Encore un instant d'hésitation sadique et le petit coup sourd du tampon fait vibrer la table et s'entrechoquer les cuillers sur les soucoupes des tasses à café. Pour ne pas salir la table, ils ont posé leurs éponges imbibées d'encre sur une page de *Neues Deutschland*, l'organe du Parti communiste.

Un monsieur à casquette demande à l'un des gardes de lui dédicacer un débris de mur. « Des gens ont été tués ici ! », lance une voix de femme broyée par l'indignation. « C'est une belle journée. Le temps se découvre », commente un Britannique tout barricadé dans de menues considérations météorologiques pour ne pas perdre contenance en un jour aussi renversant. « Vous allez pouvoir aller où bon vous semble pendant six mois », dit un garde en faisant claquer le tampon. Chaque jour. Sans transgresser la loi. En faisant la queue. En présentant votre tampon. Le passage à l'Ouest est, au bout de deux jours, une routine institutionnalisée. Malgré la fièvre, l'impatience de voir l'autre Berlin, personne ne double, ne perd son calme, n'ignore cette dérisoire formalité imposée par la bureaucratie d'un monde en voie d'extinction. Le tampon donne encore une illusion d'ordre – comme une cordée rassurante qui relie entre eux les passeurs de Mur.

De la table de la cuisine, où Volker a délaissé sa machine à écrire, on voit le square niché au bout d'une enfilade d'arrière-cours. Le toboggan, le bac à sable et le théâtre à ciel ouvert sont déserts. Les enfants sont à l'Ouest. Quand il fait trop chaud pour rentrer chez soi, en été, Volker va parfois dormir à la belle étoile. De sa fenêtre, il regarde tristement les belles façades construites au début de ce siècle qui s'étiolent en face. « Mon Dieu, quand les Allemands de l'Ouest seront passés par là pour tout rénover, tout nettoyer et mettre des géraniums aux fenêtres, où vais-je aller, moi ? » Les maux importés de l'Ouest, Volker les redoute. Il a peur de la spéculation immobilière dans ce Berlin-Est à moitié vide. Il imagine déjà l'inflation des prix. « Je paie 30 Marks-Est pour mon appartement de deux pièces. A l'Ouest, un appartement comme le mien vaut au moins 1 000 Marks-Ouest par mois. Tous les produits de consommation courante sont subventionnés chez nous. Une miche de pain coûte 95 pfennigs. Et le prix n'a pas bougé depuis quarante ans. Pour une bière, je paie 50 pfennigs. A l'Ouest, il faut compter 5 Deutsche Marks. Berlin-Ouest a un problème d'espace chronique, et une insoluble pénurie de logements. Les terrains ici vont valoir de l'or. Les Allemands de l'Ouest vont se les arracher à coups de Deutsche Marks. Comment voulez-vous donc que nous tenions le choc, ici ? C'est pour cela qu'il faut que nous gardions le Mur. Nos deux systèmes sont antinomiques et ne peuvent fonctionner que s'ils sont séparés. »

Protégé depuis sa naissance par un État-providence défiant toute concurrence, Volker redoute en vrac le nivellement par le bas, les mesquineries de l'Ouest, le chômage, la pénurie de jardins d'enfants, la médecine payante, les épidémies, le Sida : « Il y a aussi la criminalité venue de l'Ouest. A Berlin-Est, la prostitution n'existe que dans les hôtels de luxe. Maintenant, les filles de chez nous vont pouvoir aller passer une nuit à l'Ouest pour ramasser des devises et nous allons avoir droit au Sida. La RDA représente aussi un nouveau marché fantastique pour les dealers. Ici on fume de temps en temps, *for fun*, mais ça ne va pas plus loin. »

Volker se complaît dans son tableau en noir et blanc. « Avant, pour se procurer des devises, on pouvait passer une annonce dans un journal de quartier : « Cherche carrelage bleu pour ma salle de bain. » Tout le monde comprenait ce que cela voulait dire. Mais on ne faisait pas de troc de devises sur les trottoirs comme en Pologne. Maintenant, il va falloir ruser, sinon on ne pourra plus rien se payer. »

Alexanderplatz, légendaire plate-forme nue, rasée par les bombes, balayée par les vents et verrouillée de béton, est vide. Quelques familles reviennent comme ensorcelées de ce Kudamm polychrome et grouillant. La grande artère commerçante de l'Ouest a racolé les siens. Volker est amer. « Elle est si laide notre Alex... Mais c'est ça notre Berlin ! » Ce Berlin-Est qui hésite sans cesse entre l'uniforme de crépi anthracite des immeubles d'après-guerre et la nostalgie infinie de ses vieux quartiers silencieux. Ce décor va changer, les traditions aussi et la langue de l'Est gorgée d'accents et d'expressions qui lui sont propres. « Ça n'est pas trop grave. » Pour la première fois, Volker fait une concession presque positive à l'Ouest. « Je crois que la langue des Allemands de l'Ouest est moins fonctionnelle, plus pétillante que la nôtre. La langue va pourtant s'appauvrir, s'uniformiser, s'angliciser. Mais ce qui est tragique, c'est que Christa Wolf, Stefan Heym, tous nos écrivains qui se sont battus pour la démocratisation de la RDA sont devenus, en l'espace d'une nuit, des monuments historiques. Qui va aller voir les pièces de Heiner Müller ? Qui voudra encore entendre parler des petits problèmes de la petite Allemagne de l'Est ? »

A la tombée du jour, ce même samedi, Volker-le-pur a fini par craquer. Il a mis son blouson, s'est ficelé un foulard indien autour du cou, et, dignement, il s'est engouffré dans le trou. Trois minutes devant les gardes-frontières, et il est dans la Bernauer Strasse, le bout de sa rue qu'il n'avait vu que de son toit. Trois petites minutes de stupeur imbécile pour enjamber 28 ans d'histoire. Mais Bernauer Strasse et Oderberger Strasse ne vont plus ensemble. A force de vivre leurs vies parallèles sans se regarder, elles ont fini par s'oublier et s'exclure. Volker se cabre devant les immeubles HLM du quartier ouvrier d'en face. Tout a été reconstruit. Tout est propre. Toujours pas question de céder aux lumières du Kudamm. Volker veut aller se réfugier dans un restaurant de Kreuzberg, le quartier alternatif de Berlin-Ouest, le frère siamois de Prenzlauer Berg. Le premier est punk, turc, désabusé, tapageur, violemment branché. L'autre est désuet, bohème, un peu naïf. Ils se font face à quelques centaines de mètres, étrangers l'un à l'autre jusqu'à cette nuit de novembre qui les a ressoudés.

Saoulé par l'avalanche de plats orientaux et de vin turc, Volker regarde par la fenêtre. Il ne parle presque plus. Fixe le trottoir, à la recherche d'une tête connue, d'un copain de là-bas qui serait venu passer la soirée ici. Il aurait besoin de s'agripper à un repère familier. Dans un bar de la Dresdener Strasse, Volker se sent mal à l'aise : « Trop brutal, allons ailleurs ! » Il lui faudra longtemps, longtemps pour se détendre, oublier un peu de penser. Au petit matin, il est prêt à rebrousser chemin. « Les deux Berlin sont beaux, mais très différents. C'est comme si on voulait coller Londres à Lisbonne, ou Paris à Copenhague, ça ne marche pas. Chaque Berlin a sa force. Vingt-huit ans ont tout dépareillé. Ce n'est plus la même ville. On ne peut pas revenir en arrière et dire que tout va recommencer. Il n'y aura pas de nouvelle nation allemande. Il y aura une grosse Allemagne étouffante. Ça commence déjà avec Berlin, que les Allemands voient capitale de l'Europe. » Volker a appris en une nuit le goût des plaisirs de l'Ouest, le vertige de l'exotisme et les ivresses de l'ailleurs. Il sent bien qu'il aura du mal à résister, comme les autres, avec leurs sacs de plastique. Volker est moins héroïque : « J'espère avoir la force de continuer à vivre à Oderberger Strasse. Je veux que le Mur reste. Ce serait si bon, une Allemagne de l'Est, indépendante et démocratique. »

Les voisins de l'Oderberger Strasse ne sont pas restés sourds au cri d'alarme de Volker. La municipalité de Berlin prévoyait, outre le passage des piétons, le forage d'un nouveau trou dans le Mur, pour les voitures. Oderberger Strasse serait devenue du jour au lendemain un grand boulevard nauséabond. Ses habitants se sont mobilisés. Ils ont envoyé une pétition au Premier ministre. Requête accordée : les voitures ne passeront pas. Pour fêter cette victoire et se réapproprier un peu leur rue qu'on leur a volée, les copains de Volker sont venus un matin avec des échelles et des pots de peinture. Dans la première neige, sous les regards des gardes-frontières, ils ont lacéré de grands traits de couleur ce qu'il leur reste de Mur. Sur le versant Est, il était strictement interdit de « souiller » le Mur. Une copine a apporté un grog qu'elle sert dans des gobelets de glaise. Un garde-frontière à genoux sur le trottoir prend une photo de ces

« motifs rigolos ». « C'est tellement dommage, rit Volker, quand on pense que bientôt les pelleteuses vont venir pour arracher ce qui reste encore de notre Mur, comme on extrait une mauvaise dent. »

Sept ans plus tard

Le voilà reparti. Une fois encore, Volker décolle de sa chaise sans me prévenir. Il court d'une pièce à l'autre pour aller déterrer, dans un tiroir que j'entends claquer, une amulette, une photo, trois paquets de cigarettes coréennes... et revient déposer sa nouvelle récolte sur la table de la cuisine. Dehors, la pluie tendre du début de l'été saupoudre de gris le jet de végétation luxuriante de l'arrière-cour. Volker est agité. Il humecte du bout de la langue sa lèvre supérieure soulignée par trois points de suture en zigzag. Sert le thé vert dans une tasse orangée. Sort une bouteille de mousseux du réfrigérateur. Se relève encore. Disparaît et revient : « Alors, est-ce que tu trouves que j'ai changé ? »

Avant, il roulait serré ses petites cigarettes de tabac puant. Maintenant, il tire élégamment sur un cigarillo qu'il rallume de temps en temps avec un briquet japonais. Avant, il portait un jeans marbré façon démocratie populaire et un blouson assorti, collé au torse. Maintenant, il est au large dans un pantalon ivoire et une chemise à motifs géométriques. Avec son visage en triangle, ses cheveux blonds ondulés sur les tempes, son teint aussi frais que les joues couperosées d'une vieille fille anglaise habituée à la pluie, il a toujours son air de boy-scout exalté. L'odeur de chat mouillé et de vieille dame rance imbibe encore les murs tapissés de fleurettes de la cage d'escalier. Mais l'appartement qu'il habite maintenant dans la Lychener Strasse, à quelques rues parallèles de l'Oderberger Strasse, « c'est tout autre chose, tu verras ! », m'a-t-il déjà prévenue au téléphone. L'Ouest a habillé de confort le nouveau monde de Volker – moquette bleu layette, cuisine Ikéa, baignoire en demi-lune qui fait le coin de la salle de bain et peloton serré d'eaux de toilette et de lotions sur l'étagère au-dessus du lavabo.

Volker aime toujours énoncer de vastes prophéties. Quand il regarde les branchés de l'Ouest qui ont transhumé vers Prenzlauer Berg depuis la tombée du Mur, une loi pleine de sagesse lui revient à l'esprit : « Quand les Mongols ont envahi la Chine, ils sont devenus chinois. Quand les Wessies viennent à Prenzlauer Berg, ils deviennent un peu Ossies. » Prenzlauer Berg est devenu le quartier branché du Berlin unifié. Kreuzberg s'en est trouvé décalcifié, mis en marge. Les noctambules et les noceurs ont accouru, très vite après la chute du Mur, pour établir leurs nouveaux quartiers de nuit ici. Des squatters venus de Bavière et de Kreuzberg ont occupé les maisons en loques et même la traditionnelle bagarre qui, le 1er Mai, oppose les autonomes à la police a déplacé son épicentre de Kreuzberg (à l'ouest) à Prenzlauer Berg. Les intrus de l'Ouest ont planté dans les rues délabrées les jalons de leur univers. Les restaurants chinois, les boutiques de produits fins italiens et les magasins biologiques ont poussé dans chaque pâté de maisons. La grande mode est au bar à falafels et au pub anglais. Les agences de voyages offrent des quinzaines initiatiques en Israël – séjour en kibboutz inclus – et des stages d'anglais en Irlande. Les murs appellent à la Révolution et ordonnent aux nazis de vider les lieux. Oderberger Strasse s'est muée en parking. Les façades sont toujours pelées et encore trouées par les balles de la dernière guerre, mais quand on passe à l'Ouest on ne sent plus la trace de la nervure du Mur dont le dénivelé, pendant longtemps encore, faisait sursauter les voitures et plier les reins. La trouée touffue d'herbes, jadis no man's land entre les deux pans du Mur, s'est choisi une vocation plus bucolique : les cyclistes, les propriétaires de chiens et les promeneurs du soir déambulent sur l'ancien chemin de guet. Quelques centaines de mètres plus bas, sur la Bernauer Strasse, un tronçon de

Mur a survécu aux bulldozers empressés d'émietter toute trace de la sinistre partition. Caressés par une haie d'arbrisseaux et empaquetés dans une gaze de grillage protecteur, 300 mètres de Mur, classés monument historique, attendent d'être figés en musée.

Volker sélectionne ses lieux de sortie, évite les bars où bouillonnent les « touristes de l'Ouest », continue avec ses copains de l'Est à se fabriquer une enclave bien à lui, un Kiez dans ce nouveau Kiez. Tous les copains qui sont passés à l'Ouest avant la chute du Mur sont revenus habiter Prenzlauer Berg. Ils se sont sentis trop étrangers de l'autre côté. Volker est devenu un grand voyageur. Il fait, pour gagner sa vie, le récit de ses périples pour des revues ouest-allemandes. Il a découvert l'Iran, Hong-Kong, l'Islande, l'Inde, l'Alaska. Il a jeté un œil libéré sur la Russie qu'il a longtemps trouvée trop monotone parce qu'elle lui était accessible. Mais il a systématiquement contourné l'Allemagne de l'Ouest. Il l'appelle encore « West-Deutschland », cette Allemagne des Berlinois qui ne se sentent pas vraiment allemands. « Je suis allé à Munich et à Cologne pour le travail, dit-il. C'est vilain à vomir ! Et tellement ennuyeux ! Dresde est bien plus intéressante. C'est une ville qui respire encore, même si elle a été complètement détruite par les bombardements de 1945. Quand je pense que les gens de Cologne montrent du doigt Karl-Marx Stadt et les HLM de l'Est ! Ils feraient mieux de regarder d'abord ce que les urbanistes ont fait de Stuttgart. Je ne comprends pas comment les Allemands de l'Ouest peuvent se mettre dans tous leurs états à Dresde, sans penser d'abord à la laideur de Stuttgart ! En Allemagne de l'Est, l'architecture d'après-guerre est idéologique. Elle incarne une volonté de reconstruction, une foi dans l'avenir. C'est une architecture d'État, comme en France. Elle est laide, mais excitante. Les Allemands de l'Ouest ont construit de gentilles petites maisons modernes et confortables. Elles n'ont rien à prouver. L'architecture est démocratique, mais ennuyeuse !

Elle n'incarne que l'esprit étriqué des promoteurs d'après-guerre. »

Même à Berlin-Ouest, Volker ne s'aventure que très rarement. « J'ai été invité à quelques fêtes à l'Ouest. Quel contraste ! Tout le monde est végétarien. On mange de la salade de nouilles et des petits pains de seigle. Et on s'ennuie. Il y a toujours un groupe intello qui se retranche dans la cuisine pour discuter de choses graves. Ils portent des T-shirts noirs, des vestes de lin noires et des lunettes design aux montures rectangulaires. Ils dansent peu. Ils flirtent peu. Ils boivent peu. Quand je vais en Russie, les Russes se réjouissent de voir un Allemand qui ne prétexte pas des maux de tête au bout du deuxième verre de vodka pour aller se coucher. J'ai eu une seule copine de l'Ouest. Ça m'était trop étranger, trop idéologique. Les filles de l'Ouest sont soit impudiques – elles veulent tout de suite sauter au lit, sans jeux érotiques et sans séduction –, soit il faut discuter pendant trois heures sur les modalités avant de passer à l'acte ! Ça me crispait. C'est très insécurisant pour les hommes de l'Est. »

Volker interrompt son procès. Au bout du compte, il le juge simpliste. Il rajuste son raisonnement. Il n'a pas envie qu'on le prenne pour un de ces nostalgiques qui pleurnichent sur l'ancien régime. « Beaucoup de gens ont oublié les mauvais côtés de la RDA et c'est injuste. Avant les gens n'avaient qu'une seule chose dans la tête : pouvoir rouler dans une belle voiture et coller du joli papier peint sur les murs de leur salon. Maintenant ils ont une vidéo, ils sont allés en vacances à Majorque. Maintenant Honecker peut revenir ! » Volker rentre d'un troublant voyage en Corée du Nord. Dans ce dernier bastion du monde communiste, la RDA étriquée lui est remontée à la gorge. « Au début, je me suis comporté comme un Wessie. Tout était épouvantable. Mais comment peuvent-ils ? n'ai-je cessé de protester. Mais petit à petit, j'ai été forcé de réaliser que ce dégoût n'était qu'un subtil réflexe de défense. J'ai reconnu les structures et les mécanismes que j'avais cru pouvoir oublier : l'itinéraire obligatoire fixé par l'agence de voyages. Les jeunes pionniers avec leurs foulards rouges, comme les Jeunesses Communistes de chez nous. La surveillance constante. Et le Mur, plus massif que le nôtre et érigé à l'envers, par la Corée du Sud capitaliste. Mais on ne peut pas dire à ces gens-là et aux Allemands de l'Est que tout ce qu'ils ont connu jusqu'ici c'était de la merde. Même si c'est vrai en grande partie. Les gens ont un réflexe normal : ils défendent ce qu'ils ont vécu. » Volker s'attendrit devant une photo d'Erich Honecker, papy propret en costume d'été beige clair, panama sur le crâne, tenant la pose à côté de Kim Il Sung au cours d'une visite officielle en Corée du Nord. Il se moque. Longtemps, il entrevoyait encore, dans un coin de page des gazettes populaires, le visage jaunâtre et encore lisse de ce vieux monsieur raide : Erich Honecker soufflant les bougies de son anniversaire. Erich Honecker faisant encore, pour les photographes venus le traquer dans son exil chilien, le salut communiste, poing tendu. Mais tout accaparé par l'unification, Volker avait fini par oublier ce vieux monsieur qui est mort, finalement, en exil au Chili. C'est si loin tout cela, irréel, presque du folklore : « Nous avons refoulé beaucoup de côtés négatifs avec cette soudaine nostalgie qui nous est venue pour la RDA. Quelqu'un a dit que la RDA avait commencé à exister depuis qu'elle a disparu de la carte du monde. »

Volker comprend que les siens, bousculés par ce changement si brutal, se cramponnent aujourd'hui à une identité chétive certes, idéologique, d'une incroyable naïveté, mais une identité quand même. Il se demande comment il a pu croire, il y a sept ans, à une troisième voie pour la RDA : « En RDA, je n'avais aucune chance. Comment ai-je pu dire que j'étais foutu sans la RDA ? J'ai enfin la chance de faire vraiment ce que je veux. Je n'ai pas fait d'études. Je n'ai pas de métier. J'ai toujours vécu sans savoir de quoi demain serait fait et gagné ma vie de façon illégale. Avant

1989, je n'avais pas d'avenir. En RDA, je serais devenu un petit intellectuel sans charisme. J'aurais gagné un peu d'argent, fait un peu d'opposition au régime – mais surtout pas trop pour ne pas avoir d'ennuis. » Le Volker d'aujourd'hui trouve le Volker de jadis bien moraliste.

Dernièrement, Volker a été au Tempodrom pour suivre sur un écran géant un match de foot Allemagne-République tchèque. A 35 ans, il était le plus âgé. Et le plaisir, l'enthousiasme de tous ces jeunes qui soutenaient l'équipe allemande l'ont ravi : « Ils ont sifflé pour l'Allemagne, le plus simplement du monde, comme on crie « Viva Italia ! » ou « Allez, France ! ». Ce n'était pas un débordement de nationalisme malsain. Il y a cinq ans, cela n'aurait pas été possible. J'ai trouvé ça reposant. Ces idiots d'Allemands qui ont soutenu les Tchèques en buvant de la bière de Bohême, simplement parce qu'il est mal vu, pas politiquement correct, de soutenir l'Allemagne, ils m'exaspèrent ! Un pays où les gens sont gênés de défendre leurs footballeurs est un pays malade. Imaginez un Italien ou un Français qui va soutenir l'équipe adverse par peur de passer pour un sournois nationaliste ! »

Volker s'interrompt. Il est préoccupé : « Il faut que je te demande quelque chose. Il y a sept ans, tu m'as dit que j'avais l'air très allemand. Et je n'ai cessé d'y penser depuis. » Et moi qui me préparais à décrire son corps de jeune aryen musclé par les séances de gymnastique sur les plages de la Baltique, la blondeur de ses cheveux drus et le bleu si dense de ses yeux sérieux, son énergie épuisante digne d'un officier de la Wehrmacht pressé d'exécuter les ordres ! Je retire mes métaphores de mauvais goût et choisis des références plus larges : Pêcheur islandais. Bûcheron scandinave. Volker est soulagé : « Être allemand, ce n'est vraiment pas une identité très positive. Les Allemands sont sévères, ils veulent toujours avoir raison et ont continuellement l'impression que quelqu'un veut les brimer. Ou alors, ils sont incroyablement tolérants. Après une journée de vacances au Tibet, ils échangent leurs jeans contre des vêtements tibétains et s'assimilent instantanément à ce nouveau peuple. Ils ont tellement peu confiance en eux qu'ils essaient sans cesse de trouver une thérapie à leur mal de vivre en imitant les autres. » Il y a tout de même un voyage initiatique dans son autre moitié d'Allemagne que Volker aimerait entreprendre. Worms, Speyer, Coblence et Mayence, les châteaux-forts surplombant le fleuve noir, la Lorelei, les mariniers et la sirène au chant mortel. Voilà pour Volker la quintessence de l'Allemagne. Pour la première fois, Volker est resté assis. Dans sa tête, il dessine à grands traits les brumes aux tons sombres de cette Allemagne romantique dont il se réclame. Volker a envie, depuis peu de temps, de devenir allemand : « Pour cela, je dois aller voir le Rhin. »

B9

Elle n'a même pas eu le culot de se choisir un patron bien à elle. Pour ne froisser personne, elle s'est donné un double nom : de l'université à la Chancellerie, elle s'appelle Konrad-Adenauer-Allee. Après la Chancellerie et jusqu'aux derniers ministères échoués comme d'énormes tankers dans les prés de Bad-Godesberg, elle s'appelle Friedrich-Ebert-Allee. Moitié chrétienne-démocrate, moitié sociale-démocrate. Mais, comme si les Allemands n'avaient rien à faire de tout ce tact bien tempéré, de ces hommages guindés aux pères de la démocratie d'après guerre, tout le monde à Bonn l'appelle simplement : B9. Bundestrasse 9. C'est plus court, c'est moins pontifiant et c'est plus approprié pour désigner le non-spectacle d'une route nationale à quatre voies, quittant la rase campagne rhénane pour venir scier en deux la capitale déchue de la République fédérale allemande. La B9 n'est pas une avenue hautaine et maniérée, mais une route ordinaire que je remonte à pied sous la pluie. Elle s'en va droite, sans courbes ni crochets. La seule fantaisie qu'elle s'autorise est de plonger à pic dans un bref tunnel pour éviter l'engorgement sous les fenêtres de la Chancellerie. Là, le trottoir s'élargit soudain, troque l'asphalte contre un pavé bleu-gris disposé en arc-en-ciel. Un feu rouge adoucit le flot incessant des voitures. Entre trois platanes et un banc de roses, une plaque indique que cet embranchement a été anobli. Je suis place du Chancelier-Fédéral. La tête de bronze de Konrad Adenauer, posée comme une boule de pétanque sur le trottoir, ne parvient pas non plus à donner une touche solennelle à la placette. *I was there*, a gravé un Polonais sur le revers du crâne. Un autre passant a écrit son numéro de téléphone derrière le lobe de l'oreille, prenant la tête du père de la République fédérale pour une messagerie amoureuse. A en croire les striures délavées qui dégoulinent le long du socle, je soupçonne quelque chien irrévérencieux d'avoir pissé contre le col de chemise du « Vieux ».

L'Allemagne industrieuse défile sans façons sur la B9. Les fourgonnettes des livreurs de quartiers de viande et de linge propre, les camions des transporteurs internationaux, les autocars de retraitées permanentées invitées pour la journée à rendre visite à leur député, les bus scolaires en excursion d'instruction civique obligatoire sur les lieux de la démocratie allemande, les secrétaires d'État à vélo avec leurs pèlerines cirées et leurs pinces à pantalon, les petits fonctionnaires, les secrétaires, les employés de bureau, les agents diplomatiques et les gardiens de nuit crachotés par la bouche de l'unique ligne de métro. Ce petit peuple pressé déferle le lundi matin et se retire le vendredi soir. Le week-end, la B9 est désertée. En semaine, elle est bruyante, soumise à un va-et-vient incessant. Cette promenade est désagréable. De temps en temps, je croise un piéton et son parapluie. Nous avançons l'un vers l'autre à grandes enjambées. Nous nous saluons d'un coup de tête sec, comme le font les randonneurs, étonnés de nous retrouver là tous les deux devant les jardins de la présidence comme au sommet d'un chemin alpin, complices du même effort solitaire. Devant la Chancellerie, haut perchée sur le faîte d'un immeuble blanc, la croix bavaroise de Mercedes signale dans l'affairement matinal la toute-puissance de l'économie allemande. Elle luit là-haut comme l'étoile du berger. Je me demande si le chancelier la voit, en face, quand il est assis à son bureau.

Devant les grilles de la Chancellerie, je suis happée par

un attroupement immobile. Les employés des postes manifestent, armés de flambeaux et de banderoles imperméables. Pendant longtemps, Bonn n'a pas eu de lieu permettant à la colère populaire de s'épancher. Les soixante-huitards ont durement conquis la pelouse du Hofgarten, un mouchoir pour dames de gazon satiné devant l'Université. Alors qu'à Berlin et à Hambourg les étudiants avaient déjà arraché les pavés, le calme régnait toujours à Bonn. Terrorisée, Bonn avait fini par voir déferler 50 000 chevelus, un beau jour de mai. La municipalité avait cédé, après de longues tractations, et autorisé les manifestants à venir protester sur la pelouse du Hofgarten. De toute façon, le gazon devait être arraché quelques semaines plus tard pour laisser la place au chantier du nouveau métro souterrain. La pelouse du Hofgarten a conservé le privilège si durement acquis de la contestation. C'est là que les syndicalistes, les militants pour la paix et l'avortement, contre le racisme et le nucléaire se rassemblent depuis. Bonn supporte toujours aussi mal ces révolutions d'un jour. Dès l'aube, la B9 n'est plus qu'un long bouchon congestionné. Elle n'aime pas la pression vulgaire de la rue, tous ces gens vautrés là au milieu de la chaussée. Cet air débraillé lui va mal. La manif est à peine terminée que les balayeuses municipales collent déjà aux talons des derniers protestataires pour collecter les boîtes de Coca et les papiers gras et peigner la pelouse.

De temps en temps, un convoi officiel passe avec la délicatesse d'un songe. Je me souviens alors que la B9 est l'avenue du pouvoir allemand. Les habitants de Bonn l'ont surnommée l'« autodrome diplomatique ». A observer la modeste agitation de ce matin de pluie, j'avais oublié que Bonn est, après Washington, la capitale au monde qui reçoit le plus de chefs d'État et de gouvernement étrangers. Cinq limousines noires escortées par une nuée de motards glissent le long du trottoir. Elles passent inaperçues et ne semblent pas émouvoir les manifestants. Je me retourne pour essayer de déchiffrer un visage derrière les vitres teintées.

Je n'ai même pas le temps d'identifier les couleurs du drapeau qui flotte sur le capot lustré. Je prends place en face du passage clouté. Une voiture officielle s'arrête au rouge, comme tout le monde. Je fixe le passager assis à l'arrière. Le ministre de la Défense se sent observé, lève la tête et me fait un petit coucou sympathique du revers de la main. Par réflexe, je fais coucou en retour. Je me sens un peu bête, le feu passe au vert, le chauffeur démarre, le ministre s'évanouit. Sur la B9, les passages cloutés chantent un léger *bip bip bip* pour guider les aveugles. Notre rangée raide de piétons attend son tour. Tous les étrangers connaissent cette scène caricaturale et s'en exaspèrent : au passage piétonnier, le petit bonhomme est au rouge, mais aucune voiture ne pointe à l'horizon. L'étranger traverse. L'Allemand attend. Dans le pire des cas, il fait une remarque désobligeante à celui qui enfreint si effrontément le code de la route et assène une question rhétorique : « Vous n'avez pas vu qu'il est interdit de traverser ? », un sermon culpabilisant : « Vous êtes censé donner le bon exemple aux enfants de ce pays ! », ou, pis encore, il n'ose pas et se contente d'un petit claquement de langue saccadé. J'ai fini par régler le problème à ma façon. Surtout ne pas s'énerver, commencer à argumenter, engager la conversation ou déclencher l'engueulade. J'ignore le petit bonhomme rouge et le visage congestionné de mes voisins de trottoir et je traverse quand même, slalomant entre les voitures, comme à Paris.

Sous la pluie, la B9 a l'odeur du Rhin. J'aime les bouffées humides qui remontent le long des berges et jaillissent entre deux immeubles, le roulement incessant des péniches qui montent et descendent le fleuve noir. Le Rhin étouffe dans sa cuvette en été et convoque les brumes en hiver. A Bonn, j'ai toujours l'impression d'être en convalescence dans une ville de cure tant le climat est doux, l'écoulement des jours tranquille. Le président et le chancelier ont installé leurs salons de réception dans les villas néoclassiques que les riches commerçants s'étaient fait construire au tournant du siècle, pour jouir du climat. En toile de fond, derrière les ministères, se profile un décor d'opérette viennoise : les collines à vignobles, les rondeurs du Siebengebirge, les sommets sombres de l'Eifel, les clochers pointus des églises en grès rose. Bonn est un patchwork de villages : Beul, Kessenich, Bad Honeff sont cousus entre eux par la voie ferrée qui traverse le centre-ville. C'est l'Allemagne catholique du petit vin blanc et de la légèreté de vivre, l'Allemagne des chansons à boire et des tablées rieuses dans les guinguettes, les soirs d'été. Les allées champêtres du pouvoir allemand donnent envie de s'y promener, de s'asseoir sur les bancs publics après avoir pris les eaux. Les bureaux des députés donnent sur le « Champ de tulipes », une esplanade dont la pelouse veille à l'accouplement des lapins et aux joggings en culottes courtes. L'« Aquarium » est le cube de verre surélevé où se tiennent les conférences de presse du gouvernement et des partis. Le « long Eugène » est l'unique gratte-ciel de Bonn, une tour hideuse où sont logés les députés. A côté d'elle, Bonn semble plus minuscule encore. La petite ville est fière de faire le décompte, par ordre décroissant, de ses grandes constructions : l'antenne de radio, le « long Eugène », les deux cheminées de l'usine de retraitement des ordures ménagères. Le « long Eugène » est classé monument historique en hommage aux trente ans durant lesquels il a veillé, de là-haut, sur la démocratie parlementaire. La nuit, Bonn se repose. La brasserie Midi est le dernier restaurant à la mode de la vieille ville. Un réduit de 60 m^2, où le patron en jeans sert des gratins de pomme de terre et du vin de Moselle.

Les Allemands qui aiment les métaphores palpables appellent Bonn « la cloche à fromage » pour signifier le confinement des lieux et les exhalaisons des rumeurs qui y fermentent très rapidement. Je ne connais aucune capitale au monde où l'intimité soit aussi dense entre l'État et la rue. Les lieux du pouvoir allemand sont aussi sobres que la B9. Les Allemands s'étonnent que les dirigeants français puissent travailler dans des bureaux qui ressemblent à des salles de musée. A Bonn, pas de secrétaires Louis XVI, pas de guéridon Empire à tablette de marbre, pas de canapé en velours d'Utrecht, pas de petit Fragonard joliment affriolant dans son cadre doré, ni vases en porcelaine de Sèvres, ni moulures, ni dorures, ni parquets cirés, ni tapisseries des Gobelins, ces siècles de fierté nationale qui défilent dans les ministères parisiens. Organiser une journée du patrimoine dans les coulisses de la politique allemande reviendrait à feuilleter un catalogue périmé de la décoration d'intérieur du début des années 70. Le mobilier est un rien passé de mode. Les rideaux et les coussinets à fleurs ont été, j'imagine, cousus à la machine par quelque épouse soucieuse de la promotion de son mari. Les papiers peints beiges et marron osent parfois une volute orangée. Les lampadaires à globe, les barres de néon, les fauteuils en Skaï, les placards en contreplaqué ont un charme ringard qui va bien à Bonn. Ici, seules quelques aquarelles dérident le sérieux des murs. C'est le *Dimanche des paysans de montagne* de l'expressionniste Kirchner qui décore le hall d'entrée de la Chancellerie. Quelquefois, un téméraire tente une géométrie optique façon Vasarely qui fait mal aux yeux quand on la fixe trop longtemps. Et la profusion de plantes vertes donne un air tropical au pays rhénan.

Le bureau est un lieu voué au travail qu'aucune fioriture ne doit distraire. Seul le sapin de Noël, dans son pot, se permet dès la mi-novembre une petite fantaisie de cheveux d'ange et de papillotes au milieu de ce strict agencement de classeurs et de manuels de droit constitutionnel. Dans un coin du bureau de la secrétaire règne l'obligatoire lavabo. Il est parfois enfermé dans un placard à porte coulissante, ou masqué par un petit rideau. Mais, souvent, il répand son intimité aux yeux du visiteur : un tube de crème pour les mains, un déodorant à bille, une brosse à habits, une bombe de laque, un sachet de pastilles pour la toux et de l'aspirine pour les migraines, une savonnette au bois de santal dont l'odeur imprègne la pièce chaque fois que quelqu'un se lave les mains. Les chopes à café ont été mises à égoutter sur l'étagère au-dessous du miroir. Chacune porte le petit nom de chacun : « Carola » pour la secrétaire. « Wolfgang » pour le ministre. La décence me dit pourtant que je devrais faire semblant de ne pas voir. Mais chaque fois, c'est plus fort que moi, j'inspecte cette arrière-boutique impudique de la démocratie parlementaire. J'ai à peine passé la porte que la secrétaire s'avance vers le lavabo et me propose quelque chose à boire : café, thé, tisane ? Et je prends un plaisir étrange à converser sur le nouveau rôle de la diplomatie allemande dans le monde en soufflant sur une camomille brûlante.

Quand elles répondent au téléphone, les secrétaires jettent leur nom de famille dans le combiné. « Schmidt ! », « Schäfer ! », lancent-elles d'une voix mâle qui dissuade toute hésitation, interdit toute formulation courtoise, bloque la requête un peu vague et mal informée. En Allemagne, on ne dit pas « bonjour », ni même « allô » en décrochant le téléphone, mais on affiche sèchement son nom de famille, sans monsieur, ni madame, ni titre, ni prénom – tous ces ornements inutiles qui font perdre du temps et sèment la confusion. Bonn préfère la précision aux politesses. Les secrétaires portent des jeans ou de larges robes de laine aux couleurs franches. Bonn ne connaît pas les tailleurs, les colliers de perle, les bas de soie et les escarpins à talons. Bonn préfère le confort pratique à la haute couture. L'été dernier, un député libéral s'est plaint que le laisser-aller de certains de ses confrères souillait la dignité du Parlement. Il voulait forcer les députés à porter la cravate et obliger les femmes à se couvrir les épaules et les jambes en été. Depuis que les Verts sont arrivés en jeans et baskets, l'étiquette s'est décontractée. Il n'y a plus que les huissiers qui portent la queue-de-pie et la chemise blanche. Le seul événement mondain de la vie bonnoise est le Presseball, le bal de la presse qui a lieu chaque année au mois de novembre à l'hôtel Maritime, le dernier hôtel clinquant au bout de la B9. On y voit les femmes en robes longues et le dos nu tremper de leurs doigts laqués de rouge des petites saucisses dans une crotte de moutarde, et les hommes en smoking et nœud papillon avaler cul sec des pintes de bière. On y voit le président de la République ouvrir le bal par une valse viennoise en comptant les pas. Le chancelier a l'élégance de faire tapisserie.

Dans le quartier de villas qui borde le Rhin, en marge de la B9, le nouveau bâtiment du Bundestag, construit à la hâte alors que l'Allemagne unifiée s'était déjà choisi Berlin comme capitale, est posé là avec le fonctionnalisme spartiate d'un hall de gare. « *This is not a German building* », a décrété l'architecte anglais Richard Rodgers. Une effronterie que les maîtres d'œuvre allemands ont évidemment perçue comme un magnifique compliment. Là où le Reichstag est impérial, lourd, sûr de sa puissance et miné par les mauvais souvenirs, le nouveau Bundestag est léger, aérien, transparent, alliant toutes les bonnes qualités de l'ancienne République fédérale : modestie, civilité, décontraction. Un bâtiment moderne, sans pathos car né bien après les mauvais jours de l'histoire allemande. A midi sonnant, les parlementaires déferlent par vaguelettes bavardes vers la cantine de l'entresol. Les conservateurs bavarois se sont plaints au début du manque de noblesse des lieux. A force de vouloir jouer la simplicité enjouée pour ne pas être rattrapée par son ombre, l'Allemagne en faisait un peu trop. La salle à manger, coiffée d'un plafond aux couleurs de berlingot, confère un air de jardin d'enfants débilitant à la démocratie parlementaire, s'indignaient les Bavarois. D'autres députés déploraient la froideur de cette longue salle claire. Des haies de plantes vertes ont alors été dressées pour partager l'espace en recoins intimes. Un épais tapis beige avale maintenant l'écho des confidences qui rebondissaient aux oreilles de tous sur le sol en *terrazzo*. « Le même matériau que dans les cuisines berlinoises », se vantent les architectes, heureux d'avoir, là encore, su faire preuve d'humilité. Aucun matériau noble n'a été utilisé dans l'aménagement du nouveau Bundestag : ni marbre, ni acajou, ni acier raffiné. Deux chaises de bébé sont parquées dans un coin. Ces petites retouches humanisantes n'ont pourtant pas réconcilié les parlementaires avec leur cantine. A peine installés dans leur nouveau bâtiment, les députés sentimentaux ont fait circuler une pétition pour sauver « Ossi », Oswaldo, chemise blanche et moustache, le petit Italien fébrile du sous-sol de l'ancien bâtiment du Bundestag. La buvette d'Ossi convient mieux à l'esprit bonnois : un soupirail douillet et sans fenêtres où l'on boit du vin blanc entre soi, à l'abri des crises internationales, autour des petites tables rondes recouvertes d'un napperon de papier. Les députés se sont mobilisés pour qu'« Ossi » les accompagne à Berlin.

Ils auront siégé en tout et pour tout huit ans dans le nouveau Bundestag avant d'emménager, en septembre 1999, dans le Reichstag qu'ils n'osent pas appeler franchement par son nom tant ils redoutent que les ombres du passé ne s'y profilent encore. Les députés de Bonn ne siégeront pas au Reichstag, mais au « Parlement fédéral allemand dans le bâtiment du Reichstag », une circonvolution lexicale qui donne la mesure de la gêne qu'éprouvent les parlementaires à venir se réinstaller dans ces vieux murs rénovés. L'Allemagne tout entière s'est enlisée, ces dernières années, dans un épais débat sur la légitimité morale des « nouveaux » lieux du pouvoir dans la capitale réhabilitée. Était-il décent d'installer le ministère des Finances dans l'ancien bâtiment de la Luftwaffe, où régnait Göring ? La nouvelle Chancellerie, construite par Helmut Kohl là où la Spree forme un coude auprès du Reichstag, n'est-elle pas trop monumentale ? Est-il bienséant que le chancelier aille prendre ses quartiers provisoires dans le bâtiment du Conseil d'État de l'ancienne RDA, là où siégeait Erich Honecker ? Et que faire du bunker de Hitler, étanchement bétonné sous les fondations de la Potsdamerplatz, l'épicentre d'apparat du nouveau Berlin ? Les tours de Daimler-Benz et de Sony ont déjà effacé la trace des deux pans de Mur et du chemin de guet où patrouillaient les Vopos est-allemands. Bonn aura épargné aux Allemands d'après guerre cette confrontation déchirante.

Bonn n'aura jamais cessé d'être une antichambre passagère, en attendant le grand retour à Berlin. En novembre 1949, quand ils choisissent de faire de Bonn la capitale de la République fédérale nouvellement née, les députés du premier Bundestag prêtent serment : aussitôt la nation réunifiée, les organes du pouvoir fédéral déplaceront leur siège à Berlin, qui retrouvera son titre de capitale. Bonn n'est qu'un campement pratique au bord du Rhin. Il n'est aucunement question de s'y installer pour de bon. La jeune RFA plante sa capitale provisoire sur une sortie d'autoroute, au milieu d'un pâturage à vaches. Pendant une quinzaine d'années, le chancelier, les ministres, les parlementaires et les fonctionnaires sont locataires de constructions boiteuses. Les fonctionnaires logent dans des casernes désaffectées. Le Bundestag siège dans une usine de distribution d'eau réaménagée. Le premier Parlement tient séance entre les éléphants empaillés et les squelettes de girafes du musée zoologique Koenig. Le Parti social-démocrate installe son quartier général dans une « baraque ». Ce petit nom est resté au nouvel habitat en dur du SPD. Les sociaux-démocrates éprouvent la même nostalgie que ces couples enrichis mais moins amoureux qui, dans leur luxueuse villa, regrettent la douce ardeur de la maison modeste de leurs débuts.

A partir des années 60, le statu quo s'enracine. La nation réunifiée devient une Arlésienne dont on ne cesse, en vain, d'attendre le retour. La question allemande vient toujours décorer les discours dominicaux, mais au fond personne n'y croit plus vraiment. Bonn se construit en dur. Et nul ne songe à crier à la trahison quand, dans les années 70, le gouvernement ordonne la réalisation d'un plan d'urbanisme pour l'aménagement à neuf du quartier gouvernemental.

Bonn n'en reste pas moins pleine de *Bescheidenheit*, cette vertu qui allie humilité et discrétion. Elle me fait penser à ces vieilles filles aux vies sacrifiées qui poussent à l'ombre des familles, redoutent de capter l'attention et s'excusent à chaque instant d'exister. Pâles et transparentes, elles ne laissent aucun souvenir une fois qu'on les a quittées. Bonn déteste qu'on la remarque. Cette retenue est une réaction saine et légitime à la folie des grandeurs qui ravagea l'Allemagne. Les Allemands ont perdu le goût des symboles. La pompe les rebute. Ils ont gardé un trop mauvais souvenir des installations théâtrales de Nüremberg, des projets exorbitants qui devaient transformer Berlin en Germania, des retraites aux flambeaux et des spectacles grandioses à la gloire du Reich. Bonn est trop petite, trop insignifiante pour inspirer les mégalomanes. Elle se prête trop aux moqueries. Couchée dans le lit du Rhin, l'Allemagne est à l'abri d'elle-même et des affaires de ce monde. L'Allemagne de la B9 ne fait peur à personne, ni aux Allemands eux-mêmes, ni au reste du monde.

Berlin n'est pas l'Allemagne, décrètent les Allemands. C'était encore, il y a peu, un îlot turbulent planté là en pleine RDA, peuplé d'objecteurs de conscience, de retraités de la République démocratique échoués sur l'autre côté du Mur, d'éternels étudiants en sociologie, de fils de famille en rupture de ban, de baba-cools comme on en voyait en France dans les années 70, de féministes encore militantes, d'alternatifs incorruptibles, d'anars, de punks et de casseurs. « Une cocotte-Minute où tout mijote », dit le chancelier. La seule ville allemande où les cafés en terrasse ne ferment pas vers minuit – l'« heure de la police » qui protège le voisinage du tapage nocturne des fêtards. La seule métropole d'Allemagne, avec ses fins de rues crasseuses, ses nuits longues et agitées. Insolente et tolérante, mal-pensante et imprévisible... excitante : Berlin est tout le contraire de Bonn. « Bonn est une anomalie », écrit John Le Carré, elle aime se faire peur quand elle pense à Berlin. Les Allemands adorent Paris et New York, mais, chez eux, ils redoutent les grandes villes. Sans cesse l'ombre du Moloch, de la métropole aux pouvoirs tentaculaires vient se porter sur l'idéal de la *Städtchen*, la petite ville à dimensions humaines où l'on peut circuler à vélo et laisser sa porte ouverte sans avoir peur d'être cambriolé. Autant d'inquiétudes larvées qui dissimulent la crainte de voir Berlin tout ramener à elle, ébranler le fructueux équilibre fédéraliste et faire basculer la démocratie tempérée qui a si bien réussi à l'Allemagne d'après guerre.

Bonn ne risquait pas de faire ombrage aux grandes baronnies régionales que sont Munich, Francfort et Sarrebruck. La multiplicité des centres est garante d'une répartition plus juste des tâches. A Francfort la finance, à Karlsruhe la Haute Cour de justice, à Hambourg la presse, à Cologne le marché de l'art. Les Allemands n'aiment pas l'immensité des villes où l'on peut flâner, anonyme, sans rencontrer une tête connue, sans revenir sur ses pas, pendant des heures et des heures. Ils aiment leur *Kiez*, l'étroitesse conviviale de leur quartier. Bonn accuse Berlin de tous les maux : Berlin est toujours de mauvaise humeur, stressée, congestionnée par les embouteillages, maculée par la poussière de ses chantiers, à la merci des cambrioleurs, des proxénètes, des violeurs, de la Mafia russe et des aventuriers venus du bloc communiste. Bonn insulte Berlin : la prussienne, la bureaucrate, la militariste, la fasciste, la rouge, l'orientale. La capitale retrouvée porte en sa chair les traces du passé de l'Allemagne : les impacts des balles qui criblent encore les murs des vieux quartiers, l'architecture nationale-socialiste, les camps de concentration d'Oranienbourg et de Ravensbrück à sa porte. Les députés de l'après-guerre avaient justement choisi Bonn parce qu'elle n'avait pas d'histoire. Parce qu'il ne s'y passait rien, si ce n'est la molle torpeur d'une vie universitaire et l'entretien maniaque de la mémoire de son unique enfant illustre, Ludwig van Beethoven. Parce que Konrad Adenauer habitait le village de

Rhöndorf, où il pouvait continuer à tailler les rosiers de son jardin. Dans une vitrine du musée de l'Histoire de la RFA qu'Helmut Kohl a fait construire sur la B9, pile en face de la Chancellerie, sont exposés les objets chers au père fondateur de la République fédérale : son service à thé, son jeu de boules, son livre de messe, et un burlesque petit nain de plâtre qui tient dans une main un sécateur, dans l'autre une rose.

Cette stratégie du profil bas irrite les Allemands. Depuis que l'Allemagne est unifiée, certains osent le dire : ils ont un peu honte de Bonn. Il est temps de dénoncer les ravages du syndrome provincial : un pays de classes moyennes, privé d'élégance, d'esprit et d'humour. Un pays de zones piétonnières aseptisées, de pistes cyclables, de géraniums aux balcons, de rangées de poubelles compartimentées pour séparer les ordures ménagères, de charters pour Majorque, de contrats d'assurances et plans épargne logement. Un pays gentil, propret, écologique et bien portant qui ne fait plus peur à personne, mais où l'on s'ennuie un peu. Pour tous ceux qui dénoncent la décadence du provincialisme, Berlin est soudain porteuse de tous les rêves d'affranchissement. Ils clament leur amour pour cette *Weltstadt* mondaine et créatrice qui, comme Paris ou Londres, donnera à leur pays un centre dynamisant, bâtisseur d'identité. Berlin, espèrent ses partisans, sera une capitale à la taille de l'Allemagne nouvelle. Et chaque Allemand pourra s'y reconnaître.

On dit que le chancelier lui-même est las du provincialisme de la B9. On dit qu'il est gêné d'accueillir en si modeste apparat les chefs d'État étrangers. Quand il remonte les Champs-Élysées vers l'Arc de triomphe, quand il descend le Mall et tourne sur Trafalgar Square, la B9 lui fait honte. On dit qu'il rougit quand la limousine de son invité longe la Caisse d'épargne, la filiale de la Banque des fonctionnaires, le garage Radermacher, le tabac, la boulangerie, le lycée Beethoven, le bowling, l'exposition du musée zoologique Alexander-Koenig – « Les mystères du monde des insectes » –, les petites villas aux mensualités payées tous les premiers du mois et le caisson à toit plat qui loge le Bazar de Noël, sur le trottoir de la Chancellerie. Même les bâtiments officiels n'ont pas l'allure due à leur rang. Le ministère des Affaires étrangères : un rectangle blanc aux mille fenêtres serties de bleu pâle. Les secrétaires ont mis des plantes vertes, des bibelots et des petits rideaux de tulle aux fenêtres. Cela donne un air familial à la gestion des grandes affaires de ce monde. Sur le tronc d'un hêtre, à la hauteur du regard des passants, un maître éconduit lance un avis de recherche sur un carré de papier : « Attention ! Attention ! Une perruche à tête jaune et gorge rouge s'est enfuie le 17 juin près du ministère des Affaires étrangères. » La Chancellerie : une piscine municipale avec ses vitres fumées façon Ray-Ban et son gazon frais. Une sculpture d'Henry Moore trône au milieu du terre-plein où sont rendus les honneurs militaires. Le premier prix avait été remporté par une énorme mappemonde. Mais le chancelier d'alors avait banni cet épouvantable faux pas de sa pelouse et préféré les *Large Two Forms* de Moore. Dans le parc, le « bungalow », une maisonnette de verre à un seul étage, loge les appartements privés du chancelier. La petite porte au fond du parc mène à la villa voisine, résidence du président fédéral. Helmut Kohl s'en tient aux règles de bon voisinage : à partir de 9 heures du soir, son hélicoptère n'est plus autorisé à atterrir devant le bungalow, pour ne pas déranger son voisin.

C'est peut-être pour donner du panache à la B9 – sans oser l'avouer ouvertement, car le goût du prestige national ne se dit pas à voix haute en Allemagne – que le chancelier a décidé de l'orner. Depuis que les députés ont voté le retour à Berlin, la B9 a soudain pris des airs mécène et entrepris de grands travaux : deux musées à l'architecture audacieuse, un nouveau siège pour le Parti libéral, des milliers de mètres carrés de surface de bureaux supplémentaires. Les contribuables font et refont, en remontant la B9, le calcul de toutes ces dépenses inutiles.

Malgré tout, Helmut Kohl a voté pour Berlin. Unter den Linden a quand même plus de gueule que la B9. On dit qu'il aime descendre avec ses invités la grande allée berlinoise : passer devant l'Arsenal reconverti en musée de l'Histoire allemande, poser une gerbe au monument des victimes du fascisme et du militarisme, désigner du doigt l'Opéra national allemand, briller par un petit cours érudit de docteur en histoire devant l'université Humbolt et déboucher, en seigneur des lieux, sur l'illustre esplanade, la porte de Brandebourg. A Berlin, il pourra enfin goûter à ces petites joies de l'amour-propre dont la B9 l'a si longtemps privé.

« Bien sûr, la B9 n'est pas comparable aux Champs-Élysées, reconnaît Helmut Kohl, un sourire dans la voix. Mais vous sous-estimez ma confiance en moi si vous pensez que je la trouve trop peu représentative. Je peux circuler sur une petite route sans pour autant oublier que je suis le chancelier fédéral. Les gens qui viennent en visite officielle en Allemagne se fichent de la largeur de la route. » Le ton est donné – malicieux, sans affectation, sûr de lui. Il y a des hommes célèbres qu'on imaginait tout autres. Quand on les voit pour la première fois « en vrai », on réalise que la télévision avait gonflé les traits, élancé la taille, exagéré l'intensité du regard, colmaté les trous disgracieux oubliés à la surface de la peau par une acné juvénile, fabriqué une légende. Il faut d'abord se remettre de cette tricherie et ravaler sa déception : « Tiens, je le voyais plus jeune ! », « Oh, il n'est pas plus grand que ça ! », « Il est beaucoup moins sympathique que je ne l'imaginais ! » Helmut Kohl ne déçoit pas quand il apparaît, à contre-jour, dans l'encadrement de la porte de son bureau. Il correspond à l'image démesurée que je me faisais de lui. Oui, il est tout simplement comme ça : trop haut, trop large, une énorme tête carrée posée au sommet d'un corps monumental. Helmut

Kohl est un phénomène anatomique. Il a la grâce pesante et assurée d'un éléphant quand il se met en mouvement, empaqueté dans un complet gris taillé sur mesure pour se diriger vers la table basse où une secrétaire effacée vient poser les tasses de café-filtre, à côté du bouquet de fleurs coupées que le chancelier fait pousser dans un jardinet entouré d'une clôture au bout du parc. Helmut Kohl s'encastre dans un large fauteuil trop étroit pour lui. Ses yeux allongés et rieurs semblent épier le monde alentour, cachés sous les plis des paupières.

Il a quelque chose. Ce n'est certainement pas du charme, ni un vrai charisme, mais une simplicité avenante de bourgmestre – un brin grossière et tapageuse –, quelque chose de proche et de gaillard qui met tout de suite à l'aise et dérange en même temps. En le regardant, j'entends les ricanements excités des dîneurs en ville pour lesquels il constitue une inépuisable source de moqueries. Tout, c'est vrai, jusqu'à son patronyme – « Kohl » signifie « chou » en allemand – affûte la raillerie. Pourtant cet acharnement dans le dénigrement m'a toujours paru suspect. Les intellectuels allemands rêvent d'un chancelier esthète et fin rhétoricien qui recevrait hommes de lettres et architectes à sa table. Mais ne finit-on pas par se heurter, encore et toujours, à cet incontournable paradoxe ? Méprisé par les intellectuels, si souvent malmené par les sondages d'opinion, Helmut Kohl a battu presque tous les records de longévité politique. C'est un chêne enraciné de tout son poids au milieu de son pays. Il est là depuis si longtemps, et cette seule présence suscite aujourd'hui une grande lassitude. Les Allemands font le décompte de leur vie par rapport à lui : « Il aura été chancelier pendant un tiers de ma vie. » « Ma fille de quatorze ans n'a jamais connu que lui. » Il y a une osmose entre la RFA de ces seize dernières années et son chancelier. J'imagine qu'au bout de quelques minutes passées à bavarder dans ce bureau, tout Allemand doit avoir l'impression troublante d'être assis dans le salon confortable d'un parent qui lui est familier.

Sous les jets de bile des intellectuels allemands, Helmut Kohl garde la confiance en soi butée de ceux qui refusent de s'empoisonner la vie avec des états d'âme. Il est comme il est, sans complexes. Il se réjouit même que les blagues faites à son égard le rapprochent des électeurs en désacralisant sa personne. Quand le conseil des ministres déborde sur les heures de repas, il n'a pas honte de faire servir une soupe paysanne et des saucisses de Francfort. Il déteste la cuisine raffinée. Les architectes du nouveau Reichstag ont été obligés de repenser le design des pupitres de l'hémicycle pour que le chancelier fédéral puisse piocher, sans se faire voir, dans la boîte de chocolats qu'il a toujours à portée de main. Helmut Kohl tire profit de sa corpulence pour se concilier la bienveillance, transforme sa disgrâce en atout, comme tous les gros bien dans leur peau qui ont renoncé pour plaire aux stratégies conventionnelles. « Prenez les mascottes de nos deux pays, dit-il. Elles sont symboliques. La mascotte de la France est la Marianne. Une femme bien faite. Une belle femme. Le symbole de mon pays est le Michel allemand. Le Michel est un paysan chaussé de sabots de bois. Il n'est pas séduisant. Et quand je leur décris notre mascotte, les étrangers éclatent de rire. Je sais, on a toujours davantage admiré le style et l'art de vivre des Français. C'est comme ça ! »

Quand le chancelier se penche vers la table pour plonger un morceau de sucre dans son café, la veste révèle une paire de bretelles gris pâle tendues à fond pour retenir le pantalon. Helmut Kohl ne porte pas les sabots de bois du Michel allemand, mais des mocassins de cuir tressé, sans lacets ni boucles, avachis sous la pression intense du pied. Il se complaît avec coquetterie dans ce rôle de lourdaud sympathique. Il sait que je vais sourire, me laisser avoir, ravie qu'il corresponde ainsi à la caricature qu'il aime donner de lui-même, enchantée qu'il en rajoute. Il sent qu'il est dans le bon rôle : « Je sais que cela va vous paraître bizarre que je vous dise ça moi-même. Mais en ce moment, il y a un consensus au sein de la politique européenne. Tout le monde est à peu près d'accord, les Français, les Italiens et les autres : "Tant qu'il est en poste, l'Europe ne risque rien. Il est très allemand : il est grand, il est gros, il est mal habillé – il ne se donne aucun mal pour être élégant. Il a des allures de péquenaud. Mais ils disent : celui-là, on peut lui faire confiance." » Il sourit, passe la pointe de sa langue sur le rebord de sa lèvre supérieure – c'est la seule affectation qu'on lui connaisse. « Sa personnalité est plus complexe qu'il n'y paraît », défendent ses amis politiques. Et je ne sais plus, à l'écouter parler, si le chancelier de l'Allemagne est ce grand sous-estimé, tacticien raffiné, doté d'un instinct politique infaillible et d'un sens du moment historique, capable de se relever et de rebondir de plus belle après la défaite, ou ce monsieur tout-le-monde devenu homme d'État dont la simplicité forcée finit par me mettre mal à l'aise.

Il n'est rien qui irrite autant les intellectuels allemands que le respect et la sympathie que les Européens portent à Helmut Kohl. Rien qui les agace plus que cette célébration amusée dont il fait l'objet à l'étranger. Rien qui les indigne davantage que cette vraie stature d'homme d'État et d'Européen passionné qu'il a su se tailler dans le monde. Chez lui, on lui reproche d'être davantage occupé à gérer le pouvoir absolu qu'il exerce sur son parti qu'à s'atteler aux vrais problèmes qui minent son pays. Hors de son pays, Helmut Kohl incarne l'assurance tranquille qui a réussi à l'unité d'une Allemagne fiable, fidèle à ses alliances et engagée plus que jamais dans la construction européenne. Il est parvenu à donner mauvaise conscience à tous ceux, en Allemagne, qui osent émettre une critique sur l'idée européenne. Et s'il s'est mis presque tout le monde à dos dans son pays pour lancer l'Euro, c'est pour que l'Europe soit, après lui, « un processus irréversible ». Il est fâché que les Allemands fassent aussi peu confiance aux Italiens en matière monétaire. Et se demande pourquoi tant de ses compatriotes choisissent malgré cela d'aller passer leurs vacances en Italie. Il faut voir avec quelle vénération il prononce le mot sacré. « *Europa !...* » la bouche en cœur, les joues gonflées d'amour, il traîne avec volupté sur le *« o »*.

Helmut Kohl se hasarde rarement à des constructions idéologiques. Il n'est pas dogmatique. L'Europe, c'est son immeuble à lui. Il en est le concierge attentif, assignant à chaque locataire l'appartement qui lui revient, arbitrant les querelles de palier, épiant les manquements à la règle commune, veillant à la bonne réputation de sa maison dans le quartier : « Cette maison que nous sommes en train de bâtir doit être bien équilibrée. Elle doit avoir un toit stable qui résiste à toutes les intempéries. Elle doit être assez grande pour loger tous les peuples d'Europe, selon leurs besoins. Ceux qui sont les plus nombreux ont besoin de plus de pièces. Les autres de moins. Deux choses sont nécessaires pour l'avenir : d'abord, un règlement valable pour chaque locataire. Pour les grands comme pour les petits. Et c'est l'Allemand qui vous le dit : la qualité doit primer sur la quantité. Les Allemands doivent toujours être les partenaires et les amis des petits pays. Parce qu'on nous soupçonne toujours d'hégémonie avec nos 80 millions d'habitants. Second principe : il ne doit plus y avoir de disputes dans la rue. Il faudra gérer les disputes comme le fait une mère respectable. Quand les fils et le père se disputent, elle ferme la fenêtre pour que les voisins ne soient pas témoins. Les disputes doivent avoir lieu à l'intérieur de la maison. Car si elles ont lieu dans la rue, c'est la guerre. » Helmut Kohl a la logique bien balancée et la formule un peu gourde. Populaire au risque de paraître folklorique, il possède un vieux fonds de sagesse paysanne. « J'aime trouver des images qui parlent à tout le monde », prend-il la peine de commenter, content de lui. Helmut Kohl a conduit l'unification avec l'efficacité et le pragmatisme d'un commerçant qui achète la boutique d'à côté à bon prix, pour agrandir son magasin. Passée la première nuit d'émotion, au pied du mur éventré, il a mené l'affaire calculette à la main, dressant les devis, établissant les contrats.

Sur le dossier du fauteuil, j'aperçois l'illustre gilet de laine bleu marine qu'il enfile, pour être à l'aise, quand il travaille dans son bureau. Il le portait lorsqu'il est allé négocier la souveraineté de l'Allemagne dans le Caucase avec Mikhaïl Gorbatchev, à l'été 1990. Tout ce que l'Allemagne compte de belles plumes et d'esprits caustiques s'est gaussé de ce gilet. Quand il veut être à l'aise, Helmut Kohl tombe la veste et enfile un tricot de laine à larges torsades. « Ce n'est pas le summum de l'élégance, mais c'est terriblement confortable. Je porte volontiers un gilet de laine quand je voyage en auto, en hélicoptère ou en avion », assumait-il lors d'un talk-show télévisé. Il a fait déposer le gilet dans une vitrine du musée de l'Histoire de la RFA. Sur les deux rondins de bois où Gorbatchev et Kohl décidèrent de la pleine souveraineté de l'Allemagne unifiée et de son appartenance inconditionnelle à l'OTAN, sont négligemment jetés le gilet du chancelier et le pull sport à écusson du président de la Fédération russe. Je me souviens des images de cette rencontre : la promenade le long de la rivière Selemtchouk. Gorbatchev tendant la main à Kohl pour l'aider à se hisser sur le haut de la berge. Une partie de campagne informelle qui mettait fin à 45 ans de partition de l'Allemagne et de guerre froide. L'Allemagne arrachait sa souveraineté à coups de Deutsche Marks à la Russie vaincue, mais ce geste époustouflant n'avait pourtant l'air de rien. La décontraction du gilet de laine conférait au plus grand moment de l'histoire de l'Europe depuis la guerre une sorte de banalité. Ce négligé soigneusement mis en scène faisait mieux passer l'énormité de l'acte, alors que les journaux du monde entier dressaient la liste des raisons plus ou moins fantasmées de rester vigilants face à l'Allemagne géante émergée ce jour-là au cœur de l'Europe.

J'ai parfois du mal à comprendre ses propos tant il a le verbe simple et lent, gorgé des chuintements et des rondeurs de son pays natal. Le dialecte palatin n'a pas la noblesse glacée du hambourgeois, ni la drôlerie insolente du berlinois. C'est un parler fruste qui malmène la syntaxe à sa guise. Le service des discours officiels de la Chancellerie est chargé, me glisse-t-on, de « lisser » les interventions du chancelier. Un euphémisme respectueux pour désigner la tâche ingrate qui consiste à raccommoder les phrases en loques, à épurer les grumeaux régionaux, à restructurer les relatives en rétablissant le pronom correct. « Lisser » veut dire « traduire », pour que, une fois retranscris, les discours du chancelier retrouvent un peu de la distinction raffinée du haut-allemand. Parler le dialecte de son terroir est pourtant un handicap plutôt valorisant, dans cette Allemagne qui soupçonne les fins rhétoriciens de desseins populistes. Qui parle trop bien, qui a de l'humour n'est pas crédible, pas vraiment sérieux, soupçonné d'enrober mensonges et approximations dans un tissu de traits d'esprit. Helmut Kohl est à l'abri d'une telle médisance. Il est fier que ses deux fils, qui ont étudié en France et aux États-Unis, chaussent le dialecte palatin dès qu'ils rentrent à Oggersheim, dans la maison familiale. C'est un « patriote local », un homme de sa province, ce Palatinat « où le Rhin est plus proche mentalement de Strasbourg que de Bonn ». Il s'attendrit quand il parle de sa *Heimat* : « C'est très allemand, le mot *Heimat*. Pour moi, ce sont les stèles du cimetière où reposent mes ancêtres. Ce sont les arbres sur les routes, la forêt, les ruisseaux. C'est l'ambiance méditerranéenne qui règne chez moi, le climat, la façon dont brille le soleil. La *Heimat*, c'est la langue maternelle. »

J'ai à peine le temps de faufiler une question que déjà il me propose une nouvelle allégorie : « Laissez-moi vous raconter une histoire. Connaissez-vous à New York l'institut Leo Baeck ? C'est l'expérience la plus poignante et la plus triste que puisse faire un Allemand. Leo Baeck fut premier rabbin du Reich allemand jusqu'à sa déportation. Un homme remarquable qui a survécu à Theresienstadt. On a donné son nom à une maison, une grande maison, chargée d'honorer la mémoire des Juifs allemands jusqu'en 1933. C'est une villa patricienne de quatre étages, et dans toute la cage d'escalier sont exposés les portraits des grands Juifs allemands. C'est là que vous réalisez soudain l'importance qu'ont eue les Juifs allemands dans l'histoire mondiale, et tout particulièrement bien sûr dans l'histoire des Allemands. Et cette symbiose n'a jamais été aussi intense dans aucun autre pays au monde. J'y suis allé pour donner une conférence et ils sont venus pour voir, pour renifler : quel genre de type est-il, ce chancelier allemand. Il y avait là un vieux couple. Ils avaient sans doute près de 90 ans. Ils tenaient un sachet en plastique à la main. Et quand tout fut terminé, ils se sont approchés de moi et m'ont demandé si j'avais un peu de temps. J'ai dit oui. Alors ils ont sorti une bouteille de vin de leur sac en plastique. C'était une bouteille datant de 1935, de Neustadt, sur la route du vin. C'étaient des Juifs du Palatinat qui avaient émigré. Ils avaient réussi à sauver cette bouteille et l'ont offerte au chancelier allemand. Nous avons bavardé ensemble en dialecte palatin : à quoi ressemble Neustadt sur la route du vin aujourd'hui ? Ces deux-là n'étaient jamais retournés en Allemagne. Et quand je repense à cette rencontre, je sens tout au fond de moi ce que c'est que la *Heimat.* »

Helmut Kohl est intarissable quand il parle de sa *Heimat.* Il bavarde, aligne les anecdotes, me regarde pour être sûr que j'ai bien compris sa définition pointilleuse. Et il s'engouffre dans une autre histoire de Juifs séparés de leur Palatinat natal. Le fils du boulanger de Friesenheim, rencontré par hasard à Tel-Aviv, avait bien connu Mme Kohl mère. Elle achetait chrétiennement chez les Juifs, malgré la mise en garde clouée sur la porte de la boulangerie. « Le boulanger de Friesenheim avait émigré en 1936, dit-il. Les Juifs pouvaient émigrer jusqu'en 1939. C'est une chose que l'on oublie trop souvent ou qu'on ne sait pas. » Il lui vient soudain, dans ce torrent volubile, des raisonnements d'une légèreté choquante. Comme si le boucher, l'épicier, le voisin de Friesenheim en Palatinat avaient eu l'envie, la force, la clairvoyance et les moyens de s'arracher à leur *Heimat*. Comme si « émigrer » vers l'Amérique eût été la chose la plus facile au monde quand on n'avait jamais connu et jamais aimé que Friesenheim. Et bien avisé, semble-t-il en conclure, fut le boulanger de sa mère qui sut saisir la chance qui s'offrait à lui. Je me souviens des « gaffes » qu'il avait commises au début de ses mandats quand il avait comparé Gorbatchev à Goebbels, et invité Ronald Reagan à se recueillir, pour célébrer la réconciliation, sur les tombes du cimetière militaire de Bitburg où sont enterrés des SS.

Helmut Kohl n'est pas un moraliste hâve, rongé par la mauvaise conscience et le besoin d'éduquer la terre entière, un de ces protestants – instituteurs ou pasteurs – austères et donneurs de leçons que l'Allemagne semble produire en série. Le bonhomme plaît parce qu'il est jovial et goulu, capable d'endurance et d'optimisme. D'un ton guilleret, il traverse à grandes enjambées l'histoire difficile de son pays. Du Rhin « qui n'est pas simplement un peu d'eau qui coule comme ça là par hasard », il passe à Beethoven : « Beethoven, c'est déjà un autre genre de musique que Rossini », traverse la Première Guerre mondiale « dans laquelle Allemands et Français ont culbuté », vient s'échouer sur la montée du nazisme et les « lois antijuives insensées ». La relation franco-allemande bute « après être allée de droite à gauche et de gauche à droite » sur la Seconde Guerre mondiale. Deux guerres entre la France et l'Allemagne sont réduites à la dimension d'une jalousie de voisinage entre « le quartier d'Oggersheim qui regarde de haut Friesenheim, le quartier voisin ». L'histoire de l'Allemagne se transforme en un grotesque Clochemerle, la construction européenne en un quai de gare d'où l'on monte ou descend du train européen.

Les branches des grands arbres du parc de la Chancellerie caressent les baies vitrées. Au bas de la coulée de verdure passe le Rhin. Helmut Kohl a fait installer son aquarium à côté du téléphone. Il avoue suivre des yeux l'évolution gracieuse des poissons tropicaux quand il appelle le Kremlin ou la Maison-Blanche. Il confesse aimer regarder les poissons « qui vont et qui viennent ». Les moqueurs ne savent plus très bien si leur chancelier est un adepte de la méditation transcendantale ou l'idiot du village fédéral. Le sentiment curieux de m'être fourvoyée dans l'arrière-boutique obscure d'un magasin de souvenirs d'un goût hésitant, au Mont-Saint-Michel ou sur la place de la cathédrale de Strasbourg, ne m'a pas quittée depuis que je suis entrée dans cette longue pièce dont les vitres fumées retiennent l'éclat de la lumière du jour. Helmut Kohl est un fervent collectionneur de minéraux. Cristaux, gros cailloux aux formes bizarres, fragments bruts à la tranchée couleur abricot, lapis-lazuli, émeraudes et œils-de-tigre inondent les étagères, déferlent sur la table de travail. Une statuette équestre de porcelaine blanche côtoie sur un rayonnage une figurine d'art nègre. J'essaie, sans me faire remarquer, de dévisager la photo des deux fils sur la console, derrière le bureau. Même le drapeau rouge-or-noir qui pendouille devant le bureau ne suffit pas à donner une solennité guindée au centre névralgique du pouvoir allemand. Le géant est sentimental. Sur le mur, il a accroché un dessin dédicacé à « mon ami Helmut » représentant son « ami François », une chouette à l'encre de Chine offerte par le Premier ministre japonais et une petite gouache discrète du doux pays palatin. Helmut Kohl est fier d'imposer un « style direct » aux grands de ce monde. Il a le tutoiement facile et invite volontiers à dîner d'une panse de porc farcie chez lui à Oggersheim. C'est sa femme Hannelore, auteur de livres de recettes, qui cuisine, le visage perpétuellement écartelé dans un sourire de reine des vendanges.

« Le destin de ma famille, prend-il plaisir à confirmer,

est le destin normal d'une famille ordinaire. » Helmut Kohl sait qu'il flatte les Allemands quand il dit sa fierté de leur ressembler. Les parents Kohl vivaient dans une maison décente et conformiste à Friesenheim, le faubourg de Ludwigshafen. Le petit Helmut y vécut de sa naissance à la presque trentaine, avant d'aménager à deux kilomètres et demi de là, dans une villa du faubourg d'Oggersheim. Sa mère est pieuse, bonne cuisinière et travailleuse. Fille d'instituteurs, elle avait hérité de la maison paternelle. Les Kohl sont donc propriétaires, statut convoité dans ce Palatinat qui chérit la maxime : « Travaille, travaille et fais construire ! » Dans ce petit milieu catholique, dur à la tâche, rien n'est dû, tout est mérité. L'argent est rare. Le jeune Helmut travaille comme tailleur de pierre chez BASF à Ludwigshafen, pour financer ses études. Aujourd'hui encore il règle lui-même le café qu'il va prendre à la cantine du Bundestag. Son unique frère, plus âgé que lui, est mort après le débarquement des alliés en Normandie, alors que les troupes allemandes battaient retraite. Son père combattit à Verdun pendant la Première Guerre mondiale. Petit fonctionnaire de l'administration des impôts, son père n'a pas collaboré activement avec le régime national-socialiste, mais il n'a pas résisté non plus. Les Kohl réprouvent moralement. C'est le destin de beaucoup de familles allemandes. Konrad Adenauer était un patriarche hérité de la République de Weimar. Willy Brandt émigra en Norvège et incarna l'Allemagne résistante. Helmut Schmidt fut lieutenant de réserve de la Wehrmacht. Helmut Kohl représente cette Allemagne normale, ni héroïque ni ouvertement suiviste, cette Allemagne moyenne qui en a assez d'être coincée par sa culpabilité. Helmut Kohl, c'est la province allemande qui n'a rien de mystique ni d'irrationnel, une Allemagne sans démons et sans tapages nationalistes. Il est ce qu'il est et rien de plus : un Allemand de la B9. Il jouit de « la grâce de la naissance tardive ». La formule est de lui. Elle s'explique. Il est né trop tard, le 3 avril 1930, pour avoir été mêlé au pire de l'histoire de son pays. Il est tout juste embrigadé, enfant, pendant les dernières années de la guerre, au sein des Jeunesses hitlériennes. Il a eu la chance de naître après l'heure noire, de n'avoir jamais eu à se torturer la conscience ni à prendre parti. Mais, prononcée lors de son premier voyage officiel en Israël, la remarque lui vaut un torrent de blâmes. Helmut Kohl sera le dernier chancelier à avoir connu la guerre et les bombardements de Ludwigshafen. Au lendemain de la guerre, il fait partie de ces jeunes gens qui retroussent leurs manches pour redresser l'Allemagne en ruine. Il est fils du miracle économique. Et il ne supporte pas ceux qui se plaignent que leur niveau de vie ait chuté depuis l'unification. Les Allemands de l'Est aussi ont reconnu en lui la prestance tranquille du riche qu'Erich Honecker, petit père maigrichon du Parti, n'avait jamais eue. Le chancelier de l'autre Allemagne leur a donné, au début de l'unification, le courage de tout recommencer à zéro. C'est le chancelier des « vieux » disent ceux qui, lassés, souhaitent un changement de génération et l'arrivée au pouvoir à Berlin d'une classe politique plus jeune, plus moderne, moins sentimentale et moins paternaliste.

Helmut Kohl sait bien que les Allemands qui aimeraient tant être aimés ne le sont pas. L'unification n'a pas été un automatisme : « A part Felipe Gonzales, tous mes collègues européens ont eu du mal, à l'époque. Même mon vieil ami François Mitterrand avait ses réticences, et il a même écrit un livre là-dessus. Et moi, je ne fais de reproches à personne. C'est comme ça. Il y a encore un tiers des Français qui ont connu la barbarie nazie. Quelqu'un m'a dit en 1989 à la préfecture de Strasbourg : “On les a chassés deux fois et les revoilà, les Allemands !” Et bien sûr on peut faire des affaires en politique avec le passé nazi. On peut discuter tout à fait normalement, lors d'un conseil européen, de problèmes agricoles et tout à coup quelqu'un mentionne le passé nazi pour gêner les Allemands. Les deux choses n'ont rien à voir l'une avec l'autre. Il n'y a pas plus de vieux démons en Allemagne qu'en France. De même, ce n'est pas juste de dire que le hooliganisme est un syndrome spécifiquement allemand. C'est une honte pour l'Allemagne, certes. Mais les Anglais, les Belges, les Néerlandais connaissent le même phénomène. Il est ridicule, absolument ridicule de faire là des associations terribles avec le passé. Ce genre de brutalité est terrible, mais elle n'est pas spécifiquement allemande. »

Finalement, Helmut Kohl aura arrangé tout le monde : les étrangers, parce qu'il colle comme un gant à cette caricature facile et bêtement méprisante qu'ils se font de l'Allemand d'aujourd'hui. Les Allemands, un peu gênés par leur chancelier comme ils ont un peu honte d'eux-mêmes. Patriote sans démangeaisons de conscience, aimant bien son pays et n'ayant pas peur de le dire, Helmut Kohl incarne l'Allemagne insouciante, décontractée... presque heureuse. Et d'ailleurs, il en a plus qu'assez de ces Allemands qui se plaignent de l'Allemagne. Il se sent bien dans son pays, son « *Vaterland* » comme il l'appelle sans gêne. Et il rit, méchamment presque, de ces 35 millions d'Allemands qui, pour échapper à cette « vallée de larmes » qu'est leur pays, vont passer leurs vacances à l'étranger. Il séjourne chaque été au Wolfgangsee, en Autriche – c'est presque l'Allemagne. Et quand on lui rappelle que les Allemands sont toujours, cinquante ans après la fin de la guerre et malgré les preuves qu'ils ont données de leur repentir et de leur modestie, les Boches mal aimés de l'Europe, il a cette parole plate et fataliste qui secrètement délivre : « Quand un Français sort de l'aéroport en Israël, eh bien, il parle simplement français. Quand un Allemand sort de l'aéroport en Israël, monte dans un taxi, il est possible que la famille du chauffeur ait été assassinée à Auschwitz. C'est ça la différence. Pas la peine de vous faire un dessin. Il faut vivre avec. Comme il faut vivre avec la météo. »

Notes

Les oubliés

1. Ironiquement, « KZ » est aussi en allemand l'abréviation de *Konzentrationslager*, camp de concentration.

2. « Fritz » est le surnom péjoratif donné aux nazis – et par la suite aux Allemands – dans l'ex-URSS.

3. Un *rayon* est un découpage administratif dans l'ex-URSS.

4. Depuis le mois de novembre 1997, la capitale de la république du Kazakhstan a officiellement déménagé d'Almaty (Alma-Ata à l'époque soviétique) à Akmola, rebaptisée Astana, à un millier de kilomètres dans le nord-ouest du pays. L'inauguration de la nouvelle capitale a eu lieu au mois de juin 1998.

Modèle allemand

1. Chaque entreprise allemande a son *Betriebsrat*, son « conseil d'entreprise », unique instance de représentation du personnel élue, qui participe activement à la cogestion de l'entreprise. Le conseil d'entreprise dispose de pouvoirs étendus qui vont jusqu'à un véritable droit de codécision. La direction de l'entreprise doit obligatoirement obtenir son accord pour entériner toutes les décisions qui touchent au règlement intérieur et aux conditions de travail. Le conseil d'entreprise doit également être consulté pour toutes les décisions concernant le personnel (licenciements, mises à la retraite anticipée, etc.). Il ne dispose pas d'un droit de veto, mais doit participer à l'élaboration du plan social.

Le peintre muet

1. Le *Kaffee-Kuchen*, la tasse de café accompagnée de gâteaux à quatre heures le dimanche après-midi, est une tradition allemande.
2. GMBH : société de droit public. AG : société cotée en bourse.
3. Wilhelm Pieck fut président de la République démocratique allemande de 1949 jusqu'à sa mort en 1960.

Les scarabées et l'atome

1. Thomas Münzer fut un réformateur allemand qui prit à Mülhausen la tête d'une grande révolte paysanne. Exécuté en 1525, il fut considéré par Engels comme l'un des premiers révolutionnaires communistes modernes.
2. Ulrike Meinhoff.

Kosmetik Zalon

1. Kreuzberg était avant la chute du Mur le quartier alternatif branché de Berlin-Ouest, avec une très forte communauté turque.

Le portier silencieux

1. Nationalsozialistische Deutsche Arbeiterpartei. Le Parti national socialiste allemand.

Aller-retour

1. Le fleuve Oder et son affluent la Neisse forment la frontière entre l'Allemagne unifiée et la Pologne de la Baltique au nord à la frontière tchèque au sud. Fixé provisoirement par les accords de Potsdam après la défaite allemande en 1945, le tracé de la frontière germano-polonaise fut reconnu définitif par le chancelier Kohl au lendemain de la chute du Mur de Berlin.
2. La Douma est le Parlement russe.

Table

RÉALISATION : CHARENTE-PHOTOGRAVURE À L'ISLE D'ESPAGNAC
IMPRESSION : DIDOT CAM AU MESNIL-SUR-L'ESTRÉE
DÉPÔT LÉGAL : SEPTEMBRE 1998. N° 34046 (43945)